螳螂

夏予川 著

上海社会科学院出版社
SHANGHAI ACADEMY OF SOCIAL SCIENCES PRESS

花翅螳螂是螳螂目中较小型的种类，体长40～70毫米，因双翅如同薄纱且附有花纹而得名，分布于气候潮湿的南方。

花翅螳螂生性安静，善于长时间守候猎物，一旦锁定，便会快速用捕捉足将猎物致死，吞下其头部，结束对决。

雌性花翅螳螂的数量远远大于雄性，源于雌虫为避免与之交配的雄虫被抢走，会在交配完成后将其杀死。雌虫也大多在产卵后，因精疲力竭或寿命已尽而死去。幼卵成熟后在来年春天孵出，循环往复。

一

3月31日早上/孔蔚然

下午五点的公路上,除了我驾驶的这辆重型货车外,已经很久不见其他人车的踪迹。

我早已见怪不怪甚至有些麻木。导航提示在下个路口左转,我熟练地翻下遮阳板,待车头调过来,刚刚还打在左边的残阳,转而直射到正脸上,刺目的光线令我不得不眯起双眼。路面扬起灰尘,视野越发模糊。我用戴着粗线手套的手使劲揉揉眼睛,重新睁开时,瞟到了遮阳板上夹着的全家福。

照片是在一处青山碧水的背景下拍摄的,爸和我还有穿着明艳黄色连衣裙的妈,相依站在青草地上。她裙摆处那刚染上的青草汁,都鲜嫩得清晰可见;可她的脸,却无论如何也看不清楚。我又揉揉眼,凑近些试图看清她。这时,一只野鹿突然从路边的苠草丛中蹿出。慌乱之中,我急打方向盘的同时踩下刹车,车在车胎和路面撕破耳膜的摩擦声中,翻出了路障。

整个过程并不像电影里的画面会慢放,一瞬间车就整个仰在了荒草地上,我被卡在座位上倒立在驾驶室里,只能用右手解下安全带,试图从破碎的玻璃窗爬出去。但扭曲变形的方向盘却死死地压住我的左手手指,任凭如何用力也抽不出来。我眼睁睁盯着油箱里的油,慢慢溢到着火处,整个世界,于爆炸声中湮灭……

梦的形成分内因和外因两大类,刚刚这个噩梦显然是后者。醒来时,我发现土狗橡皮又偷偷摸摸溜到了我床上,它那蠢笨肥厚的躯干,此时正死死压着我的左手神经。真是一个沮丧的早上!我脚一弹将它踹下床。它睡眼惺忪地看了我两眼,悻悻地走回自己窝里,蜷缩成一团,惶恐地看着我。

我才没那力气爬起来揍它。每天早上睁开眼时,是我一天中自怨自艾情绪的最高峰。如果说刚刚那个梦已经够惨烈了,那我真实的人生实际也好不到哪儿去。

翻了个身,床垫下用来支撑的上千册图书,封面互相摩擦着发出"刺刺"的声音——那是我滞销的处女作在垂死呻吟。当它们被货运公司成箱地运到我家门口时,工人仿佛瞧出端倪,随手拣出其中挤破纸箱的一册,好心翻看,佯装感兴趣。可他没等到翻页,就失去了耐心。那是我第一次面对有可能成为我读者的人,也是第一次意识到:他的反应代表了大多数翻开那本书的人。从那之后,我也终于开始正视执笔几年来都在逃避的问题——在作为小说作者的这条路上,我根本没有天分。也正是因为如此,我才落魄到不得不和一条狗,蜗居在现在这间塞满了20世纪家具的狭窄公寓里，而我也已经至少半年没交租金给它的主人了。

我的房东，也是我的小说编辑，一位名叫曹岩的男同志。我十分感激他含辛茹苦地帮我完成了处女作的出版，但冥冥之中早就预料到他会白费功夫的我，仍然恬不知耻地接受着来自他各方面的施舍和鼓励。因为比起尊严，我更害怕失去方向后的空虚。眼前除了没日没夜地瞎写，我不知自己还能做些别的什么，才能缓解血管里翻腾的焦虑。

橡皮的哼唧声将我从胡思乱想的沼泽里捞出。我在被子里翻到床尾，拖出角落放狗粮的纸箱，舀了一碗放到地上。它并没有飞奔过来开吃，我明白这是希望下楼溜达的意思。但上海市上周刚出台了规定，市区内禁养中华田园犬，我也正为这事而发愁。虽然和这条养了三年多的土狗并没有产生太深的羁绊，但因为非名贵品种，又丑了吧唧，实在不好送人，所以它现在只能像纳粹时期的犹太人，躲在这间屋子里吃喝拉撒，以防止外出被扑杀。

爱吃不吃！我瘫回床上，决定睡个回笼觉，醒来再想这些破事，不料手机在枕头下急促地震动起来。划开屏幕——竟然是她！

我怎么都没想到，在如此沮丧的早上，会收到一个多年断了联系的人发来的短信。没错，我仔细检查了署名，的确是她！我在家乡宁叶县的发小，我整个少女时期唯一剩下的朋友，我离开那个地方后再也不愿提起的人。

她竟然主动联系我？我倒抽一口冷气，从床上坐起。

"亲爱的蔚然，你还好吗？请原谅我一直没有抽出空来与你联系。下周就是文文的十周年忌日了。时间过得真快啊，回来和我一起去看看她吧！也顺便看看我的宝宝。想念你的林青灵。"

这是多么讽刺！她的语气，就好像这些年来，我刻意地躲避和费尽心机地远离，都是她的疏忽所造成的，和我没有任何关系！还大言不惭自己抽不出空来，再漫不经心地提起死去的那个人，以此来请求我的原谅？

眼前不由自主地浮现出她说这段话时会用到的姿态，我怒不可遏地从床上一跃而起，举着手机在狭小的空间内踱来踱去。橡皮察觉出我的情绪停止了哼唧，但这恰恰引起了我的注意。我怒号着冲过去，粗暴地拉起它的项圈，将它拖到盛狗粮的碗边，用力地按住它的头试图让它吃进去。

手机又连续震动起来，我看了一眼来电显示就痛苦地闭上了眼睛。可它不依不饶地震，我杵在那里，微弯着腰，像一个情绪失控的疯子，却不得不逼自己理智起来，以应对电话那头的人。

"还没起床？"是爸。他偶尔会在周六的早上打来，循例慰问他的女儿，目的只是为了证实，她是否依然如他所料般潦倒不济，口气好像一位尽职尽责的家长，而实际我们已经很久没有见面了。橡皮是三年前，他从老家带来给我的，那是他为数不多来探望我的次数中，最近的一次。

我没吱声，想在他接下来的高谈阔论中找到导火索，但没想到数秒的沉默后，他只说了一句话："回来一趟吧！把橡皮带回来。"

显然他也知道了刚刚实行的土狗禁养条例，我像一团亟待燃烧的野火却被迎头浇灭，只能不知所措地"哦"了一声。我听到他在电话那头松了一口气后，挂断了电话。

回……家？我心里七上八下，脑海中不停地闪着这两个字，晃得我魂不附体、眼冒金星。我随手抓起桌边的酒杯，将昨晚剩在里面的酒倒进了喉咙。

劣质威士忌的口感，将我拉回现实，我原本想找指甲剪修剪脚趾，但家里所有指甲剪都被我在清醒时扔了，最后还是只能缩回棉被里天人交战。回家？高中毕业离开后，算起来已经整整十年没回过家了。虽然宁叶县距离上海也就三四个小时车程，但这些年来，只要我意识到自己面对的方向就是它之所在时，都会毫不犹豫地立刻快速转身，以防自己被它强有力的辐射所吞噬。回家这个词，也已经快被我用十年光阴，一点一点从人生词典中磨掉了。

但那些埋藏在这两个字之下的真相，那些我不愿面对它的真正原因，却如此巧合地在这样一个沮丧的早上，汇聚到了一起。而我除了拿狗出气，再也没有别的办法逃避。

橡皮不能养了！

文文已经惨死十年了！

我在被子里默默打了个赌，如果拿起手机，时间数字的尾数，是偶数就回，奇数就不回——我总是这样，遇到自己无法面对的选择时，要么蒙头逃避，要么任凭上帝处置。

该死！11:11！我痛恨这个数字。据说如果刚好看到这个时间显示，就代表有一个爱你的人在想你，还有这个城市八成以上的男女，每年都在等着这个日子购物狂欢一番。但这两件事都与我无关，我既没人爱，又穷得叮当响。而且因为后面这个理由，我不得不忤逆上帝一次了。

真正让我决定回家的原因,是我不能再仗着曹岩的好心,一直拖欠房租了。妈在我十岁那年去世后,留下了一盒首饰,那是我最后的救命稻草。因为母女间记忆的消散,我并没有多害怕妈的在天之灵。我盘算过很多次那些首饰的价值,只是从未真的打算回去拿而已。如果将它们带回来卖掉,应该可以解燃眉之急,足以撑到下一本书面世后拿到稿费。

我正在构思一本都市小说,虽然到目前为止,连人物大纲都还没有眉目,只有一些捕风捉影的灵感胡乱堆砌在一起。

打电话给曹岩借车。他没问我要去哪儿,因为我一心情不好,就会借他的车出去瞎转悠,他只会问我借几天。

"四五天吧!"

"哦,别忘了一周后我要看到故事大纲。"他一如既往地音调动人但内容烦人。

挂断电话起身冲澡前,我从床垫下面翻出记事本,用铅笔头在上面使劲写下一行没头没脑的字:4月1日,回家!!吗???

好吧好吧,就回去看看吧,看看那个令我这十年来,一想到就会浑身发热、头皮发麻的地方吧。

4月1日早上/橡皮

我知道,作为一条狗,本是轮不到我多嘴的,但又实在担心孔蔚然这个既宅又丧的废柴,会把故事讲砸——她根本算不上一个合格的作家,她床垫下那一摞摞用来充当床架的书,能证明我所言非虚。所以，偶尔我看不下去时，会跳出来说明真实情况。

孔蔚然这个王八蛋简直丧心病狂，只因为昨天我在她床上睡了一会儿，现在就又想把我扔到荒郊野外。在我不长的狗生中，这已经不是她第一次动这种念头了。昨天她神态异常地接完电话后，看我的眼神就让我有了预感——每次只要她一有抛弃我的想法，就会表现出超乎寻常的温柔。我真是受够了她那副不安好心的嘴脸。但我只是一条狗，有作为狗的自知：我是不可能拗得过人的。但也无所谓了，远的不说，就说最近这一周，她好像突然失忆一般，将我每天出门溜达一圈的习惯忘得一干二净，我已经快被憋成一条疯狗了。所以接下来无论她把我扔到哪里，想必以后的生活，也不会比现在更糟糕了。

曹岩大清早过来送车，这没良心的女人，拿到车钥匙就把人关在了门外，开始收拾行李。她自己的衣服就装了一两件，而我的东西被她扔掉大半后，剩下的全被打包起来，连着我一起提溜下了楼。

说实话，我对这破地方没有半点留恋，但最后还是象征性地回头看了一眼。呃……算了，这破屋就算把我挪走了，也还是一个令人抓狂的狗窝。

我冷冷地盯着孔蔚然将大包小包塞进银色小轿车的后备箱后，自觉地跳上了车后座。这台车标像金色卫生棉的车，我已经不是第一次乘坐，所以不仅知道属于我的座位在哪儿，还知道哪块垫子可以用来刨。

车缓缓驶出公寓的地面停车场，开上了川流不息的主路。天空蓝得不像话，我硬生生挤出一丝惆怅。沿途的街道我很熟悉，都属于平时孔蔚然带我溜达的地盘，但很快这种熟悉感开始消失，街道随着渐矮渐疏的楼群，变得陌生起来。

看着眼前逐渐失去人迹的景象，我忍不住眼神放空，开始幻想起来：我的新主人会是什么样的人呢？会给我换掉一成不变的狗粮吗？会每天准时带我出去溜达吗？新地方会遇到有趣的狗吗？新主人应该不会像孔蔚然一样动不动就踹我吧？

我斜眼瞟了正在开车的孔蔚然一眼。自从曹岩走后，她一言未发，柴火般瘦小的身体缩在驾驶座上。这完全不像平时对着我牢骚连天的那个人。以前我只是坐着，真的只是坐着，她就会突然边翻白眼边随手抓起什么拍我的头，而今天，她始终没有看过我一眼。这让我不寒而栗，好家伙，该不会……她是要把我送去屠宰场吧？望着窗外荒无人烟，似乎没有尽头的土坡地，我慌了，扯着嗓子狂吠起来。

本以为这肯定会得到孔蔚然扔来至少一只鞋的"礼遇"，但她只是轻轻转头看了我一眼。那眼神里，是我这辈子都没见她流露过的东西，掺杂了无奈、痛苦、悲怆，和一种近乎绝望的恐惧，就像我八个月大时被按在绝育手术台上时一模一样。我隐约感到，刚刚我发出的那阵怒喊，才是她更迫切需要发出的声音。但她不过看了我一眼，就平静地将头转了回去，继续像个假人似的坐在那里，连平时听收音机的惯例都取消了，只偶尔动一下手来操控汽车。

我不再发出声音。要知道,如果她连揍我的心思都没有了,那接下来的事情,肯定比绝育手术还可怕。担心也无用,还不如安享这最后的宁静,多看看外面的风景。

远方树木稀疏,近处杂草翻腾,天空的湛蓝也在渐次消失,取而代之的是大片鱼肚白。空气倒是越变越甜,却夹杂了更多灰尘。车上了高速路后,我趴在后座下那块可以刨的垫子上酣睡过去。

不知过了多久,车剧烈颠簸将我震醒,不一会儿胃里开始翻滚,我赶紧起身将头探出车窗,以防吐在车里。窗外换了一幅风景。

房屋逐渐又多起来,虽然不像上海那般高楼林立,但也总算有了人气。远处的小山坡高低起伏,线条柔美地包裹着越来越密集的街道和房屋,一派祥和。可细看,这些房屋大同小异,整齐划一却又单调枯燥,假得好像是谁家小屁孩用积木搭起来似的。穿梭在其中的居民,表情也像是在做角色扮演的演员,麻木地等着散场后领辛苦钱。我对眼前的景象似曾相识,就好像打盹时梦里来过一样,但仔细回忆,却又想不起任何细节。

车又开了一会儿后上了一条较宽阔的马路,终于没有砂石击打底盘,我猜目的地应该快到了。但孔蔚然反而放慢了车速,马路边开始有人朝这边打量。她突然一副恶心想吐的晕车样,先是翻出墨镜推到鼻子上,接着又翻箱倒柜找出烟和打火机给自己点上。她应该晕得不轻。要是她真的晕过去,我该怎么办?

七弯八绕,就在我快被烟呛得窒息之前,车停了下来。

呃……停在马路中间?我探出头去,这条两车道窄路不向阳,街道内顿显阴暗。两旁的房屋陈旧油腻，路面布满裂痕和似乎永远也干不了的水洼，一只装过杂货的白色塑料袋贴着地面盘旋，像是里面藏着厉鬼一般灵活舞动。

我有些紧张地看着孔蔚然，她同样不安地玩起了衣服拉链，指甲划过链齿的声音一下一下，"咔嚓咔嚓"像是某种定时炸弹的倒数声。我缩在后座上，大气不敢出。

终于，她再次发动了汽车，缓慢驶向街道深处。到路的尽头刚一左转，不远处出现一个叉腰而立的中年男人，派头就像孔蔚然平时看的西部片里，等待决斗的牛仔。我扭头观察孔蔚然，她瞧见男人后立即刹车，继而像是被施了急冻术一般僵在驾驶座上。空气凝固，我有些慌。

这时，一只肥硕翠绿的螳螂突然从侧边飞近，歇在了前挡风玻璃上。从我的角度看，它那覆着半透明翅膀的身体，与不远处的那个男人，分外诡异地重叠在了一起。

4月1日下午/孔蔚然

是爸。

他站在那里的姿势，让我想起妈去世那天，他也是同样的姿势站在那里。等我放学经过时，他便一言不发地转过身朝前走。我什么也不敢问，只能惶恐地跟在后面。那是他第一次接我放学，也是唯一的一次。到家后我才发现，妈的灵堂已经布置好了。

就算绕了更远更难开的砂石路，沿途遇到服务区就停下来休息,甚至祈祷过会儿在半路,被周围村里无业游民投的钉子扎破轮胎,可最终还是什么都没有发生。一路上,沿途风景与少时的记忆天差地别。但我即使闭着眼,自己也能一路顺利地开到这条曾生活了十七年的街道来。

三四点钟的午后,街旁一个行人也没有,我暗感庆幸。此时要是有人经过,又刚好认出我来,我可没办法摆出好脸色。将车靠在路边后,我仔细抻了一下蜷在座位前的腿筋,才起身下车。我扶着车门远远看着他,他叉着腰,长袖警服绷在身上,腿和脖子都挺得笔直,就好像他办案时听涉案人讲述案情经过的姿势。我们僵持了几秒,他朝我点点头,好像是在确认身份,接着依然没留下一句话,就转身进了巷口。我站在原地,胸腔里的火气噌噌往上冒,脚趾在球鞋里肿胀得生疼。橡皮一阵乱叫,我闭上眼抿抿嘴,咽下一口气,让它蹦下车后重重地摔上了车门。

穿过一条有污水小沟的狭窄小巷,就能绕到我家所在的小区正门。这个老式小区加起来只有七栋楼,一字排开,大门口砌了个几平方米的小岗亭。小时候驻扎在里面的是个光头老大爷,就像所有看门老大爷的标配一样,他也总是将外套披在身上。每次小区住户进进出出,他总是假装没看见。但只要有不认识的人一露脸,他就会立刻扒开岗亭的推拉窗,将来人喝住。住在里面的人,因此都觉得十分安全。自打我九岁那年,我们家搬进来后,就没再搬过家。只是第二年,妈就走了。

经过岗亭的时候,没有被喝住。我好奇地朝里打量了一眼,一个二十出头的小伙子,将腿架在桌子上,全神贯注地盯着手机。无奈第一栋就是我家所在,单元门好像刚刷过油漆,大敞着,泛着难闻的味道,水泥台阶修修补补的痕迹丑陋不堪。橡皮比我心急,几步蹿上去等我。我慢吞吞爬楼的步伐像是被催赴刑场的犯人。

还差半层,我站在拐角处磨蹭,用力踢着台阶上一个破损的角时,三楼左边,属于我家的不锈钢防盗门打开了。

"怎么这么慢?"爸站在门口。

"呃……橡皮要小便。"我随口扯了个谎,低头上楼,避免与他目光交汇。

"没带行李?"见我两手空空,他语气似乎有些不悦。

"在车里,等会儿再拿。"我终于爬了上来,同他一起站在门口。

我并没有长高,但他却比我记忆中要矮一些,身上有股浓烈且熟悉的骆驼牌香烟的味道。我抬起头向他示意,他终于侧身将我放进屋。

进去后,我立刻莫名有些难为情,不好意思大肆张望,只能低着头小范围观察。客厅内的家具大致还是老样子,唯有以前那张田园风的布艺转角沙发,换成了中式三人座长木椅。我拖着脚走过去,在木椅对面的圆凳上坐下来,行为举止像个客人。橡皮倒是很自来熟,上蹿下跳侦察环境,爸走近弯下腰摸它的头。它被这位旧主人送到我手里时,才巴掌大。也不知是否因为还有那时的记忆,它显得很顺从。

我盘弄起茶几上的水果盘,希望自己显得对这屋里其他东西都没兴趣,脑子里却一直在思索话茬,总得说点什么吧?我偷瞟爸一眼,他似乎也正被同样的问题所困扰。终于,他慢慢直起腰,将手搭在警用腰带上,盯着我的左边,就好像那里还站着一个只有他才看得到的人,嘴角开阖几下后望向我。

我赶紧收起眼神,心虚地想先发制人:"今天休息?"

他摇摇头,刚要开口,楼道里传来"咚咚咚"的脚步声。儿时听声音辨别来人的本事立刻复苏,肯定是个年轻人,而且看我爸的表情,应该是来我家的。

"孔队,没买到盐水鸭,你看这些够不够?"果然是个愣头青,身着和爸同款的制服,进来时携带的空气里,夹杂了一股卤菜的味道。这味道,我再熟悉不过。

他举着手上的几个打包袋向爸示意,爸脸上恢复了往日的神采,转过头朝着我介绍道:"小伟,"接着又指指他手上的袋子,"你吃点东西,我局里还有事。"

我点点头,接过袋子。

"晚点去林家一趟吧,他们知道你回来了。"他稍作停顿,似乎在犹豫后面的话要不要交待,"到别人家礼貌点。"

没等我答复,他就"噔噔"下楼了。我望着门口,口腔里因为无意识咬破的嘴皮泛起了一股血腥味。

"蔚……蔚然姐。"小伟眨巴几下眼后埋下头,一副想和我装熟又拘谨的模样。

"你跟着我爸的?"我勉强抿嘴朝他笑笑。

"我小伟啊!"

我转动眼珠,努力从记忆中搜寻小伟这个名字。

"我爸和孔叔是战友,小时候每次来都带着我,蔚然姐你一点都不记得了?"

我边上下打量边回忆。爸在县里有个战友我依稀记得,但眼前这个相貌平平,留着只有小跟班特有发型的年轻人,实在没有印象。

"你爸还好吗?"我决定放弃,假装想起来。

"前两年去世了,这两年……多亏了孔队照顾。"他又耷拉下了脑袋。

虽然看上去很年轻,但怎么说也有二十来岁,需要照顾这种话实在不该是他这个年龄还挂嘴上的,况且我也想象不出我爸会照顾人。

"问你个事,林家还是住在富林路吧?"我心里一万个不情愿,但也知道自己这趟肯定是绕不过这道坎的,还不如趁现在向一个毫不相干的人打听一下情况。

"对,还在那儿,"小伟挠挠头,"谁家搬他家也不会搬呀,这县里,还有哪块地能配得上宁叶县首富?"

我对他话里的意思心领神会,冲他假笑一下,示意知道了。

"那不耽误你做事了。"我原本还想问他县里这些年有没有发生什么大事,但转念又想,似乎也没什么事能让自己对这个地方提起兴趣,便摇摇头作罢。

小伟刚坐下,动作笨拙地准备帮我拆开打包袋,闻言赶紧站起来,"行,那蔚然姐你慢慢吃,我上班儿去了。"

楼道里又传来"咚咚咚"的下楼声,我僵了一会儿才缓过神来,走过去关上了防盗门和木门。

　　终于只剩下我自己了。大多数时候在上海，唯有一个人待着的时候，我才感觉可以顺畅呼吸。但现在，坐在这间任何一件物品和它们上面的痕迹都能勾起汹涌回忆的屋子里，我像一个不会游泳的人，被扔进了茫茫大海，喊不出声，甚至无力挣扎，任凭身体一点点慢慢往下沉，直到海底，某个梦魇般的深渊……

　　我不知道妈是在搬进来前还是搬进来后生的病——大人总是有许多秘密不能告诉孩子——但我对她和这间屋子的记忆，都定格在她去世后的灵堂，以至于每次只要眼前冒出"家"这个字眼，我的鼻腔里就充满了烧纸钱的气味和碎屑。

　　茶几上的打包袋，是小时候经常吃的卤味。我对这味道深恶痛绝，即使已经一整天没吃东西，也绝不会动它们一口。妈走后，爸工作的地方和家之间的那间卤味店，就成了爸和我的食堂，要么是他下班带给我，要么是我放学后他支我去买。

　　橡皮在一旁哼唧示意，我翻着白眼，从厨房找出两个发黄的菜盘，打开袋子，将里面的东西倒出来放在地上，一股令人作呕的味道扑面而来，刺激着我的胃黏膜：五香牛肉像死人肉，酱猪肘残留着猪毛，麻辣莲藕干得结块，鸡爪也没剪指甲……一切都和以前一模一样。

　　我站起身，打算去浴室漱个口。客厅左边是餐厅连着厨房，餐厅和客厅中间的走廊，两边各有两扇门，左边是书房和爸妈的卧室，右边是浴室和我的卧室。

我知道妈的骨灰放在书房,那里自然成了我的禁地。我小心翼翼地路过那扇门,紧张得全身汗毛都竖起来,生怕惊动了妈的在天之灵,责怪我为什么不走进去看她。

浴室还算干净,想必小伟或者别的什么人会来帮忙打扫。爸是绝对不会打扫的。妈走后,就是我接手了所有家务。我从镜柜里找出一只杯子,接了杯凉水,仔仔细细漱完口后,将杯子放回关上镜柜门时,被镜子里反射出的自己吓出一身冷汗:因为近视而涣散的眼神,短小矮塌的鼻子下干裂发白的嘴唇,脸只有巴掌大,在一头乱发的映衬下显得憔悴干瘪——我当然不是很久没照镜子了,只是眼前这面镜子里,第一次出现如今这般模样的我。

从浴室出来,我站在自己的卧室门前,手心出汗,恨不得立刻逃走,但又不得不逼自己站住。门把手的锁依然像小时候一样有点卡,需要往上抬一下,才能顺利旋转打开。这些细节我早已遗忘,却在接触门把手的瞬间,都习惯性照做了。我有些丧气,像是被谁捉弄了似的。

房间里没有太多灰尘,床上的被子不是我以前用过的任何一套,想来这里应该接待过爸的某个朋友,或是某些我已经不可能记起的远房亲戚。我撩起被子的一侧,卷到床头后躺了上去。

我少年时许多重要的时刻,都隐藏在这间房内无数的细节里。我闭上眼,将双手枕到头下,放松片刻后,突然打算和自己玩个游戏——现实与记忆,是否重叠。

床尾对着窗户,玻璃是蓝色的,右边那扇初一时被风刮碎,换上去的颜色和左边不一样。睁开眼,重叠。

床左边靠着门的黄色木纹三门衣柜,中间那扇门把手掉了,每次打开,都需要先打开另一边。睁开眼,重叠。

衣柜边的角落里,是简易木书架,上面放着各种用来装点门面的世界名著,当然还有我为数不多的奖章、奖杯。睁开眼,重叠。

床尾和窗户之间,靠墙放着一张书桌,桌面上有一大块玻璃,下面压着剪贴纸和手抄歌词,书桌前的墙上也贴着许多从杂志上撕下来的画。睁开眼,重叠。

书桌左边的抽屉是带锁的,曾放着我最私密的日记本。我一直有写日记的习惯,但每次一本没写完,我就会彻底毁掉。那里现在还剩下什么呢?我睁开眼,起身走过去。

从书架上某个作文竞赛的奖杯里,我顺利摸到钥匙,打开了抽屉,映入眼帘的物品出乎意料,是一本英汉词典。我摇摇头冷笑一声——亏了这本硕大无比的人手必备,我的英文才会一直处于仿若嘲笑它存在般的水平。我拿起来掂量了一下它的重量,出于好奇随手翻了翻,一张照片从里面飘出掉落到地上。目光接触的瞬间,我骤然记起了它被我放在这个抽屉里的原因。

照片上,是十四岁的我和冯文文搭肩站在一起。左边的我笑得很傻,牙花子都露了出来,牙齿还未经受过烟酒的摧残,白皙如贝,晒得发红的脸,和碎花连衣裙相得益彰。一旁与我形成鲜明对比的,是一条肩膀搭在我身上的文文,头上扎满了小辫,下巴上扬,一副桀骜不驯的模样。她一身黑色酷装,但整个人依然生动无比,脸上的神采,盖过了身旁的我和我们身后的春日繁花。而她的左手,却随着照片被粗暴地裁剪去三分之一而不见踪影——那里原本还站着一个人。

去死吧!

这念头突然冒出来吓了我一跳,我杵在书桌前,惊讶自己仍然像个孩子一样死脑筋,以为只要勤快祈祷,上帝就会将我的心愿实现。紧接着,我又意识到自己的恶毒,强行缓过神来后,立即将照片塞回词典锁进抽屉,就像许多年前一样,将它和内心的阴暗之处一起锁进黑暗里。

那只抽屉,再次被我划为危险禁区。

4月2日中午/孔蔚然

早上醒来,蒙在被子里有些恍惚,一会儿以为自己还躺在上海那间破旧的公寓里,一会儿周围的气味又让我仿佛回到了十几岁。半梦半醒中在床上挣扎到近十一点,才终于鼓足勇气翻身下床。

餐桌上放着袋切片面包,我取出两片想扔给橡皮,才发现它不在屋里,应该是被爸带出去了。倒也省心,我转身进浴室胡乱洗了把脸,又用五齿梳随意将头发扎起后,找到车钥匙,逃一般的出了门。

拐出小巷,阳光倾泻铺面,我被灼得睁不开眼,赶紧上车翻出太阳镜戴上。像我这样长期畏缩在室内对着电脑的宅女,走到哪里都是见光死。只有在夜晚借着黑暗力量的怂恿和掩盖,才能稍微涨些自信重新活过来。我忽然不确定现在这个时间去林家,是不是一个正确的决定。

将车倒出主路，路上依然行人稀疏。他们三三两两看起来都长得差不多，留不下任何印象，仿佛所有特色自出生至此，就伴随着岁月被这个诅咒之地一一抹除磨平。

以我家为中心的半径五千米范围左右，是宁叶县最典型的三种居住环境示例：西边为最"下等"，住在祖传老院子里的居民，房屋破败陈旧不堪却不愿花钱出力修葺，既卖不出去，也等不到开发商买地拆迁，只能以怀旧的名义暂住着；我家这一带，是风格大同小异的小区，住着迫不及待从西边院子里搬过来，急着宣布自己已经不再是乡下人的中产阶层，建筑密集且人口集中，充满着城市该有的市井气；东边则是别墅区，有建筑商集中搭建的联排别墅，也有富贵人士自盖的特色房屋，城建绿化精心修饰，路灯雅致华贵，街道宽敞大气，就连空气都好像更加清新宜人，无一处不透露着普通人高攀不起的架势，要是胆敢僭越而入，无形的屏障也会立时叫人自卑不已。

从中产阶层的中区横跨两条主路后，再向北转两个路口，车很快就开上了富林路。我也终于从记忆中艰难地辨别出了几个路人，不过也只是眼熟的程度，并不十分确定他们的身份。说来也奇怪，宁叶县城虽不大，但还是有三五万的常住人口，可少时总感觉周围每一个人都互相认识似的。这种错觉让我只要一上街，背上立刻就像是驮起了一篓子石头。如今我已二十七岁，那些石头穿越时空，仍然压得我喘不过气来。

为了缓解，我边开车边想象着推开林家大门时的情景：嗨！你好啊青灵！这就是你的女儿？长得可真像你啊。噢，对了！我还有事，就先告辞了。

富林路是一段上坡路，左边沿街有一些颇具宁叶县特色的店铺，右边是麦子河，宁叶人管它叫母亲河，但其实就是条宽度不过四五米大水沟而已，和县里地势最高的富林路合在一起，被誉为"有山有水"的风水宝地。真是可笑。坡路尽头的正中央，就是林家大宅。往后再驱车一刻钟，经过一片洼地良田后，倒真的有一座海拔三百来米，由三座山头组成而得名的三仙山。

三仙山占地面积不大，却在临近几个县里都颇有知名度，一来因为它有多个版本的传说；二来是因为山上修建的登山道、观景亭、照明等设施都达到了市级森林公园的标准。偌大一座山，进山主道上皆铺设石阶、路灯、景观灯，两旁再辅以人工养护的树木花草、石桌木椅、饮用水池。如此阔绰的手笔，若不是来自林家的民间赞助，就是对纳税大户的格外关照。

从三仙山到林家的这段路程，一条进山公路笔直连通，中间再无其他建筑。与其说三仙山是宁叶人日常休闲的好去处，倒不如说它是宁叶首富家的后花园。如果登上三仙山的最高处俯瞰，会看到绿色的植被仿佛从高处倾斜而下，一直流淌到富林路，白色的别墅被包围其间，像是一栋中世纪的欧洲城堡。城堡的主人深居简出，神秘而又受人敬仰——这就是他们想要营造出的气氛吧？

我已将车开至富林路中段，道路左边有一条分岔路，可以绕过林家再汇到进山路，那是普通人唯一的进山口。路口有几间针对上下山旅客的店铺，卖些饮料、雨伞、零食和鲜有人问津的三仙山纪念品。分岔口到林家的这段道路两旁，黄杨树冠若华盖，洋紫荆落花如雨,为路尽头的圣殿做足铺垫。我脚踩刹车,将车速降到最慢。如果前面有人看到,应该会以为车抛锚了,正被人推着上坡。

明明才四月,太阳就如此恶毒,烤得人浑身发热。我脱掉外套,百无聊赖地四处张望。麦子河对面的那排店铺已不是十年前的模样,但我敢肯定它们都只是换了招牌,经营内容还跟以前一样,换汤不换药。我想找根烟,拉开工具箱才想起昨晚长夜难眠,库存早已精光。还好抬眼对面就是个超市,我将车泊到树下,横穿马路。

"富林超市",我记得这家店,说大不大,日用百货却一应俱全,开了很多年,打我记事起就一直存在,招牌在印象中也是眼前这般白底红字,只是以前它似乎叫"富林平价百货店"。

拨开胶帘走进去,头顶空调的风让我稍微好受些。收银台后坐着个穿军绿色工装连体长袖服的小伙,正埋头木讷地帮一个穿着宽松花裤子的大妈结账。他的头发看起来很长时间没有修剪,下面的五官十分普通,唯一能让人留下印象的是下巴上的几颗青春痘。大妈的眼神在收银台附近四下搜寻,似乎不甘心还想再带走些什么。我压下头拐进货架,生怕被年长的人认出来。

第一排货架上,满满当当地摆满了各种酒瓶。没有意外,全是林氏酒业旗下的产品,这是本地特产。别说便利店杂货铺小馆子,就算是药房保健品商店,只要能沾上边的地方,都能轻易看到它们。与视线平齐的一排,像是经典的青花瓷系列,外包装上印着一个穿旗袍的美人儿。我定睛一看,竟是林青灵!

用自己的女儿做代言?我实在不懂这是一种什么心理,有钱人不应该低调一些吗？还是说，这是出于林青灵的要求——她总是热衷于去做一些别人无法企及的事，来证明自己独一无二的身份。包装上的她身穿印有青花的白色旗袍，站在设计清雅的酒盒中间，用她那双戴着丝质手套的手，捧着一瓶犹如她身段般玲珑的酒瓶，露出温婉恬静又高高在上的笑容。要我说，恐怕她是想用自己美若天仙的笑颜，让无数宁叶县的男人望之就无酒自醉。我从鼻子里喷出气息，轻哼一声，她真有照片上这么美艳吗？年少时审美尚未成熟，只觉得她所谓的美貌，无非是得益于精美的服饰和富贵家境的加持。若将这些换到任何一个女孩身上，也能立刻让麻雀变成凤凰。

我克制住自己伸手勾倒一排酒瓶的冲动，绕到后排洗浴用品区。

"在找什么？"收银小伙探出头问我。

"哦，"大妈走了，我放下随手拿起的洗发水，走到收银台前，指着小伙身后的香烟货柜，"来盒七星蓝莓。"

"不是宁叶人？"小伙拿下烟，边用抹布擦上面的灰尘边问道。

想必是烟的品牌暴露了，我挤出一个微笑，从牛仔裤的后兜里扯出一张五十元的钞票，希望他明白我不想攀谈。

"好眼熟……"他低声自语一句后，还算知趣，没再继续往下问。

我拿上烟赶紧出门，因为我看清了他那张脸，隐约也觉得有些眼熟。不过，这里离我家就隔了两条街，住了十几年的人，有谁会互相不认识呢。我记性是差，但这县里的人可不会放过任何一点谈资。

"孔蔚然，"小伙追了出来，"找钱！"

果然还是被认出来了，我走到半截，只能无奈地返回来。

"哦哦，谢谢你啊，"我尴尬地笑着，实在不好意思再扭头就走，"你认识我，你是？"

"焦力，宁小二班，你们同校。"原来是小学同校，那中学应该也是同一所了。

说起来，我的相貌较十年前变化不小，且多年未曾回来，加之性格内向，若不是当初成天跟林青灵混在一起，这些故人肯定早就将我遗忘。想必这也是他说"你们"的原因。

我实在太讨厌这种感觉，碰到一个人，说认识你，可你就像个傻子一样站在那里，根本想不起对方是谁。我耸耸肩，做了个愿意继续听下去的表情。

不料对方将零钱递给我后，便没再说什么，转身就走。

"请问，"我叫住了他，指着自己的车问道，"这里可以停车吗？"

他回身抬起脑袋朝我点了点下巴，一双下斜眼忠厚老实。

我回到车里，点上烟，边打量他在收银台忙碌的身影，边寄希望于这地方已经随着年轻一代成为主力而改变。

林青灵呢？她真的会因为嫁人生子而性情大变吗？坡路尽头的林家大宅影影绰绰，我眯起眼想要看得清晰些，但无济于事，只好掐灭烟下车，拖起双腿开始爬坡。

倒不是没想过直接开上去，可我这台借来的破车，哪里配停在宁叶县首富的豪宅前，我都能想象出林青灵嗤之以鼻却又故作有教养的神态。

也就五分钟的路程,我硬是磨蹭了一刻钟,待到不得不抬头面对时,林家的三层别墅,像个庞然大物般矗立在我面前。

区别于县里普通人家的私宅,林家别墅的建筑风格更接近美式,外围没有院子和围墙来划分地界,直接就是低矮灌木围起来的草坪,自有几分目中无人的气势,却也的确更彰显主人家的格局。主建筑地面以上三层,青顶白墙之下,从窗框到门柱再到廊栏皆被上以珠光白漆。也正是因为大面积使用白色,这栋别墅被本地人称为"白楼"。我印象中的宁叶县人,不管在何时何地,只要提到这白楼和住在里面的人,都会情不自禁地流露出一种引以为傲又不屑一顾的复杂神情。就好像这宁叶县首富,说起来也不过是他们某个曾经看不上眼,如今却走了狗屎运的穷亲戚。

这会儿,门廊上有几个人在七手八脚地给门柱刷新漆,门口草坪上戴草帽的园林工人正慢吞吞地除草修树。我望着眼前这片宽阔的草坪,想象着十里八乡的人都赶过来站在上面,人头攒动,争先恐后,只为了拍拍我们刚生完宝宝的林家大小姐的马屁,他们簇拥着她,恭维着她,而她走在前面,昂着头谁都不搭理,像个被惯坏的皇家公主。

刚迈上门廊前的台阶,我全身就紧绷起来,说不上来具体原因,就好像是身体里某个隐藏着的开关被激活了。我深呼吸两口,鼓起勇气按响门铃。

来应门的是"低配版"林青灵。怎么把她给忘了?她穿着一条舒适的黑白波点居家裙,身材玲珑娇小但前后该有的都有,和小时候那个没事就喜欢尖叫的小疯子相比,已经完全出落成大姑娘了。除较她姐姐矮些外,五官简直一个模子刻出来的。我盯着她的脸,有些恍惚。

"蔚然姐?"林青羽隔着纱门辨认出我后,立刻开门并张开双臂高呼,"真的是蔚然姐!"

我用力地调动脸上的肌肉,勉强拼凑出一个同款兴奋脸:"是我。"

她扶着我的肩膀仔细看了几秒后,终于放开我,牵起我的手穿过门厅,一股复杂的花香味迎面扑来。

"我妈,呵,在搞实验自制精油呢。"她戏谑着用下巴指指厨房内一个纤瘦高挑的背影,接着又扭头指向客厅边虚掩的门,隔着半开的门能瞟见里面一坐一站着两个中年男人,"爸跟黄律师在开会,日理万机。"

我鼻腔里莫名泛起一阵消毒水的味道。怎么全都在家?林爸不需要去公司处理公事吗?林妈不主持参加各种贵妇活动了?我潜意识里期待这趟不会碰到林家长辈的希望落空。

"我姐在那儿。"林青羽没给我喘息的机会。

顺着她手指的方向,我的目光越过装饰华贵的餐厅和一扇压花玻璃门,终于看到了坐在后院遮阳伞下的林青灵。

"谢谢你,小羽,我自己过去吧。"我唤着林青羽的小名,示意她不用跟过来。她噘了下嘴,听话地转身走了。

隔着斑斓的彩色玻璃,我望着院子中央绿荫环绕下的美人儿。

自从前日收到短信后,我脑海中数次浮现过她的模样。如今人就在眼前,仍用记忆中的姿势挺腰端坐着,正边朝婴儿床内摇扇子,边望着远处出神。她的一半侧面对着我,看起来既没有身材走样,也没有满脸细纹,气质更没因为生育就被拉落凡尘,衣品妆容样样无可挑剔:白色蕾丝无袖过膝连衣长裙,贴身的剪裁完美包裹住身体,慵懒盘起的秀发下,一张桃腮杏脸上略施粉黛,柳眉星眸红粉娇唇,玲珑微挺的鼻子最为精致动人,微风拂过,几缕发丝顺着小巧的耳垂,落到纤细白皙的脖颈和手臂上,与长裙同样材质的手套拉至小臂处,脚蹬一双款式低调高雅的裸色高跟鞋,恰到好处地延伸了小腿线条,使得她看起来瘦弱修长,我见犹怜。

"蜻蜓。"我拉开门,轻唤一声,就好像生怕吵扰到她一样。

她转过头来,清雅别致的小脸上,立刻浮出一缕惊喜的神色。只有我和文文会这么叫她,当然是她只允许我俩这么叫她。

"天哪,"她站起朝我走来,边摇头边用她特有的温软语调说道,"我简直不敢相信……"

她轻轻抱住我,用一种手微微用力身体却尽量保持距离的奇怪姿势,我僵住不敢动弹,生怕不小心碰到她的裙子。还好她很快便松开手,又后退两步对我上下打量。

本身就比我高又加上鞋跟,使得她看我的眼神就像在看地上啄食的小鸟。少时我收拾整齐站在她旁边,还能显得像个贴身丫鬟,而现在疏于打理的我,最多只能是地主家的洗衣工。我有些懊恼自己为什么要出现在这里给她看笑话。

"快来看看我的宝宝,她一出生,我就期待着能让你看看。"她显然没注意到我的内心活动。对哦,我差点忘了,高傲自大如她,怎么会在意别人的感受。

心里这么想,腿还是跟着迈了过去,我从未如此仔细地盯着一个婴儿看过。摇床里的婴儿在粉红盖毯下睡得香甜,但还没完全长开的模样却让我喜欢不起来。

"来,让妈妈最好的朋友抱抱。"林青灵端起婴儿作势要递给我。

我举起双手,做出一副不知如何下手的样子——我实在是讨厌任何不能自控大小便的生物。

"那下次吧,"她微笑着放下自己的女儿,又转头问道,"然然,你知道她小名叫什么吗?"

我也微笑着冲她摇摇头,心里却开始冒火。可恶!我讨厌别人卖关子,更讨厌被她如此称呼,这让我瞬间觉得回到了茫然无措的少女时代。

"冉冉,冉冉升起的冉,是不是和你的小名很像?"她轻笑出声,"其实是巧合,我爸起的,希望她冉冉升起,变成宁叶县的明日之星。"

我也轻笑出声,作为宁叶县首富,林昊泽还真会起名字,两个女儿没什么出息,只好寄希望于再下一代了。

"走,上楼去我房间聊,我有好多话要和你说。我先去把王妈叫来看着孩子。"她似乎真的很开心,款步轻摇进了餐厅,又从客厅拐进厨房。我被撂在那里,踱到楼梯旁的三角钢琴边站着,也不敢自己先上楼去。

半分钟后,林青灵和她那卷着花香味的妈妈一起从厨房走了出来。

"蔚然来啦?"声音娇媚如莺。

我瞪大眼睛,林青灵就算了,这陈颖真和十年前相比,竟然也没有多添一丝老态,这家人都在吃防腐剂吗?她着一身改良版旗袍,身材较林青灵更加饱满,气质也更成熟高贵却又毫无距离感,浑身上下充满了令人想要靠近的亲和力。对比之下,林青灵再怎么出众,可往她妈身边一站,就沦落成了一枚精致的A货。

"愣着干吗?叫人啊。"陈颖真笑盈盈地看着我。

"我们蔚然成了大作家,恐怕都忘记有你这个干妈喽!"林青灵在一旁咯咯笑。

该死,我竟然完全忘了这回事。小时候,爸担心没了妈的我会养成不爱卫生的坏习惯,就总是在他来林家通宵打麻将时,让陈颖真带我去洗澡。王妈会帮我放好洗澡水,她时不时进来监工,给我倒闻起来像消毒水的沐浴露。那时我感觉自己就像一只发霉的餐具,需要到消毒柜里浸泡,才可以重新做人。原来刚刚那股子消毒味,是看到陈颖真后,从记忆中穿越而来。

那时候不记得是谁先提议的,我开始管陈颖真叫干妈,虽然因为觉得自家高攀的自卑心理,前后也没叫过几次。但当时年少脸薄,没有直接拒绝。大人们就只当我是扭捏害羞,替我做了主。

"干妈……"我怯生生开口,就好像头一次这样叫她。

"妈,我先带蔚然去我房间聊会儿天。"林青灵过来用一只手搭着我的肩。

"先吃饭，吃完饭你俩再好好聊。新鸣也快回来了。"陈颖真对着厨房里忙碌的人吩咐道，"王妈，先给蔚然盛碗汤。"接着又转向我，"怎么瘦成这样了，干妈看得心疼。"

"就是就是，比我还瘦。"林青羽也跑过来拉我，"正巧厨师在，好好补补。"

"对，今天是海鲜餐，说是凌晨才捞上来的海货，你在上海也不一定能吃到这么新鲜的呢。"陈颖真拨了拨我的头发，带我走进餐厅，"我们然然有口福。"

我脸上害羞地笑着，心里却十分不是滋味——她们没人问一句我的意愿，就好像我只是个过家家用的道具，怎样支配都可以。而我在进门前根本没打算和这家人一起吃饭，但还没想到该怎么拒绝，就已经被簇拥到餐桌边坐了下来。

据林青羽热情介绍，平日里林家的餐食都是王妈简单准备，只有在每个周末或宴客时，才会请县里最好的厨师们带上小工上门掌勺。王妈很快就端上一碗蛤蜊海鲜汤来。我还记得她，十年前就已经在林家做工，举止仍然如记忆中一样古怪，那张脸就像是放久的粥表面凝结的皮，看我一眼就立刻转过头摆碗筷，假装不认识。

林青灵见律师从书房出来离开，便在王妈下去前吩咐道："去叫我爸吧。我们先吃，不等他了。"

林家掌门人林昊泽，女主人陈颖真，两位公主林青灵、林青羽，还有我，卑微的洗衣工，我们围坐在豪华气派的餐厅内，笑望着桌上那堆根本吃不完的海鲜佳肴,隔着冷盘下干冰释出的飘飘仙气,假装气氛一片欣喜祥和。

将近耳顺之年的林昊泽,似乎没有得到女人们的保养秘诀,虽然依旧双目有神,声若洪钟,但面相却难掩老态,微胖的身形和光秃如蛋的脑袋,即使搭配高级定制便装,仍难显恣意贵气。小时候觉得他性情爽朗,平易近人,但现在看来,这只不过是他为掩盖自己精明生意人的伪装。三位美貌非凡的女人围坐在他身旁,就好像品位高雅的装饰品,越发凸显了他的财大气粗。他们轮流慰问我的近况,我按着性子避重就轻一言带过,心里祈祷大家快点吃完好让我快点离开,可上菜的王妈似乎没有停下来的意思。我夹在三个淑女中间,小心翼翼地不让精美的白瓷餐具发出一点声音。

"姐夫回来了。"屋外传来车关门的声音,众人随着林青羽的话抬头望向大门的方向。接着林青灵突然站了起来,看我的眼神里带有一丝难以觉察的慌张。

一个穿套装西服的男人走进门来,边脱外套边朝屋内的人打招呼。待他走近些,我猝不及防地发现,这位林青灵的丈夫,竟然是我高中时期的初恋——杨浩成。

我脸上的表情剧烈变换,林青灵和杨浩成同时表现出不同程度的惊讶后,又几乎同时镇定下来,假装神情自若,坐下继续吃饭。

接下来饭桌上谈论什么我一句都没听进去,因为脑子里戳着一百个问号想要得到答案:怎么会是他?林青灵,当初可是你亲口说的,他这样的男人配不上我们的圈子(我家虽然没什么钱,但爸好歹算是有权),劝我不要和他在一起拉低自己的档次,可为什么十多年后,你就愿意下嫁了呢?难道他已经飞黄腾达?还有,你的丈夫不是叫……?爸将你的结婚请帖寄到上海时,我虽然只瞟一眼,但新郎的名字绝不是杨浩成,不然我怎会认不出来?难道……莫非……?

我脑子里乱得很,餐桌上的气氛也随着杨浩成的加入而变得古怪起来,大家都尽可能地少说话。我感觉那些鱼虾都像塑料一样,无论怎么咀嚼都难以下咽。就在我快坐不住时,两位长辈终于结束用餐离席。我放下筷子,林青灵立刻拉着我上楼前往她的卧室。

手套丝滑的触感令我一阵恶心,但我没有勇气挣脱,只能随她操控。进了房间,她把我按到床边的梳妆椅上坐下,自己则坐到床尾凳上,一副任我处置的可怜样。

我哑了火。不知为什么,打小就是这样,每次明明是她的错,但我就是没办法开口质问她。不过这次我想也不需要我开口了,她心里应该清楚。

"真没想到,然然你变成作家啦?"她故意先转移话题套近乎。

怎么,你很意外吗?我昂起头望向她,想起初中时的语文老师,总是给她的作文打满分,让当时的她误以为自己将来可能会成为作家。她不会是到现在还觉得自己比我更有资格当一个作家吧?反正她不管什么都要攀比,且一定要赢就是了!

"我没想到你还不知道他是我丈夫,我以为……你是知道的。"见我不回答,只是死死盯着她,她竟然还噘起嘴,似乎在我这里受了莫大的委屈。

还有呢?你要说的不止这一点吧?

"以前我们还小,什么都不懂。我也是隔了好多年,千挑万选,才突然发现这个人真的很适合我。他现在叫杨新鸣,因为原来的名字里有一个字和我爸的同音,我们结婚前,爸让他改了。虽然我爸到现在还是觉得他配不上我,不肯给好脸色,但这种事,谁会比我更有发言权呢?你懂我的,我们家什么都不缺,我缺的只是一个真正对我好的人。"林青灵站起来走近我,水汪汪的大眼睛里似乎要掉出珍珠来,"他真的对我很好。"

她从来都是这样,拿了别人的东西,是小事,对方如果生气,倒成对方的不是。我闭上眼,调整呼吸,算了,都过去了。当初对杨浩成,就只是我少女时期的短暂悸动。如今要不是这个人生生出现在眼前,我早就忘记那段无足轻重的过往了。况且,杨新鸣?这是什么愚蠢的烂名字?

她站在我旁边,侧身对着我,用幽怨的口气自说自话:"说来一切都是命中注定。我去上海念大学的那年,就好像被什么诅咒了一样,做什么都不顺,学习成绩不好,人际关系紧张,连身体也一直不舒服,虽没什么大碍,但还是没能坚持下来。大一没念完我就回来了,一直闲在家里。开始倒也乐得自在,可转眼就过了二十五,说闲话的人越来越多,这里不像上海,唾沫星子能淹死人。"

这我倒是不难想象,宁叶县人才不会在意谁有没有念过大学,有钱比什么学历履历都好使。但若是过了二十五岁还不结婚,那可就有得说了。普通人家的姑娘,可能是因为置办不起嫁妆,才嫁不出去。可大户人家的姑娘如果不赶在二十五岁前有着落,即便将来嫁了,也会被人说是当初没人要,好不容易才嫁出去的。从此在这件事上,就会低人一头。小地方就是如此,鸡毛蒜皮的事情,全都可以拿来攀比,拿来嚼舌根。

"可能是只有这地方才对我八字,一出去就水逆。哎,大概我这辈子都走不出宁叶县了。"她对着天花板长长地叹了口气,接着转过身来看着我,"然然,你不会因为这件事,就生我的气吧?"

"我生什么气?只是有点惊讶。"我努力扯扯嘴角,希望摆出一副"既然你都这么可怜了,那么我不要的东西,扔给你也无妨"的姿态来。

"你最好了。"林青灵破涕为笑,蹲下来牵起我的手,"再过两周多冉冉就满一百天了,百日宴你可一定要来。"

我盯着她那双白色的蕾丝手套,一瞬间穿越到八九岁时。那时她刚开始戴手套,借口自己手部皮肤敏感,很多东西不能碰。善良的文文轻信了她,还从家里给她带膏药。可只有我知道,她只是不可能再像小孩子一样,在头上戴夸张的假钻皇冠了——她必须想个法子和我们这些平民区分开。从那时起,白色长臂手套就成了她公主身份的新象征。每当我看到她手上的手套时,自然而然也能看到她头上那顶隐形的皇冠,接着就会在心里恶狠狠地念几遍那句名言:"她那时候还太年轻,不知道所有命运赠送的礼物,早已在暗中标好了价格。"她得到了那么多,却从不担心未来某天,会在某件事上栽个大跟头。但从小我就笃定,世事皆如质量守恒定律,暗中维持着某种精妙的平衡。所以,只要看到她头上那顶闪着璀璨光芒的皇冠出现时,我就会在心底用力地祈祷那一天早点到来。

"真可惜,我上海还有事,必须得回去。"我看着她头顶的位置,露出一排牙齿,笑着拒绝她。

4月2日中午/橡皮

坦白讲,我已经开始喜欢上这里了。对于一条狗来说,什么最重要?当然是肆无忌惮地撒欢儿啊。这地方不仅到处都宽敞开阔,还有很多铺满宝藏的杂草地,而且我即使随地大小便,应该也没人会把我抓起来关几天吧。

那个孔蔚然喊爸的男人,名叫孔振宁,自从早上他将我带出屋后,我就逐渐放飞自我了。一开始还担心他会不让我到处跑,但随着慢慢试探,我发现只要时不时在他眼皮子底下报个到,他根本不在乎我跑去哪儿了。

我那个浪啊,在他周围上蹿下跳,看到同类就扯着嗓子一顿狂吠,见哪个人不爽,就冲上去吓唬吓唬。不过说来也奇怪,这里没有上海那么多人,也没上海人那么怕狗,弄得我挺没成就感的,不到中午就懒得折腾,蔫巴着跟在孔振宁后面,等他记起来给我投食。

可这个孔振宁像上了发条似的,从早上出门就一直到处转悠,这会儿日头都当空正午了,他还没有一点停下来的意思。我冲他抗议,他也只是半弯下腰揉揉我的头。拜托!我又不是宠物狗,干吗老揉我头?我没有尊严的?

"怎么样,老孔?"路边有个卖小吃的摊铺老板冲他打招呼。其实这一路感觉好多人都在盯着我们看,我不知孔振宁是平时出街就这么引人注意,还是因为带着我。所有人一律一副欲言又止的古怪神情,像极了孔蔚然在电话里打听曹岩新恋情时的八卦样。

"什么怎么样?"孔振宁停下来,有些不耐烦地扶扶自己的腰带。

"听说你闺女回来了?"老板搓搓手,拿勺子搅了搅放在门边炉子上盆里的茶叶蛋,"这下你可放心了吧,不用操心没人养老喽。"

店内几个吸溜面条的顾客,都朝这边偷瞄。

"我老了吗? 先管好你儿子,整天无所事事跟那帮街溜子到处晃,要是敢在我眼皮子底下犯什么事,你就别指望还有人给你养老了!"孔振宁边大声对着蛋盆嚷嚷,边从里面捞出两个剥起来。

"这不是街坊邻居关心你吗,"老板脸上挂着油滑的笑,似乎一点没被吓着,"整天为了咱县里的治安劳心劳肺,谁看着都不落忍啊。这下闺女回来了,我们也就放下心了。"

"闺女处对象了吗?"另一个抹着嘴过来跟老板结账的老大爷探头问道。

孔振宁眼皮也没翻一下,剥开两个蛋一个自己吃一个塞到我嘴里,差点没把我给噎死,但味道还不错。"走了。"他塞了几块钱给老板,转身挥挥手。

这就是我的午餐? 还不如孔蔚然呢。我愣在原地,用脑袋指着盆里冲老板示意,但他根本不看我,和老大爷冲孔振宁的背影叽里呱啦。

"橡皮!"孔振宁站在十几米远的地方一声吼,我只好灰溜溜地跑过去,跟着他过了马路,来到一栋门顶挂警徽的房子,看样子似乎是他工作的地方。一进门直上二楼,沿路有人和他打招呼他也不理,到了办公室就直奔小伟所在的办公桌。

"昨天逮的那两个小混混……?"

"什么也没说,都说不关他们事,超都放大招了。"小伟立刻站起来汇报情况。

"超呢?"

"出去了,还是全州路那案子。"

孔振宁皱皱眉头,准备下楼。小伟赶紧上前一步:"那俩混混……?"

"放了吧!"孔振宁停下,冲小伟指指我,"替我喂下狗。"

啥?我不是有名字的吗?听起来就像"替我喂下人"一样别扭,但无奈饥肠辘辘的我也没力气抗议,只好转而跟小伟。

小伟并没有立刻喂我,而是先下楼去放人,我耐着性子跟紧他。

"别让老子在外面碰见你!"两个小混混都留着傻不拉几的发型,其中一个染黄毛的刚从门里出来,就指着小伟的鼻子喷口水,"就你这怂货还敢抓老子,我呸!"

另一个脖子上有张蜘蛛网文身的从背后堵住小伟的退路。

"不……不是我抓的你啊,是……"小伟结结巴巴,看得我窝火,这不摆明拿软柿子捏吗。

黄毛又冲地上啐了一口痰,凶狠地朝小伟比了个抹脖子的姿势后,趾高气扬地走了。我在心里好笑,你凶别人抹自己脖子是要闹哪样啊？这智商也不见得比我一条狗高出多少吧。

我抓住时机冲小伟叫,他垂头看着我,比我还像只丧家犬。

4月2日傍晚/孔蔚然

一整个下午,我都被迫窝在林青灵的卧室——她和杨新鸣的卧室,听她滔滔不绝。其实,从她刚看见我,我就发现她脸上漾着一丝迫不及待倾诉的欲望。

林青灵作为首富之女,一方面享受自己高高在上大小姐的身份;另一方面又不得不因此而处处保持得体的谈吐和姿态,即便是在家里,在自己的亲人面前。她母亲陈颖真,不同于靠着白酒产业白手起家的暴发户父亲,是个货真价实的名门千金,秀外慧中,知书达理,虽然从不插手丈夫的生意,但也是县里各类名媛贵妇活动的核心。没有她出席的宴会,根本不值一提。林青灵从小耳濡目染自是必不可少,作为长女的她更被母亲有心培养严格要求,所以就算是在自己家里的日常生活中,只要在母亲面前,她也时刻不敢松懈。

这样一来,在外要小心翼翼演戏做人,在家为求母亲的肯定而依然无法自由自在,我不知道她是怎么习惯的,但换作是我,肯定会疯。

记忆中也只有跟我和文文在一起时,她才会像换了个人一样,虽然仍旧是高人一等的姿态,但总归有了生气,像个活人,偶尔还会有小女孩的傻气和天真。

所以这场憋了十年的倾诉声势浩大,我猜即使在我走之前,她都没有说完想说的十分之一。无论是她为何在上海念了一年大学就不得不辍学回家养病,还是如何与杨新鸣相识相恋结婚生女,我都因为不感兴趣而能勉强忍受。但唯一让我愤怒难忍的,是她拿出那张只有我们三人才有的合照时,回忆昔日时光的语气,就好像她真把我们当成了毕生挚友,以至于完全忘记文文是怎么死的,当然也就丝毫没觉察出我望着她时眼神里的恨意。是我的偏见产生的误解吗?可眼前这位谈吐优雅,容貌清冷胜似莲花的女人,身处于这栋孕育出她灵魂的居所,分明与十年前并无二致。

在太阳的余晖被全部吞没前,我终于借口要回家吃晚饭而匆匆告别。走出林家大宅,工人们早已散去。我穿过草坪,居高而下望着夕阳包裹中的富林路,突然觉得自己像只误入斗兽场的家畜,两腿瘫软无力。

坚持挨到后天吧,等文文的忌日一过,我就可以永远离开,再也不用踏入这个令人窒息的地方一步了。

返回的坡路略陡,由于重力的关系我走得很快,风从耳边呼啸而过,我放空大脑默默做起了深呼吸。

"孔蔚然!"一个女人突然从路边冲出来迎面拽住了我,"还真是你啊,走这么快,差点不敢认。"

我借着刚刚亮起的路灯光线,定睛一看,也认出了她:"杨橙?"眼前这个蓄着大波浪,化着精致妆容的女人,正是少时一直想方设法想加入我们三人小团体的跟屁虫。高一时,林青灵因为无法接受别人提到我们总是用"她们仨",就取了"蜜糖帮"这个名字。现在听起来虽然酸掉牙,但在当时,确实是班上每个女生都想加入的小团体。她怎么会出现在这条直通林家的路上,看她低胸衣和高跟鞋的打扮,也不像是要去爬山,更何况哪有正经人会在天黑去爬山?

"还能是谁。"她抖了抖自己丰满的胸部,一只手牢牢抓住我的胳膊,我有些反感,正想抽出来,她又靠近些搂紧我,"刚从青灵家出来?准备上哪儿?"我从她那微微发胖的身材,可以看出这些年她在维持身材上所做的努力和吃的苦头。

"回家吃饭。"应付了半天林青灵,我唇舌干涩,连假笑都懒得配了。

"好不容易回来一趟,怎么能回家吃饭呢?走!上我店里去。"

我刚想反驳她话里的逻辑,就已经被拽出几米。原本有些生气,但一转念,想起昨天的卤味,便觉跟她走也无妨。

经过麦子河上的小桥,再穿过一排商铺的后围,就到了另一条街,行人突然多起来。我找不到熟悉的感觉,也记不起这条街的名字。

"以前一河之隔,这边就是贫民区,现在可不一样喽,前几年被林氏地产圈起来,改造成商业区,人气马上旺起来。"杨橙在一间外围摆满绿草俗花的店铺前停下,"到了,就是这儿。"

我抬头看看招牌,"橙雨咖啡",随她进了店。

店内客人并不多,她找了个靠角落的宽敞位置,招呼我坐下。

年轻的女服务员赶紧跑过来,恭恭敬敬递上擦手巾和菜单。

"自己店,随便点,别客气。"杨橙将肩上的包放下,故作阔态。

我瞅一眼她的名牌包,这种妄想永不过时的基础款,在上海可冒充不了贵妇。餐单上只有几款西式简餐,即使全点了,也不会超过五百元。

"店面是我和我老公的名字,我叫杨橙,他叫娄雨,合在一起就是'成语',是不是朗朗上口很好记?"服务员小妹刚一走,杨橙就迫不及待开始炫耀,生怕我想不起当年她那刚堪及格的语文成绩。

我悄悄冷哼,各种谐音招牌,就像是乡镇文化中的特色,似乎那些取名字的人,都颇为得意自己的小聪明。我突然记起林青灵拒绝杨橙加入蜜糖帮的理由——"听听她的名字,随便得就好像是买水果时顺手取的。"

"你看我这每天,上班就是喝喝咖啡,轻轻松松还能把钱给赚了。"她一脸骄傲,得意于自己优雅的事业。

我看看周围,这黄金时段店里就稀稀拉拉的客人,明眼人一看就知是亏本经营。杨橙家虽然远比不上林家那么家底殷实,但作为独女的她,开间咖啡厅空耗的闲钱肯定还是有的。

看来,这县里每一个家庭妇女和待字闺中的良家女孩,都要假装做点轻松的工作,来证明自己并非游手好闲之辈的传统,到现在还保留着。当然了,唯有林家二位千金是不需要这么做的,毕竟林昊泽积累起来的财富,已经够她们在这县里无忧无虑地生活好几辈子了,何必假装做事找罪受。

"我老公下班了,"她突然朝门口挥挥手,"喏,我老公。"

我扭过头去，一个相貌普通的矮胖男人刚进门，看到我们挥手示意后，朝收银台的方向去了。

"人长得不怎么样，但对我还不错，每天一下班就过来帮手，"她幸福的甜笑成功地激起了我一身的鸡皮疙瘩，"对了，我老公和林青灵老公是同事，你见着她老公没？"杨橙翻着眼皮瞅我，等我接话，见我无动于衷只好继续，"人长得……怎么说呢？说男人秀色可餐也不合适，但确实长相啊身材什么的，各方面都不错，林青灵也是有福气……"她故作不好意思，没往下说，但我听出来她话里有话，同时庆幸她不知道杨新鸣是我初恋，不然这会儿该替我惋惜上了。

"没想到你还是跟以前一样，话少。"她似乎对我的反应不太满意，语气里稍带埋怨，"不过虽说你们是闺蜜啊，我还是忍不住感叹一下，这老天爷真是不公平，"她撇撇嘴，像是含着酸梅，"挂着金钥匙出生就罢了，关键是从小到大一路开挂，好事情都排着队来找她。唉，你还记得她'幸运精灵'的称号吧？"

我当然记得，这也是她一直心高气傲的另一大资本。打从我们记事起，但凡只要是她想实现的愿望，就没听说落空过。物质上自不必多说，学生时代更令人嫉妒眼红的是，她每次考试前，都能蒙对大题，成绩因此长期名列榜首，就连县里一年一度针对本地人的春节幸运大抽奖，她都能连中好几次头奖，其他小事更是多到不胜枚举。而那些因为林家财势对她溜须拍马的人，就得到了更加名副其实的由头——她可是幸运的象征，是天选之女。

"但你不觉得……"可能是从我冷淡的回应中觉察出些什么，

她开始试探,"你真的从来不觉得诡异吗?"

"哪里诡异?"我轻描淡写,拿起叉子吃刚上来的意大利面,但其实心里竟有些想往下听。

"你记不记得有一回,我忘了是初一还是初二,她被猫抓了?"

听到这里,我猛地搁下叉子将嘴里的食物咽下去。老实讲,我很不愿意回忆那件事,但已经来不及制止她。

"你说为什么刚好在抓了她之后,那猫就死了?"杨橙心有余悸地咂嘴摇头。

我眼前浮现出那只猫的样子,是只黑黄杂毛的猫,我们在放学路上遇见它时,发现它很干净,不像是野猫,就拿出自己书包里的零食喂它。哪知它突然野性大发,猛地上前抓了林青灵小臂一爪子,瞬间鲜血直涌。第二天她缠着厚厚的纱布出现在学校时,还引起了不小的轰动,因为平时大家都觉得这种倒霉事跟她沾不上边。不过接下来的事,更令人震惊——当天晚上,那只抓过林青灵的猫,被发现惨死在路边,抓过她的那只爪子,竟被卸下不知去向。很多同学都跑去看了,我当时没敢看,但光听人描述,就难受了很久。可林青灵没事人一样,似乎笃定这只是一个巧合。

杨橙见我有些反感,便换了话题:"算了,不说这事了,想起来就不太舒服。"

不舒服你还提?吃饱了撑的吗?我努力压抑情绪。

"对了,你还记得冯文文当时的男朋友吗?那个叫阿金的?"

冯文文!?不不不!我现在不想提冯文文!

"他在街尾老区那边开了间酒吧,好几年了,生意还不错,只可惜快拆了……我每次看到他,都会想起我们文文,哎,真是让人揪心啊。"

去你的!文文从未和你成为过朋友,怎么就变成"我们文文"了?我止不住冒火,腿一蹬脚趾踢到桌腿,疼得我差点飙泪。

她看着我有些欲言又止,但显然也刹不住自己八婆的嘴:"我知道你和文文是好姐妹,也不是故意提起她让你伤心,只是实在惋惜,这么好的姑娘,说没就没了,而且到现在还没抓到凶手,你说是不是没天理……"

没等她说完,我站起来就往外走,留她在原地"蔚然蔚然"地叫,像只吉娃娃一样愚蠢、聒噪、令人厌恶!

4月2日晚上/橡皮

孔蔚然丢了魂似的撞开酒吧的门直冲吧台时,吓了我一跳。

我看看周围,孔振宁已经走了,他应该完全没发现把我落下了。我也是大意,吃完几节味道超棒的香肠,伴着舒缓催眠的音乐趴在角落,一不小心就睡着了。这要是孔蔚然不来,我还不一定找得着回去的路。

她进来就气鼓鼓地趴到吧台上,不知道在写些什么,看起来好认真的样子。但我是谁,我可是从农耕时代就存在的犬种,她这点把戏,我一眼就能识破——她在吸引别人的注意。

果不其然,吧台后面那个穿着牛仔夹克,头发炸毛的调酒小哥,很快就注意到了她,过来搭讪。呵呵,男人,酒吧里的男人,还真是饥不择食啊。我估摸着我可能得自己想办法回去了。

不过,看起来这小炸毛似乎和孔蔚然是旧相识,聊着聊着还你一杯我一杯地喝起来了。

不行,这下我可不能走了。真不是我埋汰孔蔚然,这家伙见色忘义,一看见长得还不错的男人,就找不着北,再加上几杯酒下肚,指不定会整出什么幺蛾子。我得蹲在这里看着她,虽然她从进门到现在,一直假装不认识我,但我是一条狗,天然具备较强的责任意识,就暂时不跟她计较了。

4月2日晚上/孔蔚然

女人到底什么时候才会意识到自己下贱?我越想越气愤——下贱的属性就意味着她们永远没有自知之明!

外面天已大黑,我转了两圈,发觉自己迷了路,抬头看到街尾有个挂着"Bar"霓虹灯招牌的店,索性决定进去喝两杯。

推开店门观望清楚大致方位后,我埋头直冲吧台,一屁股坐上最靠里的那张高脚凳。

空气中弥漫着各类酒精和汗液的混合味道,音乐的音量大小,刚好足够掩盖酒客们的谈话。我谨慎地看看四周,酒吧面积不大,吧台对面有个够架子鼓和音箱勉强容身的小舞台,黑白相间的舞池周围放着十几张小圆桌。中间的空地上,四五个年轻人就着音乐摇摆乱舞,发泄着满溢而出的荷尔蒙。离我近些的左边,有一老一少两对情侣和几个挺着啤酒肚的中年大叔,右边还有十来个人,看不太清楚。在经历了林青灵和杨橙的轮番轰炸后,我不想再碰到什么"认识我的人",现在我只想把自己灌得烂醉。

调酒小哥在吧台下面的水池里洗杯子,他牛仔夹克上的金属装饰,随着手上的动作不停摇摆,一头烫过的头发盖住了鼻子以上,头顶部分似乎还用发蜡抓了空气造型。我抬头看看他身后的酒柜,琳琅满目但就是没有林家的酒。很好!我要了杯纯威士忌,他比画出 OK 的手势,动作麻利地取出杯子添上冰倒满酒递给我。

一仰头整杯下肚,酒精灼烧着喉咙但并没那么快麻醉意识。我掏出随身携带的记事本,一口气连写几十个"下贱"后,才终于稍微解气。

调酒小哥见我停下,又帮我添上酒。我这才发觉自己肚子饿得咕咕叫,便仰头问道:"有没有填肚子的东西?"

"只有烤香肠和这个。"他推过来一叠花生米,眼睛藏在厚厚的刘海下面,冷冷的气质似乎也不太热衷交流。

这正对我胃口,我点点头:"来一份。"

几分钟后,他从吧台后的厨房端出一份还在吱吱作响的烤香肠。我把记事本塞进外套兜里,接过盘子开吃。

"什么时候回来的?"他递了两张纸巾给我。

"嗯?"我看看周围,确认他是在问我后,皱起眉,有些不悦,拿戳香肠的竹签对着他。

他抬起头,用手撩开刘海,我终于得见真容。

"阿金?"我突然想起刚刚杨橙说的话来,原来这间就是他的酒吧。

"嗯,是我。"他边应着边低下头,抓起海绵继续刷杯子。

虽是意料之外,但这会儿真碰到了,我竟然也很快就平静地接受了这个事实。毕竟是文文生前喜欢过的人,印象中也并不讨厌。

"终于碰到个能说话的人了。"我知道他在透过刘海观察我,就冲他笑笑。

他点点头,嘴角扬起的弧度,似乎还是那个十几岁的少年:"怎么突然回来了?"

我揉揉额头,在心里想了想,为什么呢?因为橡皮?因为爸的要求?还是因为林青灵?

"看文文。"当然只有这一个理由了,没有什么别的原因能让我回来。

他又点点头,没有说话,擦干手后默默从消毒柜里拿了只杯子,给我们俩都满上。

我们边喝边有一搭没一搭地聊着,我发现相较林青灵和杨橙,在阿金面前,我终于可以毫无芥蒂地谈论文文了,追忆与她之间的友谊,以及与她有关的整个少女时代的青春往事。而那两个女人,根本不配。

几杯酒下肚,我看出来在文文这件事情上,他和我的处境是一致的。他没办法跟其他任何人谈论他在整件事中所受到的伤害,只能自己慢慢消化所有情绪。日积月累,文文已经成了他心里的一个死结。他痛恨那个夺走她生命的凶手,也痛恨那些对此无能为力的人,包括他自己。如今十年过去了,所有人和事都在继续向前,唯有文文,那个令他久久无法放下的女孩,永远都不会回来了。

"文文的事不了,我的人生也永远停留在高三那年了。"他盯着酒杯里小麦色的液体。

我抿了一口酒,眼角泛泪。我又未尝不是如此,这么多年来,无法进入"正常人生轨道"的焦虑感时刻盘踞心头。我狠狠将杯中酒倒进肚里,就好像指望它们能冲刷我沾满灰尘的灵魂。

"说起来,我以前还恨过你,"阿金抬起头望着舞池中央,"那时候我像个疯子一样,天天跑去找你爸,问他怎么那么没用,就是抓不到凶手。我恨你抛下和文文的友情一走了之,我恨你不和我同一条战线,我恨你们全家……觉得……觉得你跟你爸都一样,懦弱无能。但后来慢慢大了,也就……"

我摆摆手长吐一口气,拿出烟征询他意见,他点点头,递给我烟灰缸。

"你不用觉得不好意思,我爸确实懦弱无能。对,就是这两个词,'懦弱''无能'。这一点,我还真是遗传了他。"我停下来,吸了口烟,"还是你勇敢,我什么都不会,只会逃避。那时候,我不知所措,没别的办法,只有离开,离开这里,抛下一切,假装什么都没发生过,重新做人。"

"做到了吗?"

"嗯?"

"抛下一切。"

两个中年男人踱到吧台边,阿金转过去帮他们结账。

我盯着袅袅腾起的烟圈,庆幸酒精终于开始操控我的中枢神经。

4月3日凌晨/橡皮

　　孔蔚然平时在外面喝酒有个习惯,就是在知道自己快喝醉前,会提前结束。她的酒量我很清楚,一般开始啰唆,就代表差不多了。但今天她和炸毛一直在说话,没停过,我就有些看不懂了。她想干什么?在买醉吗?炸毛虽然看起来不像坏人,可知人知面不知心。再说人家还要顾店,一会儿谁送她回家?这儿离她家似乎还有些远。

　　真是操碎了心!

　　就在我又快睡着时,孔蔚然终于从吧台凳上跳了下来,炸毛从后面走出来解下围裙,说怕她迷路,要帮她去叫出租车。

　　"迷路?我可是在这里生活了十几年的人,怎么可能迷路?你快回去招呼客人,快,有人点酒。"孔蔚然豪气地挥着手,努力让自己看起来很清醒,"拿走了。"她抓起吧台上剩下三分之一的酒瓶就往外走。

　　"你没事吧?"炸毛看看吧台那头等待的客人,又不放心地问她一遍。

　　"放心!"说完,她故作潇洒地走出大门。我赶在门没合上前跟着溜出来。

　　我敢肯定孔蔚然这货一定是找不着北了,站在路口比画一阵,就随便选了个路口。我冲她喊,想提醒她三思而行,她竟然操起酒瓶做了个要打我的动作。

　　"你这条臭狗,离我远点!"

　　好家伙,我臭?你也不闻闻自己那一身的酒气!好好好,你厉害,我看你能晃悠到哪儿去。

路上街灯昏沉沉的，一点不比上海，偶尔一两个行人，也都是缩着脖子东摇西晃，看来这地方的人，全是些酒鬼。路口的街角刮过来一阵阴风，我直打哆嗦，正想着要不要跑快点先去前面躲躲，突然听到孔蔚然在后面"哇"的一声，呃……就这酒量还逞能，这会儿我估计她连昨天吃的东西都吐出来了。

"你没事吧？"

不知打哪儿冷不丁冒出一个穿西装的男人，扶住差点倒进污秽里的孔蔚然，口音和孔振宁他们很像，想必也是本地人。光线不好我看不清脸，但光是从身板的轮廓，就能看个风姿不凡来。

"你谁啊？松开我！"孔蔚然猛地挣脱来人的手，继续弯腰吐口水。她胃里可能已经没有东西吐了。

男人并没有走开，从西装的衣兜里掏出纸巾递给她。哟，遇到这么蛮横的女人，还能保持绅士，我看着眼前这个腿长有我三四个身高的男人，心想他肯定没安好心。

可孔蔚然这货，扭头一看到人家是个帅哥，态度立马一百八十度转弯，我真是服了。

"呃……不好意思……谢谢。"接过纸巾擦完嘴，她又刻意地整理了几下头发。

"你不是本地人吧？你住哪里，我送你回去。"

"不……不算是。我车停在富林超市门口……你知道那里吗？富林路上的富林超市。"孔蔚然直起腰，一个趔趄差点没站稳，长腿赶紧伸手扶住她。我觉得她是故意的。

长腿看起来身强体健，让我不敢贸然出手尽一条狗的职责，只能远远跟着。装疯卖傻的孔蔚然半倚着这个凭空冒出的陌生人,两人歪歪斜斜朝富林超市的方向走去。

其实隔得也并不远,十分钟后,两人就顺利找到了孔蔚然的车。长腿将她搁在副驾驶座上,跑去对面的超市买了瓶水回来,然后自己坐上驾驶座,看来是打算开走了。这还了得,我可不能在这人生地不熟的地方露营,白天看到的那些狗肉火锅店,万一被当成没人要的野狗,抓去剐皮剁碎做成火锅,岂不冤枉。

我一个箭步冲到驾驶座玻璃前,示意长腿给我开门。长腿刚启动汽车,被我吓得赶紧刹停。

"别怕,嘿嘿……是我的傻狗。"孔蔚然歪在副驾驶座的车门上,半睁着眼灌水漱口。

傻……?! 咱俩谁傻? 这大半夜的,也不怕别人把你拖去卖掉。

"让它上车?"长腿歪头问道。

我满怀期待地看看不接话的孔蔚然,心立刻凉了半截。这王八蛋,我知道她在打什么算盘。每次一遇到帅哥,她就会把我隔离起来,生怕我坏了她的好事。

能怎么办呢? 我也只能识趣地趴到车底,看这两个人到底能在车上待多久。

4月4日清晨/孔蔚然

四下阒然,天黑得就剩半轮残月挂在枯枝上,通过薄云发出暖昧不清的光亮。我隔窗怔怔地望着空旷的车道,脑子里一遍遍闪过林青灵那张令人生厌的脸,脚趾不停在鞋里蠕动想唤起痛感好让头脑清醒过来,但无济于事。片刻之后,我才缓过神来,陡然想起驾驶座上还坐着一个人——一个脸蛋不赖、身材精健的男人,我像是受到惊吓似的浑身一颤,旋即索性放平座椅,眼神空洞却又意味深长地看了一眼方向盘的位置。

是的,我脑袋发木、一肚子苦水想要宣泄,但仍然不愿主动。好在女人在这种情况下,只需要沉默就代表了悉听尊便,我能感觉到他的目光在我凌乱发丝掩盖下的脸庞上停滞了很长时间。

需要鼓这么久的勇气吗?我有些失望地长叹一口气,他立刻像是一条嗅到信号的鱼,游到我的肩膀旁边,拨开头发,将带有薄荷味的嘴唇印到我脸上。嘴唇的触感还算柔软,但刚长出来的胡茬却刺得脸痒痒麻麻的,我忍不住别过头去。

事情总是这样,只要有人开场,往下就一切顺利。我边极尽自然地欲拒还迎,边像剥花生似的一颗颗解开他的外衣纽扣。他倒是不必如此麻烦,直接将手从我的衣服下摆伸了进来。我懒得去想他在接触到胸部时是不是有些失望,但至少没有钢丝胸衣的束缚(我总忘穿),手在上下游走时不至于有障碍而极其畅快。他像在黑暗中丈量不明物体一样小心翼翼在我的皮肤上摩挲,并在耳边辅以柔情蜜意的喘息,导致我四肢发软逐渐顾不上纽扣,只能闭上眼尽情享受他指尖的撩拨。中枢神经迷醉必然造成羞耻感尽失,慌不择路的呻吟声从喉咙里蹿出来,在夜色和车窗的掩护下,像树梢上的月亮越升越高,成为让他加快进展速度的指令。

"有在梦里死过吗？"

我问出这句话时，他正在我身上动作，我就像一只原本用丝带扎得很紧却还是不小心漏出气来的气球一样缓缓吐出词句。

"什么？"

他声音有些不解和颤抖，但身体仍在以坚定有力的节奏朝我步步紧逼。

我一瞬招架不住，亦来不及重复刚刚的问题，体内的快意就像突至的海啸般，将我所有的意识淹没殆尽……

有在梦里死过吗？所以是梦还是现实的残影？

无法分辨，更何况还有刺耳的声音，正拼命挤进本就塞满混沌的脑袋里来。

手机在房间的某个角落响个不停，我已在被子里与它僵持许久。平时电话骚扰如果是持续性的，我完全可以赢——看谁坚持得久这种心理战，作为编辑的曹岩，试图催稿时就从未赢过我。可我最讨厌现在这种间歇性的，响一次，停下来，等我刚要睡着，又适时响起，似乎要无限循环的同时，就好像一把精准掐住我睡意神经的镊子。在被它折磨得完全无法再次入睡时，我只能认输，愤怒地掀被而起。

宿醉让我头晕得厉害，连站起来都有困难，眼睛也没法完全睁开，天大亮着，光线刺眼，但看不出是几点。

我迷迷糊糊好不容易在地上的外套里摸出手机，来电显示却令我越发头昏脑涨，背脊发直——是林青灵。我一方面难以接受她又回到我生活里的事实；另一方面实在不知此时该用什么口吻跟她说话。我尝试活动面部肌肉,开阖嘴唇,却被自己嘴里的臭味吓到,再低头闻闻身上,烟味和汗味夹杂在一起,又是一阵令人焦虑的恶臭。电话铃一声急过一声,将我越缠越紧,我感觉自己几乎快要停止呼吸。

"怎么不接电话,该出发了。"电话那头不紧不慢的语调,似乎在按捺自己的脾气。

"出发?"我把身体蜷得像握紧的拳头。

"去看文文啊!"

是今天吗?不是说好了明天?难道……糟了!我把电话从耳边拿下来看时间,原来自己一连睡了二十多个小时,现在已经是4月4日早上八点,是和林青灵约好一起出发去冯文文墓地的时间。怎么可能连续睡这么久?前天晚上我是怎么到家的?橡皮和爸为什么都没来叫我起床?

疑问在我肚子里打成结,化为一阵沉默。

"来不及到我家集合了,各自从家里出发吧。"她在电话那头叹气,像是在努力压抑对我的失望。

我脑袋发热,气到疯狂,几乎快要吼出来:"有什么来不及的?你有什么好急的?!她活着的时候,你不是经常放我俩鸽子吗?现在她死了,你倒是守时了?!"

"哦。"但最终,我也只是哼一声就挂断了电话。

在林青灵面前,我永远满腔怒火卡在喉咙,嘴唇像是被某种巨大力量给黏住,怎么也打不开。又木讷地盯着床尾放字典的书桌抽屉许久后,我才慢慢脱光身上的衣服,光脚走进浴室。

洗脸台上，有一把很大的不锈钢指甲剪。我低头打量自己的脚趾，有几根的指甲已经长长不少。我像是获得了指令，立刻坐上马桶动手修剪它们，剪刀夹断指甲的声音清脆悦耳，令我无法克制地过度索取，待所有脚趾都血肉模糊，我紧绷的身体终于随之松开。花洒的水温不太稳定，我的感知变得迟钝，雾气朦胧的地板上，水流混着眼泪和鲜血，一起钻进了下水道里。

天气意外不差，虽然没有阳光明媚，但也没有乌云遮顶。我在车上远远看到那片位于青秋山山坡上的公共墓地，青松荫蔽下，一大片灰色的墓碑，肃穆林立，整齐划一的姿态，仿佛在强调上天予人生死的公平。我停好车，边走边琢磨，如果生死由天，那活着的路真的都能自由选择吗？

墓园大门下，站着手捧白色花束的林青灵，我有两百度近视，但还是远远就认出她来。黑色连衣裙罕见地搭配了一双黑色手套，窈窕的身材和出众的气质，令过路人无不侧目。

"这里！"她冲我挥挥手，待走近，见我两手空空，便慷慨地从手里分出几枝白色菊花递给我，"拿着。"

她的高雅衬得我更加疲惫不堪，我接过花，闷声低头，示意让她带路。

"没事，我们现在上去刚刚好。"

她误以为我的低落是对迟到心怀愧疚，用女皇赦免罪人的口气安慰我。我跟在她身后，像个侍女一样沉默。

"我也只上来过一次，这次要不是有你，我都鼓不起勇气。"

墓地间的小道曲折迂回，我盯着她的背影，想起少时，每次只要与她产生不同的意见，她都能找到理由让我自觉理亏，然后接连几天，我都必须像个做错事的受气包，抬不起头来。而她用在我身上的伶牙俐齿，却从不适用于文文。文文善良却也心存傲气，向来不理会她的骄纵，通常一两句话，就能让她哑口无言。每当这时候，明明想趁她气势低迷而落井下石的我，却又鬼使神差般地缓解起气氛来，充当两人关系的黏合剂。如今即使天人永隔，局面还是未曾改变——我多想跳起来骂她没资格，快滚回家吧，可还是不得不站在她和文文中间，仿佛一位随侍的通灵师。

走没多久，我刚从路边薅了几根野草将菊花扎成一把，就看到阿金蹲在一块墓碑前。他仍穿着前天晚上的牛仔外套，两手插在兜里，面色凝重。

待走近些，他也看到我们，便拍拍碑顶，起身离开。经过林青灵时，他侧过身体，就像是在躲过一具隐形的幽灵，接着朝我点头示意后，就往出口的方向去了。

"这家伙，还是和小时候一样没礼貌。"林青灵昂头看着阿金远去的背影发表评论，一字一句像是斟酌好了才决定施舍给他。

我没搭理，上前蹲下，将手上的菊花放在墓碑前。那里除了几束小花，还有一大捧白色绣球和绿色剑兰组成的花束。这些都是文文生前的最爱，应该是她搬去邻县的父母刚刚来过。

"爱女冯文文之墓"，墓碑上的碑文主字简洁精练，石刻字体纤瘦含蓄，半点也不符合墓碑主人生前的性格。这是她死后我第一次来看她，不真实感让我一时有些恍惚，不敢相信眼前这块与左右别无二致的墓碑下,睡着曾经那个性格鲜明、特立独行的冯文文。

"我们仨,终于又团聚了。"林青灵也靠过来,轻轻扯下左手的手套后,将手搭在文文的墓碑上,"真不可思议,就好像回到了十年前……文文还在……"

她竟然哽咽起来,我有些措手不及。她凭什么?来看一眼便罢了,有必要这么做戏?她难道不记得文文死的前一天,自己还气急败坏地咒骂她是个没教养的疯丫头,迟早会被人好好教训的吗?怎么人一死,抹去的反而是还活着的人的罪行?我盯着她那支抚摸墓碑的手,喉咙刺刺作响,血液直冲脑门。

"然然,记不记得初二下学期,文文偷偷染了一束头发,蓝色的,然后被老师发现了,我俩陪她罚站的事?"

我当然记得!但那是你为了向大家证明,老师忌惮林家大千金,根本不敢让你久站,所以才硬要拉上我一起罚站。可你不知道的是,虽然文文的体罚果然很快就被取消了,但她并没有因此而感激你,她觉得自己所做的事情该自己承担后果,结果因为你而减轻惩罚,这让她觉得丢脸。

"还有她跟阿金谈恋爱的时候,我们给她打掩护,记得吗?"

记得呢,可你也只不过是想炫耀,但凡我们说自己在林家,父母就会很放心。就好像是我们都沾到了你良好口碑的光,进而越发让你觉得自己比我们更招人喜欢。

"还有我们一起买的发带,我到现在还放在柜子里。"

真是好笑,文文最讨厌粉红色,善良的她为了配合你,戴上和自己穿着风格完全不搭的粉色发带,你却嘲笑她不够少女,不适合粉色。

"还有那次,她……"

"别说了!"我站起来,恶狠狠地盯着她仍放在墓碑上的手。

"哎,我也不忍回忆……"她抽泣出声,再次会错意,"可我实在太想她了,最近常常梦到她,梦到我们小时候,天真、单纯、无忧无虑,美好得就像梦里才是真实世界一样。我恨这个没有她的世界……"

我见她梨花带雨的娇弱模样,似有几分真心,勉强压下想要怒斥她的念头。毕竟,就算是要揭穿她的假仁假义,也没必要在文文的坟前。

几个行人从我们身边路过,小心地与还沉溺在悲伤中的林青灵打招呼。她挺直身体,回应冷淡——不希望给人留下容易接近的印象,是她一贯的作风。

我认出其中一个,是初中的班主任,就是那个因为染发让文文罚站的老师,我忘了她的姓氏。她脸上多了很多皱纹,高耸的颧骨和五官,却还是印象中的严肃刻板,洗得有些发白的深色套装,似乎还是十多年前的款式。她经过时扫了一眼文文的墓碑,又与林青灵对视微笑,算作打招呼。我猜在她漫长的教学生涯中,也没几个学生能让她微笑待之。她没认出我来,这也难怪,我原本就不出众,更何况是站在林青灵旁边。她与我擦肩而过,身上还是那股还没进教室门,就能闻到的驱蚊水味。

"然然,你为什么一定要去上海呢?如果你留下来,我们还能相互做伴。"林青灵显然不会把一个屈服于林家财势的初中老师放在眼里，突然将话题转向我。这让我有些措手不及，加上她的语气诚恳温柔，让我差点就要为一直以来的小肚鸡肠道歉，"我也是最近两年才发现，整个宁叶县，真正能聊天的朋友，只有文文和你。虽然文文走了，你也留在上海不回来，但在我心里，你们的位置永远都在。"

她用那双美丽动人的眼睛真诚地盯着我，让我开始怀疑起自己才是那个表里不一的贱人。我心虚地避开她等待回应的灼热目光，视线再次转移到她放在文文碑顶的左手上。真是一只青葱玉手啊，柔若无骨带着珠泽，衬得无名指上硕大的钻石戒指都黯然失色。可她为什么要将戒指戴在左手上呢？

"不是男左女右吗？"为了转移她回首"友谊"的尴尬话题，我脱口问出。

在宁叶县有一个可笑的传统，那就是嫁娶中的男女，戴婚戒必须遵循"男左女右"的传统。原本男左女右是由古至今遗留下来的封建陋俗，在现代社会和西方文化的冲击下，早已被大多数人所摒弃。可在宁叶县，如果婚戒戴反了，是会被人笑话的，因为那代表了另外一层截然相反的含义。

她先是一愣，待明白我的意思后，举起左手端视戒指，脸上的忧伤一扫而光，顷刻间便露出颇为得意且理所应当的笑容，就好像她接下来要说的话，是一条理应尽人皆知的常识："我们家，女左男右。"

我也瞬间就领会到了她话里的意思，并懊恼自己提出了这个有着显而易见答案的问题——戒指的位置，代表家庭地位。杨新鸣是入赘到林家的女婿，家庭地位自然在林青灵之下。那日我在林家，在卧室目睹过二人的相处模式，偶然经过的杨新鸣，被林青灵支使各种杂事，毫无怨言，而颐指气使的林青灵，完全不顾及丈夫颜面，似乎还有些刻意向我炫耀的成分。在上海生活久了，我早已忘记戒指女左男右的戴法，代表了只有在县城乡镇才会盛行的"倒插门"习俗，以及它背后心照不宣的女尊男卑的含义。如果你在宁叶县看到一个女人将婚戒戴在左手的无名指上，那么她必定非富即贵，因为这代表她的丈夫是入赘高攀。我想这一传统的起源，可能是来自一位类似林昊泽这样身份显赫的岳父——他们必须以此强调，自己的女儿，也就是自己的家族，在这场婚嫁中的地位。

"我们回吧。"林青灵见我半晌没有出声，看看手表后，戴上了手套。

"你先回去吧，我再待一会儿。"我挤出一个微笑，祈祷她不要多话。

换作以前，她肯定会力劝我同她一起走，因为她不喜欢自己没人簇拥，一个人孤单地离开某处。还好这次，她没有故技重施。我十年未归，有许多话想要单独和文文说，实在是情理之中，又不好阻碍的事情。

她走后，我一个人坐在墓碑前抽闷烟。在我的回忆里，美好的瞬间从来不是"我们仨"，而是像现在这样的"我俩"。文文是四年级才从外县转学过来的，我们被分配成了同桌。那时妈去世没多久,爸又对我不闻不问,我的人生正处于最灰暗的阶段,本就在班里没什么存在感,变得更加内向后更是连一个朋友也没有。与我相反,那时候在学校里,人人都想跟林青灵做朋友。她家世显赫,长得漂亮,出手又阔绰大方,平时动不动就请全班同学喝饮料、吃雪糕,教室里的饮水机、空调、投影仪,还有文化楼的乐器、体育器材,都是她家捐的,连老师也对她客客气气的。老实说,要不是文文的出现,林青灵跟我虽然是同校同班,我也始终觉得我们是两个世界的人,这辈子都不会有什么交集。

文文生性乐观善良,或许是受到从事艺术行业的父母的影响,她看待所有事物都有自己独特的见解,不跟风,不曲意逢迎,特立独行但又不自视清高。自从我们成为同桌,她总是主动找我说话,课外活动也拉我一起。知道我刚失去母亲后,她难得地没有表现出旁人那种让我浑身不自在的程序式的怜悯。她教我弹吉他,哪怕我丝毫没有天分;到我家写作业,趴在床上吃零食;上课时,我给她打掩护,抄国外乐队的歌词;让我帮她编摇滚味儿的辫子,给我剪参差不齐的刘海;贴一次性文身被老师罚站,却偷偷笑得像两个傻子……我敢说,要是没有文文,我的少女时光会像黑白电影一样,毫无色彩可言。而她就像一缕阳光,一下子将我这个灰暗的角落照亮。

甚至在我们被陈规桎梏已久的校园里,她也像是沙滩上碎石堆里的一颗水晶一样耀眼。整个校园,至少整个班级,因为她的存在而变得生动有趣了不少。大家对她充满了好奇,就连素来心高气傲的林青灵,也无法忽视她的存在。要知道,在她作为转校生来此之前,林青灵才是唯一的焦点。

可整个学校里,没有同学敢说自己是林青灵的朋友,因为如果被她听见,马上就会得到她的公开警告。她只是享受众人对她的奉承追捧,她才瞧不上那些趋炎附势的人。但冯文文不一样,文文有自己的光芒,甚至能与之抗衡。林青灵狡黠之处就在于没有嫉妒打压,起码表面上没有这样,而是选择主动跟文文做朋友,来让自己光芒更甚。不过,也有可能她就是单纯地被文文所吸引,觉得终于出现有资格跟她做朋友的人。只是这样一来,她就不得不同时接纳我了。

就这样,我俩,变成了我们仨。

事到如今,坦白说,我并非介怀她介入我和文文之间,只是这些年,一直有一个念头在我脑子里徘徊——如果她没有加入我们,文文是不是就不会死?

关于我们仨的故事,刚刚林青灵已经说得够多,我不愿再想。眼下坐在文文墓前,我满心只有她曾对我的好,还有她那张倔强又明亮的脸。

"我叫冯文文,你呢?"

"晚上能去你家过夜吗?我爸妈不在家,有点怕。"

"支棱起来啊孔蔚然,有我给你撑腰呢!"

"你这是来例假了,我妈教过我,不用担心。"

正想着初潮时,文文从家里偷卫生棉给我的往事,突然一个声音,没头没脑地打破了宁静。

"蔚然姐,"我仰起头,一张红扑扑的脸闯入眼帘,"你很恨我姐吧？"

我敷衍地笑着，像个不愿跟小孩计较的大人，宽厚仁慈："从哪儿冒出来的？"

"她一出门，我就跟来了。"林青羽歪着头，做出早已洞悉一切的表情，"因为文文姐的死，你恨透我姐了吧？"她不依不饶。

"你怎么知道的？"我不打算否认，只是暗自有些吃惊，这丫头竟然比她姐要聪明一点。

"那可不能说，"她恶作剧般的冲我笑，"不过你放心，我不会告诉我姐的。"

我有些冒火，站起来用脚碾灭烟头，又从兜里掏出一支点上后，才极力忍住想给她两巴掌的冲动："你倒是说说看，我为什么要恨你姐？"

她没有立刻回答，竟然凑过来抱住我的脖子。我身体一僵想要一把推开，她却抱得更紧，甚至直接趴到我肩上，在我耳边故作神秘的耳语道："因为你知道，即使她没本事杀人，但文文姐的死，绝对跟她脱不了干系。"

我吓得不轻，就好像在公车上被抓了现行的扒手，瞪大眼速冻在原地。

林青羽隔了许久才放开我，她耸动肩膀，眨巴着大眼睛，似乎很开心我的反应。我皱起眉头，恢复镇定后刚想用大人的口吻训她，她却已转身蹲下，将手上的花束放到花堆上后，站起来拍拍手上的尘土，心满意足地撂下我离开了。

4月4日下午/孔蔚然

下次睡午觉前,一定要记得关手机!!我边进行第一百次发誓,边接通电话。

"然然!是我。"

我知道是你!我不愿睁开眼睛,也不愿回应。睡梦中被吵醒,是我脾气最大的时候。如果对方没有足够的理由,多半会被我骂个狗血喷头。

"我真的不知道该怎么办才好了……"电话那头传来哭声,不是哽咽,不是抽泣,而是啼哭声。

这可真是破天荒头一次,我瞬间睡意全无,一个激灵从床上坐起。我们的林大小姐,什么时候受过足以使她哭泣的委屈啊?她可是个清高得连看韩剧都不会掉一滴眼泪的人。我的好奇心像冲天炮一样骤然升起。

"你先别哭,慢慢说。"我努力让自己听起来不那么幸灾乐祸。

"他……他……他打我……"话还没说完,她又哭起来。

"谁?"天啦,快告诉我吧,是谁吃了熊心豹子胆,敢动全县人民的掌上明珠。

"杨新鸣,他简直不是个男人……"

她在电话那头泣不成声,我在电话这头压抑兴奋。

"你先平静一下,告诉我是怎么回事。"原来是你的如意夫君啊。我想起那天她在我面前支使杨新鸣时,那种像是对待佣人的口气,又想起早上她看着手上的戒指,说出"我们家,女左男右"这句话时的神情。

"然然,我现在非常需要找个人倾诉,这事暂时不能让我爸妈知道,我也实在不想在家看见他……我需要去你家待一会儿。"她缓了好久,突然提出这个要求。语气不是征询我的同意,而是提前打个招呼的意思。

当然不行！我使劲摇头,脚趾在被子里紧紧蜷起,这我绝不能接受！

"你也知道我家,房间太小……加上很久没回来,到处都是灰尘。"我还是决定委婉一点,毕竟她是个刚刚被施过暴的弱势群体,我不能显得毫无同情心。而我拒绝她的原因,当然不仅仅是因为房间太小。

少女时期,林青灵也不是没来过我家,那时的我们尚且年幼,还没有成年人间那么强的阶级意识,她就已经能营造出一种皇族公主微服私巡的感觉来。所以即使只有寥寥几回,却每次都会让我内心的自卑和对她的厌恶,又悄悄滋长一分。这也令我越来越讨厌去她家,那栋与我家形成鲜明对比,且人人趋之若鹜的白楼,是少年时期的我,最讨厌的地方之一。

"没关系,不是房间小,只是我们长大了而已,哎……我现在太需要找个人倾诉了。"她又哭起来,似乎我要是不同意,也会变成欺负她的罪人。

但我已经没那么容易被她迷惑："要不,我帮你在皇宫开个房间,我们在那儿见面吧。"

"别！"她急忙停下哭声,"那里太招摇了,我现在哭得眼睛都肿起来了,被人看见,还指不定怎么想呢,我丢不起这个人。"

皇宫酒店是我所能想到的县里最豪华的地方了,那里虽然不是林家的产业,但出入吃饭住宿的达官显贵,肯定都能认出肿着眼泡的林家大小姐,而且说不定还能看到她身上那显而易见的新伤。

"芳芳阿姨家呢?"我急中生智,想起她还有个嫁到邻县的表姨妈。

"有点远,而且姨妈知道实情后,肯定会第一时间告诉我妈的,我不能去她家。"

"那……那你来我家也会显得很奇怪吧?"我有些沮丧,很快败下阵来,因为我太了解眼前这种局面了——一旦她真想要什么结果,通常都是会按照她的心意而实现。而我,不管是以前还是现在,都无法态度坚决地拒绝到底。

"有什么奇怪的,你这么久没回来,我过去看你,不是很合情合理吗?而且这县里,谁不知道我们两家长辈间的交情?"她的语气恢复了一些,"那些嚼舌根子的人,就算不记得当初我俩是好朋友,也该知道我爸和你爸的关系啊!"

我爸和你爸?我怎么完全不记得这两个人之间,有任何实质性的交情可言?你爸林昊泽可是富甲一方的大亨,而我爸只是个穿着制服的穷酸老百姓,他哪有资格和你爸关系好?

是你那风情万种的妈和我爸关系好吧!我攥着电话,脑子里恶狠狠地蹦出这个念头。

4月4日晚上/橡皮

连着带我在镇上溜达三天后,孔振宁终于对我失去了新鲜感,今早出门前在碗里备好狗粮后,就把我丢家里了。我对这种五分钟热度的人情冷暖已见怪不怪,毕竟有其父必有其女。

孔蔚然从中午回来一直睡到现在,客厅墙上的时钟显示已经过六点了,我猜她大概又想直接睡到明天吧。

就在我以为今天肯定没人带我下楼溜达时,孔蔚然突然接了个电话,这会儿刚洗完脸正在换衣服,似乎准备出门。我有些兴奋,不停在她眼前晃悠刷存在感,希望她别忘记带上我。

这家伙还算有点残余的良心,出门没拦着我跟上,难道她是特地带我出门溜达的?

刚下到一楼,就看到小区的单元楼门口,停着一台气派的白色汽车。有个戴杏色低沿圆帽的女人背朝这边站着,手上抱的似乎是个婴儿,后备箱前还有个烫着泡面头的中年妇女,正弯腰整理东西。

"蜻蜓。"孔蔚然喊了一声。

戴帽子的女人转过身来,她的脸庞在夕阳余晖的照耀下,令我一条狗都惊艳不已。这么好看的女人,在上海都不常见,蜻蜓?名字也挺别致的,孔蔚然怎么会认识这种人?她不自卑吗?

叫蜻蜓的女人看到孔蔚然,就把手上的婴儿交给泡面头,走过来一把抱住她:"然然……"

好家伙,她是在哭吗?传说中的梨花带雨也不过如此吧。

"上去再说,"孔蔚然将她扶起,又指指泡面头脚边的几个纸袋问道,"这是?"

"我打算今晚住下了,就像小时候一样,我们说一整晚悄悄话。"女人抹去眼泪,拎起袋子示意孔蔚然,"然然,你帮我抱一下冉冉。"

泡面头应声走过来,将自己手上的婴儿递出。我仰起头看看孔蔚然,她瞪大眼睛微张着嘴,一脸恐惧,似乎泡面头递过来的是个怪物。

"你还没抱过她呢,别怕,她现在睡着了,一会儿饿了才会醒。"女人笑笑说道。

"我……我,我不会……"孔蔚然后退半步,"我不会抱小孩……这样,我帮你提东西吧。"说完,她一把抢过纸袋。

"行,"女人愣了一下,接过婴儿,"王妈,你和小刘先回去,我明天打电话再开车来接我。"

泡面头面无表情地应了一声,转身上车离开了。

我十分不甘心地跟在后面又上了楼,猜想许是这叫蜻蜓的女人不请自来,才阻断了孔蔚然带我下去溜圈的计划。这让我很不爽,继而很快就对眼前这个外貌出众的女人失去了好感。

不过从两人接下来的对话中,我听出似乎还有人比我更不待见她。

孔蔚然领着蜻蜓进到自己的房间,将那个还没我大的婴儿放到她床上。这让我心里有些难以平衡——为什么那个小东西可以睡她的床,我就不行?

两人将房门虚掩上,退回客厅。孔蔚然坐在木质沙发上,像个傻子一样沉默,任凭蜻蜓在一旁边哭边发牢骚。我懒得具体阐述,大概就是她丈夫动手打她的经过:第一次是怀孕时,给了她一耳光;第二次是坐月子期间,连抽了她好几下;第三次就是今天下午了(好像脸上是有点不仔细看看不出来的红印子)。

"你为什么不告诉你爸,你爸要知道,还不杀了他?"孔蔚然终于开口。

"我哪敢告诉他,当初他就不同意这桩婚事,是我非要……"话没说完,她抽泣起来,"你都不知道他一开始对我有多好,简直百依百顺,体贴入微。没想到,这么快……他竟然……你知道吗?我好端端坐在凳子上,他冲进来就打我,什么话也没说,我完全不知道原因……他怎么会是这样的人?"

"人心隔肚皮,再说,人都是会变的。"孔蔚然冷笑一下。我发誓我看到她偷偷翻了个白眼!"那你妈呢?你悄悄和她说,让她帮你想想办法。"

"我妈就更不能说了,你也知道的,我妈这个人,对什么事情要求都高,尤其是我。要是知道杨新鸣打了我,她肯定会先质疑是不是我做错了什么。反正从小到大在她眼里,我就没有达到过她的标准。哎,现在我真是哑巴吃黄连,有苦说不出。杨新鸣肯定也是吃准了这一点,才会一而再,再而三的……"

"那你舅舅呢?我怎么没见到你舅舅?总要有人去警告一下他吧。家暴这种事情不能纵容。"孔蔚然这家伙还挺会演的,不了解她的人,恐怕真以为她在愤愤不平呢。

"呃……舅舅……舅舅本来一直在北京工作……前天刚回来……"

"哦？既然回来了,你赶快告诉他。我记得他最疼你,肯定会为你出气的。"

"是我叫舅舅回来的,但……我不知道是不是因为舅舅警告了他,他今天才对我动手的……要真是这样,那我再去告诉舅舅,只会把事情闹大,到头来……"她突然说不下去,捂着红脸大哭出声。

我也实在听不下去了,她就没好好说过几句话,一直哭一直哭,纸巾都用掉了半包,真是让狗心烦意乱,都不知平时脾气暴躁的孔蔚然是怎么忍受住的。

接下来两人说什么,我懒得关注了。倒是孔蔚然,真是让我百思不得其解。平时我以为她只是在英俊的男人面前很怂,但现在看来,她面对漂亮女人也会失去常态。

而那个婴儿,是我见过这世上最无能的物种,不仅吃喝拉撒要人伺候,就连睡觉都要人哄。两个女人又不擅长侍弄,她就哭闹了整夜。一晚上,孔蔚然几乎没合眼,又是换尿不湿,又是烧水冲奶粉,我想等到她耐心耗尽的时候,看她发飙的样子——只要不是对我,看戏我还是乐意的——但直到后半夜也没等到,我实在困得不行,勉强在间断的哭声中眯了过去,就连孔振宁什么时候回来的也不知道。

4月5日早上/孔蔚然

昨天电话里,明明说好只是来我家倾诉,却不想发展到留宿,进而演变成现在要小住。我不知她是有意地逐步递进,还是无意间一时兴起。如果在电话里,我还能想法子拒绝她进一步的要求。可当着面,我就像被施了咒语的哑巴,什么话都说不出口。早知如此,探完文文我就不该睡懒觉,直接驱车回上海,也不会有现在这摊子事了。

她那不足百日的女儿,上次我看到时是睡着的样子,但这次经过一晚的相处,我已经感觉出这孩子半点没随她矜持优雅的妈妈,哭闹起来呼天抢地,丝毫不在乎自己高贵的豪门血脉。

而林青灵也是第一次离开王妈带孩子,明显力不从心,夜里不管吃奶还是换尿不湿,我都不得不全程陪护。到了后半夜,也许是折腾累了,小东西终于消停,我和林青灵早已精疲力竭,倒头就挤在我那才一米五宽的小床上酣睡起来。

感觉中我没睡多久,就被一阵凉飕飕的触感惊醒。我不愿睁开眼面对现实,但床单湿漉漉的面积越来越大,睡在靠墙一面的我根本无处可躲,只好起身推醒孩子她妈。

王妈给打包的五块尿不湿全用完了,我们想当然地以为孩子已经尿尽,可以撑到天明,哪知现在这床单上的地图面积,估计都可以囊括世界地图了。

"我回家拿尿不湿,"林青灵揉揉眼睛,看看窗外已经破晓的天光,无奈地说道,"王妈现在肯定在忙。"

"我去楼下超市买。"刚刚还有些混沌的我,一想到要独自面对婴儿,立刻清醒过来。

"不行,冉冉只能用进口的,不然会红屁股。"

"好吧,亲爱的,"每当我厌恶一个人时,就会用到这个称呼,"那……我去你家帮你拿。"我堆起一个假笑,心里却恨不得揪她的头发。

"呃……"林青灵装出不好意思的模样,但我知道她肯定巴不得,"也好,我这会儿回家肯定会碰到……他……就麻烦你了。哎……也只有然然你,我才能不用客套。"

我慷慨地摇摇头,脑子里却在努力想象该如何结束这一切。如果真碰到杨新鸣,我想必会旁敲侧击,或者干脆直接让他赶紧把自己的老婆孩子接回去。

"对了,我手机的聊天程序不知道为什么收不到新消息提醒,我怕等下你发消息找不到我,能帮我看看吗?"她突然将无奈的眼神从坐在尿床上的女儿身上移开,拿起自己的手机递给我。

"你试过关掉静音模式了吗?"我无动于衷,不想碰她的手机。

"我才没那么傻呢。程序和手机的声音加震动提醒都打开了,但它就是没有提醒,通常我看到消息的时候,它已经不是新的了。"她又将手机在我眼前晃了晃,说话的语气好像在撒娇,我想没有哪个男人受得了她这副软糯糯的表情和声音。

但在我听来只觉得恶心!

我接过她的手机,她立刻趴到我肩上,开心地提醒我:"密码你知道的。"

知道!我点点头,就算这么多年过去了,那串数字还是立刻像设定好的程序一样从我脑子里跳了出来。我努力压下火气,三两下就帮她强制重启开了机。她从小就是这样,不擅长使用电子设备,也不会随意更换设备的账户密码。但凡电子设备出了故障,便会喊我和文文帮她,就好像没有哪个公主会自己修鞋一样理所当然。文文好心提醒过她,电子设备和网络账号要经常更换密码,不然容易被盗号。可她总说自己的密码只有我和文文知道,就算真的被盗,她坦坦荡荡也没有见不得人的秘密。也是,毕竟她像个明星一样,生活在全县人民的目光中,想有秘密也困难。那如今呢?她还是一个什么秘密都没有的人吗,就像橱窗里清白崭新的洋娃娃?

我从回忆中缓过神来,看她对着女儿的排泄物皱眉的样子,明白生活已经让她从层层叠叠的伪装中,或多或少地现出了原形。

开机后,我用自己的手机给她发了条信息,还是没有提醒,看来不是程序冲突。我又琢磨了一会儿,找到了原因:"你开了夜间模式?"我微笑着将手机还给她,心里却在骂"蠢蛋"!

"啊?什么时候开的?哎,你也了解我的,向来不会鼓捣这些鬼东西,"她说话的语气就好像这是值得炫耀的优点,"你还记得那台学习机吗?"

我当然记得了,因为是我故意给你弄坏的,为的是报复你自作主张替我报名了元旦晚会的独唱节目,害我出糗。

"你猜怎么着?最后它竟然自己好了,"她头顶的皇冠又出现了,冠顶巨大的宝石闪得我眯起了双眼,"不知道为什么,我所有的东西,似乎都有自我修复功能,很难用坏,即使坏了,放一段时间它就会自己好起来。你说怪不怪?"

当然不奇怪了！你是幸运精灵嘛！我在心里吼出了这句话。

等她将冉冉那条早已被屎尿糊成一团的小裤子扔到地上后，我赶紧跳起来越过地图区，起身逃离卧室去洗澡。出来时，她已经在纸条上列好了一长串婴儿用品清单，拜托我顺路一并带过来。我接来一看，婴儿油、面霜、三合一沐浴露？还有换洗衣物、水瓶、进口纸巾、湿巾……每一件物品后面，还堂而皇之地备注了数量，一瓶！两包！三件！看到最后，甚至还有便携奶瓶消毒机和两双白色丝质手套！

"手套柜在我房间的衣帽间里，你进去就能看到。"

"你还有手套柜?!"我瞪大眼睛，生怕是自己听岔了。

"这算什么，"林青灵在给孩子擦屁股的间隙给我科普他们一家挥霍无度的生活，"我妈一个人的衣帽间就比我们的卧室还大，里面不仅有贵妃榻供她换衣服累了时小憩，还有甜品台和专门放化妆品的冰箱呢。"

好吧，我举起双手做了个投降的姿势，脑子里闪过陈颖真边挑选衣服边喝鸡尾酒的场景。

"冉冉还小，还没开始用给她准备的儿童房，尿不湿放在我房间浴室的柜子里，你让王妈帮忙找找。"林青灵继续向我补充道。

冉冉！冉冉！什么烂名字，听上去就令人生厌！我一阵恶心，故意摔门而出，希望她在房里听见后，能感受到自己其实很不受欢迎。

清明时节的天气，终究没令人失望，昨天没下的雨，都攒到了今天。外面乌云压顶，凄风苦雨。我坐在车上拨弄着不怎么好使的雨刮器开关，不由得沮丧倍增。

人只要一成年，对于少时发生的事情，都会产生不确定性的怀疑。但我敢肯定自己小时候，从未有过和林青灵彻夜长谈的经历。昨晚孩子少有睡着的间隙，我不知她为什么要杜撰出我和文文曾在她家与她一起过夜的故事，甚至还煞有其事地回忆出无数细节。她边取笑我从小记忆力就差，边笃定我肯定是因为忘了这些美好的记忆，才忍心这么多年都不回来看她。

这可真是个天大的笑话，我不知她是真的后知后觉，还是自我感觉太良好，不然怎么会完全没觉察出，我对她的虚伪早已看得透透的，只恨不能亲手给她几个耳刮子。

但没有办法，成年人之间就是这样，明明相看两厌，却还得顾及自己或是身边人的面子。就算我已经离开多年，自认为在上海活得洒脱不羁，可一回到这土生土长的地方，还是免不了奴颜媚骨，被关系网层层束缚。

天越来越黑，雨越下越大，简直像天上有小屁孩在玩泼水，我把雨刷拨到最快，才顺利将车开上富林路的坡顶。车窗外的雨帘中，一辆黑色的轿车停在白楼草坪前的空地上。我将车开过去，准备停到它边上时才看清，是一辆幻影，驾驶座上坐着位司机模样的大叔，想必正在等待他的主人。我冲他点头示意后，熄灭引擎下车。

已经从雨里冲到门廊，我才想起林青灵写的纸条落在了车上。"管它呢！"我余愤未消地推开门，决定凭印象只带上必需品。我打心眼里不愿帮她搬那么多东西去我家。

刚一进门,外面就开始电闪雷鸣,好在屋内光源充足,视线通明。上次来,因为心事重重,没心思关注别墅内的布置。眼前一番细看,格局虽还是原样,但装潢却已不是十年前的景象。之前似乎是清一色的红木家具,稳重却也老派,眼前则是时髦亮眼的现代欧式风格,挑高的门洞和转角石砌将空间严谨划分,家具和摆饰文雅精致,处处低调却又极尽奢华。我暗自猜想,这一家人里,也只有女主人陈颖真,才具备如此高级的审美。

我站在门厅向内张望,客厅没人,餐厅内的餐桌上,只有一男一女面对面坐着,男的背朝我,女的是林青羽。

"蔚然姐来啦?"穿着睡裙的林青羽看到我,似乎还没睡醒,脑袋靠一只胳膊支撑在桌上,"送我姐回来吗?"

我松了口气,生怕她像上次那样扑过来:"没有,她在我家住一两天,我来帮她取点东西。"

"嗐!真不怕麻烦人,你也是,干吗委屈自己惯着她?"林青羽翻翻白眼,指着她旁边的座位招呼我过去,"还没吃早餐吧?过来吃点再回去。"

桌上的男人已经在扭头打量我,不是杨新鸣,而是一个我不认识的人,林青羽还没介绍,我也不好兀自发问。直到我坐下,他还直勾勾地盯着我。我有些诧异,只好回看他。四十出头,相貌端正颇有几分眼熟,不过我也懒得细想。我对出现在这个宅子里的所有人统统都提不起来兴趣,便只是礼貌性地向他挤出了一个微笑。

"我舅啊!"林青羽见我木头木脑,边好心提醒我,边从餐桌中间的圆盘上,拿下来一碗粥放到我面前。

哦,对,我想起来,林青灵说过舅舅回来了,记得他好像是从事跟飞机有关的职业,飞行员还是什么的我忘了,对他的印象也只是停留在林青灵向我和文文炫耀舅舅又从哪个国家给她带回了什么礼物,真人倒是没见过几次,但看起来眼熟的程度还是有的。

"你别拘谨,舅舅虽然是长辈,但没有架子的,快吃。"林青羽又体贴地给我夹了枚水晶饺放到碟子里。

"早啊,蔚然。"不知是不是我想多了,那男人冲我打招呼的语气和神情都有点奇怪。我能理解他或许还在回想我是谁家的小孩,但这样被盯着不放,还是让我觉得有些被冒犯。

"王妈呢?"我暂时忽略掉他,向林青羽问道。

"刚伺候完我爸吃早餐,这会儿应该在帮他准备出门的东西。"她用下巴指指书房的位置。

我轻轻"哦"了一声,闷头喝粥,思考要不要等王妈忙完。

"你能陪我去找下东西吗?"我决定还是快点离开的好,所以吃得很急。

"我才不要伺候她,"林青羽晃晃脑袋,"你自己去她房间拿吧,姐夫应该已经去上班了吧。"

"呃,我怕找不到……"不会在那间卧房里碰到杨新鸣倒是让我松了口气。

"我也不知道她东西放哪儿,不过总不都在那间房里,如果实在找不到,一会儿再问王妈。"她干脆把另一只手也架到了脑袋下面,似乎在示意自己绝对不会帮这个忙,末了还提醒道,"不过你动作轻点儿,我妈在隔壁,别吵醒她。"

"行,那我先上去了。"我把擦过嘴的餐巾往桌上一扔,懒得再求这个傲慢无礼的死丫头。

上到二楼后,会先经过陈颖真的卧房,我放慢脚步,轻轻走到林青灵的卧房门前。因为担心林青羽判断错误,杨新鸣万一还没去上班,我小心翼翼先敲了门。重复三遍后无人回应,我这才放心地拧开了门上的纯铜把手。

房内果然无人,正中的大床上,床品有些凌乱,看来王妈还没来得及收拾。我的目光接触到房间左边的衣帽间,想起林青灵要带丝质手套的要求,瞬间火往上蹿,脑子里突然冒出个荒谬的念头:进去偷几双手套,带出来扔掉!

仅存的理智完全不足以制止我,我拉开衣帽间半透明的长虹玻璃门,冲进去寻找着目标。

衣帽间里大得惊人,几乎是我卧室的两倍,而里面摆放男人衣物的柜子,却只占了总面积的十分之一,还真是验证了"女左(尊)男右(卑)"的说法,夫妻间地位的悬殊,简直处处体现。一个每日身处于此,为了利益忍气吞声入赘的男人,会爆发夺回尊严的举动,看来亦非一日之寒。更可笑的是,我看到了林青灵用来摆放手套的展示柜,没错,真的是一扇巨大的展示柜,顶天立地的玻璃柜门后,少说也有上百副各式手套。

一道闪电穿透玻璃窗照亮柜门,我呆立柜前,半天无法动弹。

我实在没料想到林青灵已疯狂至此,这只是用来象征身份的小把戏,竟然在她的生活中占据了如此大的比重。我瞬间打消了刚刚的念头,在连续的雷声中逃也似的跑出了衣帽间,就好像那些手套,是被封印在柜子里的魔爪,只要我一打开门,它们就会立刻扑上来将我撕碎。

退到卧房后,我平复了好几分钟,才开始努力回忆我究竟是来干什么的。边想边踱到床尾凳旁,刚一坐下立刻又弹起来——林青灵不会就是坐在这张凳子上挨打的吧?

尿不湿!尿不湿!尿不湿!!!放在浴室的柜子里!我不停地甩手提醒自己打起精神,赶紧拿上东西离开这个变态的地方。

浴室门虚掩着,没有开灯,光线不足,只能看清近处的提花地毯卷起一角,阻碍了开门。我小心蹲下,牵起边角想要移开它,却不想它纹丝不动,似乎另一头被钉在了地上。我只好站起身从刚够侧身通过的门缝里挤进去。

进到浴室才发现地毯的另一头,被压在一张放杂物的大木柜下。我走过去,用脚将地毯摊平,接着动手打开眼前的木柜翻找目标。

没有。靠墙还有几个边柜,洗漱品、化妆品、婴儿用品被我翻了一地,但就是找不到尿不湿。该死!会在哪里放着呢?我歪头打量起浴室内最后的未及区域——在一扇花岗岩砌成的拱形门框后面是淋浴间,左边隐约露出了浴缸和浅黄色婴儿的洗澡盆,我猜想那里面应该还有柜子。

怀揣最后的希望,我闪身入内,不料突然脚底一滑,似乎是踩到了什么液体,我重重地仰面摔倒在地。

接连几道闪电,强光复现,大雨如注,窗外被撕裂的世界仿佛处在末日的边缘。我躺在冰凉的地上暗嘲自己可笑的处境,就算后脑勺里嗡嗡作响也没忘记此行的使命。我挣扎坐起转头探寻可能之处,却发现浴缸边的地上,还躺着一个人。

他身上裹着的罗马纹白浴巾,已被红色的液体浸透大半,在电光之下,红白交映,刺目鲜明。而我,就坐在一摊从他身上溢出来的、泛着腥味的液体上。

随后而来的雷声不由分说地将我的脑子轰开,一阵天旋地转,我无法自控地失去了知觉。

二

4月5日晚上/橡皮

虽然我还没摸清楚孔蔚然她爹,也就是孔振宁的脾气,但明眼狗谁都能瞧得出——他摊上事儿了。

早上睡得正香,屋内的动静就将我闹醒。

孔蔚然出门时我是知道的,但她也就使劲关了一下门,是浴室持续的流水声和男人说话的声音扰得我无法继续。

"你先别急……我已经通知了,他们马上就到……对,应该在……嗯,好……不用,我带她一起过去……好……"

说话声停下来,浴室内没了动静,我放松身子,刚准备好回笼觉的姿势,"咚咚咚"的敲门声惊得我从客厅椅子上站起来直接跳到地面,跑过去看个究竟,发现是孔振宁正焦急但又克制了几成力气似的在敲孔蔚然的房门。

"起了吗?"他说话同样是焦急又努力平静的语气。

房内静了几秒钟。"唉,孔叔叔?"

"是我,你要是起了,快跟我回家一趟。"又是几秒沉默,孔振宁一手捏着手机,一手悬在半空,似乎已经等不及,"必须马上走!"

房门迟疑着打开,室内的光线照到孔振宁脸上,他下巴的胡茬上还挂着未洗净的泡沫。

"孔叔叔?然然刚去我家帮我拿东西了。"

"你妈说你手机关机,联系不上。"

"是的,忘充电了,她有什么急……"

"我下楼开车,你抱上孩子。"

孔振宁说话的态度虽然比对自己闺女好点,但也没给人留下质疑的余地,一说完扭头就走,门也没顾上合。我见机赶紧跟了出去,生怕被关在家里忍饥挨饿。

外面下着上海少见的大雨,一辆黑色的皮卡大摇大摆地停在楼下的过道上,占据了半边车道。其余的车若是想过去,得小心地擦着边通行。雨滴生猛地砸在车顶盖上,"砰砰"作响。孔振宁黑着脸上了车后,眼睛一眨不眨地盯着楼道的方向,就像盯梢的卧底,生怕漏了档。我躲在楼道门后观察了他一会儿,才偷偷摸摸地,用最小的动静跳上车后的无顶货箱,钻进一条塑料布下面蜷起来藏好。

五分钟后,那个孔蔚然叫蜻蜓的女人,抱着她爱尿床的女儿,终于出现在楼道口。孔振宁一瞟见就赶紧下车,撑起雨伞拉开后车门,待人上去坐稳后,立刻回到驾驶座发动了汽车。

小区门口的车闸也挺有眼力见儿,早就四敞大开。孔振宁一脚油门,车就轰了出去,四条腿的我都差点没站稳。

说出来可能会让你们瞧不起，但也无所谓了，反正，我也不指望你们投喂——我虽然是一条狗，却也像人一样特别爱凑热闹。所以，当浑身湿透的我，脚踩着泥水进入那栋狗生中从未见过的巨型豪宅时，兴奋到仿佛站在满满一锅粘着厚肉的大棒骨前，哈喇子直流。

豪宅怎么豪我就不说了，反正对于狗来说，能遮风挡雨哪儿都一样，真正让我兴奋的，是豪宅里来来往往的人，他们每个人脸上都像是刚挨了一拳似的，瘪着嘴一言不发的同时，又像是憋了一肚子话。

叫蜻蜓的女人和孔振宁刚一进屋，客厅内坐在沙发上的人都朝这边望过来，但他们显然都没在看孔振宁，当然也不是在看我。

"青灵……"

原来她的名字叫林青灵。一个大高个站了起来，朝着怀里抱小孩的林青灵喊了一声。他似乎想要往这边走过来，却只挪了一步就停了下来。等等，这男人很是眼熟，似乎是……对，就是那天晚上在车里被孔蔚然睡了的大长腿。

林青灵似乎没听到他的呼唤，将怀里的孩子递给一个脸皮发皱的妇人后，一脸诧异地反望看着她的众人。

沙发上的人挨个站起来，除了长腿，其他三个我都没见过，也是后来才知道他们的名字。

挨着长腿站着的小个子女孩叫林青羽，跟她姐姐林青灵长得差不多，气质却很像我在上海时最瞧不起的那条小母狗。站在较长那一条沙发边的中年男人叫林昊泽，是这一家之主，他吃得很饱的样子,肚子鼓着一个大包,他将双手插在裤兜里,手腕露出一块表盘硕大的金表,财大气粗的味道让我隔了几米远都能闻到。他旁边的女人叫陈颖真,看起来十分赏心悦目,红红的眼睛像是才哭过,我见犹怜的模样让我一条狗都忍不住想要过去舔舔她的脚。

大家站在那里,都是一副欲言又止的样子。孔振宁似乎也被这气氛所感染,手里提着滴水的雨伞,一动不动地维持着刚进门的姿势。

还是陈颖真最先有了动作,她慢慢走到林青灵身边,将她揽进怀里,眼泪在眼眶里打转,但又似乎一时半会儿不会滴下来。林青灵的头被卡在陈颖真的肩膀上,只能伸长脖子疑惑地看着林昊泽。对于大家的反常举动,她好像完全没有一丝头绪。

楼上传来脚步声,几个穿制服的男人从二楼走道的围栏边探出头来。

"孔队。"其中一个瘦瘦巴巴,长着鹰钩鼻的男人,举起双手朝孔振宁喊了一声,他手上还戴着橡胶手套。

孔振宁应声望去,鹰钩鼻头一偏,朝楼梯方向向他示意。

注意到楼上几个男人的林青灵更茫然了,神情里瞬间还多出了一丝慌张,她从陈颖真怀里挣脱出来,精致的小脸皱成一团:"究竟怎么了?"

"哇——"小母狗,哦,不,是林青羽,终于忍不住大哭出声,嘴里还断断续续地嚷道,"姐夫……姐夫他……"

屋内所有人都不同程度地皱起眉头,闻言准备冲上楼的林青灵刚跨出第一步,腿一软差点摔倒,她母亲陈颖真和孔蔚然的父亲孔振宁一左一右扶住了她。

最后还是在孔振宁的搀扶下,林青灵才得以重新迈步上楼。但剩下的人站在楼下望她的眼神,就像是送家里唯一的男丁上战场。

不知道是因为穿着裙子,还是因为预见有坏事在等着她,林青灵上楼走得特别慢。我实在没办法跟在她后面,想着这会儿应该也没人会管我,便一个箭步,嗖的一下先蹿了上去。

平时不明显,但看热闹的时候,狗的优势就突现出来了。别说没人管我,我猜这会儿我要前腿离地立起来走路,都没人会多看我一眼。而且我们狗有一种特别的能力——在众多敞开的房门之中,我准确地判断出了热闹风暴的中心。我踱着步,尽量不发出声响惊动里面穿制服的人,悄无声息地溜了进去。

屋内窗边站着两个穿制服的人正拿笔在本子上画什么东西,还有两个穿制服的人对着更里边的一扇门小声地讨论着什么,那扇门内时不时发出相机快门的"咔嚓"声和低语声。我趁人不注意,一闪身就轻而易举地进去了。

这是一间不小的浴室,相当于孔蔚然在上海那间旧公寓总面积的一半。里面有一个瘦小的男人蹲在地上,手上拿着刻有数字的标牌,另一个男人穿着白大褂,正端着相机不停拍照,他们侧面朝外,太专心以至于没发现我。我躲在一个柜子后面暗中观察,发现他们中间的地上,竟躺着一个男人。

男人的下半身被墙挡住,勉强只能看到腰部以上。他裸着上身,头发有些微湿,看上去像是刚洗过澡,地上都是水。这时拍照的白大褂换了个背对我的方向,我又大着胆子凑近了些,这才看出来刚刚地上发光我以为是水的液体是深红色的,有点像孔蔚然偶尔晚上会用高脚杯喝的东西。无论我怎么讨好她,她从来不肯让我尝一口。

我又观察了一下形势,决定冒险过去舔一口地上的液体就跑,反正门没上锁,这些人不可能追上我。看准时机后,我动作迅速地冲上前,伸出舌头长长地舔了一口后,还没等白大褂出声赶驱赶,我就已经被吓得撒腿往外跑。

嘴里的味道叫我直犯恶心,那味道让我想起了孔蔚然生怕我毁了她的约会把我强行关起来时,她身上散发出的味道!而真正让我吓得四肢发软的,是躺在地上那个男人的左前爪,哦不,是左手!那些深红色的液体,就是顺着他缺了手指的左手流出来的!

忘了说,我们狗不像人会将触觉、嗅觉、味觉等知觉区分得那么清楚,我就常常将它们统称为"味道"。自从舔了那个房间深红色的液体之后,我发现在那栋楼里的所有人,乃至是整个县城的人身上,都弥漫着相同的味道。

4月5日晚上/孔蔚然

头痛的程度超过以往任何一次宿醉,当我费尽力气撑开眼皮,第一眼看到的竟然是橡皮那张狗脸时,沮丧之情可想而知。正当我闭上眼想逃避它时,刚刚的噩梦又如礁石一般,清晰地浮现在脑海里。

"蔚然姐！你醒啦?"是林青羽发出的分贝大到几乎要刺破我耳膜的叫喊声——她根本不是在叫我,而是在喊给其他什么人听。但她绝对没资格出现在我梦里,这点毋庸置疑。一股寒意如电流从头皮灌到脚底,我被电击似的猝然惊醒,手勉强扶着床沿支身而起,脑袋里的零件顿时响成一团。我下意识蜷起脚趾,强迫自己进入现实。

目光越过林青羽那张表情过分夸张的脸,我四望判断自己身在何处,陌生的房间陌生的床。靠在门边眼神飘忽的人也是陌生的,在以往的二十多年中,这种陌生感并没有因为我身上流着跟他相同的血脉而得到缓解。

"你醒了?"爸脸上有一种罕见的神情,他朝我走过来,问了一句与他风格不符的废话。小伟跟在他身后,想要像以往一样朝我微笑,似乎又突然觉得不合时宜而收起嘴角作罢,只抬手冲我摆了摆。

"嗯。"我往床里缩了缩,木然地点头。

"可以起来了,让小伟扶你去局里,得做份笔录。"爸将手搭在腰带上,不再看我,而是转身朝小伟晃了几下脑袋,示意剩下的事情交给他,接着一言不发地走了出去。

盖在身上的被子很轻,捏一捏能感受出是质地很好的羽绒被,此刻却压得我如覆千斤,浑身发烫,脑门冒汗,自然也分不清血流成河的现场和爸的态度,到底哪一个更让我难受。我忽略眼前的人和狗,闭上眼任眼泪往下流。

林青羽见状过来抱住我,惺惺作态地软语安慰,又拿香气呛鼻的纸巾帮我擦眼泪,还模仿大人的语气拍着我的背,说什么"一切都会好起来的",我差点一下子没忍住没笑出声来——她应该是以为我在为她死去的姐夫流泪吧。呵,那怎么可能!

是死了吧?嗯,那模样必定是死透了。看上去也绝对不是自杀——没有人会在自杀前还搞断自己的手指!——正是因为如此,我此刻才会一副魂不附体的衰样,给了林青羽可乘之机。

稍有力气我便推开她下床,艰难地穿好外套,推门出去想要离开时,门外的小伟挡住了我。

爸离开前将我交给小伟,以为我会像年少时一样忌惮他的威严。可他哪里觉察得到,我现在已经是打心眼里恨透了他。眼下这种情况,区区小伟可奈何不了我。无论他说多少遍,无论他怎么央求,我都打定主意要先回家洗个澡再说。因为刚刚那张床,是林青羽房间的,而那张蚕丝被,自然也是她睡过的,我忍受不了这一点。当然,更重要的原因是,我的衣服上沾了不少血。

白楼里出乎意料的安静,除了到处都拉着黄色的警戒带,其他人都不知道躲到哪儿去了。也好,不会有人问东问西。我轻手轻脚出门后解锁车门钻进去,刚一启动,小伟和橡皮就跳了上来。

随便吧,人家也只是个小跟班,不要为难他了。

屋外天色已暗,树影摇曳,有风吹过。我敞开车窗,想要透一透身上的血腥气。一路上还是没什么人,应该是正值晚饭时间的原因。这县里许久都没有凶杀案了,更何况还发生在最令人瞩目的首富之家。我想象着县里的人们是如何在过去的几个小时内,通过各种渠道,既激动又兴奋地将白楼内的这宗凶杀案传遍每一个角落的。他们争先恐后地说出自己捕风捉影的猜想,信誓旦旦地相信自己掌握了全部真相。我太了解这一切了,只要端起碗筷和茶具酒杯,他们个个都是讲故事的高手。而与之相反,以爸为首的公安局内,则乱作一团——真相不可能在短期内就水落石出,毕竟,杀死冯文文的凶手,已经逍遥法外十年了!

我单手从烟盒里抽出一根烟戳到嘴里,用火机点上时愤愤地想:什么孔队!他就该挨家挨户去旁听县里每一张饭桌上的故事,说不定在无数个版本中,真的存在一个正确答案。不然等到他破案,兴许又要再过一个十年。

见过了林青灵的浴室,家里的浴室变得分外狭窄,但这反而让我好受些,热水和蒸气温柔地包裹着我,将我与周遭隔绝,我这才慢慢冷静下来,任凭白日的场景浮现眼前。

杨新鸣死了……

血……好多的血……

断指!

虽然潜意识已经尽量避开血腥,但唯有这一个细节,我无法忽视,因为它让我忆起了十年前相似的一幕——文文躺在水沟旁,一只手被剪断了五指。

两个被害人都被截去了一只手的手指,这绝对不会是什么无聊的巧合!

太阳穴又快跳起来,我蜷紧脚趾试着让自己理智些。这两个案子之间是否存在关联?是否为同一凶手所为?是否特地安排我成为第一个发现现场的人？如果真是这样，那凶手是谁？他为什么要这么做？

如果杨新鸣的死能让我想起冯文文，那么经手两起案件的爸，肯定不会发现不了其中的共同点。他会怎么做？会并案吗？这次能顺藤摸瓜，抓到杀死文文的凶手了吧？

等我反应过来，脚趾上结的浅痂已被水泡化，血顺着白色的瓷砖流进下水道，丝丝缕缕，触目惊心，恰似这些年积在我心头的怨气，反反复复，不愿散去。

其实我心里已经有了某种判断，就像十年前，第一次看到凶案现场时，我脑子里立刻就浮现出了凶手的形象。这么多年过去了，这个猜想即便没有证据，也已经在我心里沉淀成了事实。

脚上传来的疼痛让我清醒兴奋起来，就算没有经过严密的逻辑分析，我也一心笃定杀死杨新鸣和冯文文的，是同一个人。十年前没有证据证实自己的猜测，只能落荒而逃。这次如果能找到证据，揪出凶手，不仅可以告慰文文的在天之灵，也能让自己卸下背了十年的包袱，走出自责的阴霾。

包扎好脚，擦干身体，我穿上衣服出来时，小伟已经走了。爸一脸憔悴地坐在客厅，见我出来，立刻站起来走到大门边，作势等我收拾妥当。我明白他的意思，也知道逃不过，程序肯定是要走的，但此刻我就是不想配合他。

"没有别的裤子吗？"他站在门框下，皱眉看着我身上的破洞牛仔裤。

"没有。"我斩钉截铁地回答。平日我穿什么他根本不会在意，但现在我要跟在他后面,代表了他的脸面,那就不一样了。

他耸了耸鼻子,从兜里掏出钱包,抽出两张放到门口的鞋柜上,嘱咐我回来之后买两件像样的衣服。我知道他实际想说的是,别给他丢人。

什么叫"像样的衣服"? 难道非要像林青灵一样,成天裹着旗袍,戴着手套,穿得像个大家闺秀一样才叫像样吗? 我穿成这样就不配做他的女儿了吗?

头上的浴巾勒得脑袋生疼,我咬紧牙一发横,索性将自己对凶手的怀疑一股脑吐了出来。我站在过道上,足足说了十分钟。可爸全程都只是面无表情地听着,站在门边一言不发,就像十年前一样。

没错,十年前我就告诉过他我的想法和猜测。但是当年他觉得我是发了癫,才会说出那些鬼话。

看着那张毫无表情的脸,我想到唯一能让他松动脸皮,勾起嘴角的场合,应该只有陈颖真的牌局了。

"走吧。"爸将手上的帽子挥了挥,只当我刚刚表演了一出独角戏。

"你没听到我说什么吗?"我感到不可思议。

他叹了口气,不作回答,只是铁青着脸看着我,那眼神就好像看着牌桌上最烂的一手牌一样失望。我脑子里蹿出他曾透露过想要一个儿子的记忆:"你要是个小子就好了……我一直都希望你是个男孩。"可妈的身体不允许二胎,小时候我一直以为他是除我之外还想有一个儿子,毕竟这县里子女双全的家庭,都会以此炫耀,就好像他们真的能因此而万般皆好。对彼此都失望透顶的两个人，对视了好一会儿后，我突然顿悟：他压根不是求"好"，他只是单纯地求子，而我这个女儿，一直都是他不愿面对的存在。

橡皮感受到我们之间的气氛，缩在角落瑟瑟发抖。熟悉的无力感再次朝我袭来，我冷冷问道："是因为你和她妈的关系，所以才包庇她的，对吧？"

一记重重的巴掌，以和十年前相似的重量扇到我脸上。我被彻底打醒——如果十年前他不相信我，那又怎能指望他现在会听得进去？

他一点没变，十年的岁月，不过是令他固执更甚。但我已不是从前的我。

也好，我自己来。

4月6日中午/橡皮

平日里在上海，孔蔚然无论怎么心情不好拿我出气，我都没有打心眼里怕过她，因为我太了解这个人了，她绝对不会真的将我剥皮炖了。但昨天晚上，当她爹揍她，我看到她脸上的表情时，真的吓得不轻。也就是在那一瞬间，我突然开始理解为什么她这么多年来要一直待在上海，从不回家，明明是个有爹的人，却要去扮演孤儿的角色。

为了不被牵连，我悄悄遁了，早早躲到厨房柜子的角落里睡了。原本以为可以一觉睡到自然醒，可谁知第二天早上天还没亮彻底,孔蔚然那催人命的电话铃声,隔着几道门都能吵得我烦躁不安。

我就搞不懂了,她为啥就不能像别人一样搞个正常音量的手机,不还没有老到耳背的程度吗? 当然了,我也搞不懂她为啥又答应了那个喜欢戴手套的娘们儿来家里,而且这一次似乎还答应得挺爽快。

刚一过午饭时间,那辆气派的白车又来了,将上次那三个不同年龄段的女人送过来,完成运输任务之后,它就逃也似的开走了。

开走了? 她们是又不准备回去了吗?

小婴儿被唤作王妈的老妇人抱在怀里,依然哼哼唧唧哭个不停,也不知道她冥冥之中注定了怎样命运,以至于在这还不知人事的年龄里,就能哭得如此伤心悲惨。林青灵也是从进门起,就一直在哭哭啼啼,话没有完整的一句。我耐着性子听了个大概意思,说什么发生了这种事(好像躺在地上死掉的那个人是她老公),肯定不能待在自己家里,又说在县里只有孔蔚然这一个朋友。

嘻! 不是我作为一条狗没有良心,不知道同情一个刚失去丈夫的女人,只是据我对孔蔚然的了解,她们绝对不可能是朋友。她们完全不是同一类人。

可孔蔚然这次真的令我狗眼大瞪,最烦别人矫情的她,不仅表现出少有的耐心,还学会了安慰人,最后竟然还主动提出自己可以晚一点回上海,多陪她一段时间。

她究竟是脑子短路了,还是说被一个比自己漂亮的人苦苦央求很有成就感?

在王妈出门去采买补给后,我知道此事已成定局。除了想不明白孔蔚然葫芦里卖的什么药以外,其实我也不关心这事儿。倒是王妈回来时,跟她一同上楼进屋的人,再次让我来了兴趣。

眼前的这位女人,光是站在屋里,就让我感觉不太真实。不是我狗眼看人低,这破屋子,灰尘蛛网密布,"小强"、耗子横行,就像是人间永远都照不到阳光的阴暗面,只配给同样阴暗如孔蔚然一般的人提供庇护。而像陈颖真这样美得耀眼的人,实在不该出现在这里。我真担心她待得久了,身上的光彩会被阴暗吸收殆尽。

但好在她只是过来向孔蔚然道谢,并表示王妈和司机会随时待命,有什么需求尽管打电话告诉她。最后,还在茶几上放了一个信封,连坐都没坐,留下一阵芬芳就离开了。

我用鼻子闻了闻那鼓鼓囊囊的信封,是金钱的味道。

她走的时候婉拒了孔蔚然要送她下楼的好意,只让林青灵跟着。我想多看她几眼,便鬼鬼祟祟也跟下楼去。

载她来的车停在楼前的车道上,里面没有司机,看来是她亲自开来的。她站在驾驶台一侧的车门旁,俏脸藏在白色宽沿遮阳帽的阴影下,看不清表情,只有衣襟上的胸针和脖子上的项链,在太阳光下熠熠闪耀。

林青灵上前,替她拉开车门。可她站在原地不动,只是抬起头打量四周。

"妈……"林青灵试探性地叫了一声。

"灵灵,你知道妈妈最大的愿望是什么吗?"陈颖真的声音轻柔得像是一阵春风拂过,我身上的每一根狗毛,都被顺得服服帖帖。

"我不知道……是什么?"林青灵绞着双手低声应答。

"妈妈最大的愿望,就是希望有一天,"说到一半,母亲温柔地替女儿将散到脸上的一缕碎发挽到耳后,"你能代替妈妈来经营这个家。"

"我明白……我会振作起来的。"若不像平时那般趾高气扬,林青灵看起来倒顺眼了许多。她将双手垂下,勉强挤出一丝笑容。

"你不明白!"陈颖真突然抬高分贝,脸上温柔之色尽褪,她用手捏起脖子上镶着巨钻的项链坠子,语气变得严肃起来,"你爸看不惯我爱花钱,经常说我像个愿意为了珠宝卖身的婊子。想必你们姐妹俩,多少也听到过几次。我常常因此偷偷气得呕血,但我从来不会跟他吵架,你知道为什么吗?"

"不知道……"被突然严厉的母亲惊吓到的林青灵,声音轻得几不可闻。

"因为他永远不会碰我的底线!"帽子下的脸依然看不清,但能从她雪白脖子上的青筋,多少判断出她此刻的心情,"连他这么粗鄙的人,尚且知道家事不外扬,保持体面,你为什么就不懂呢?"

"妈,你是在怪我,不该来这里吗?可然然她不是外……"

"她姓林吗!?"

"我,可我能怎么办?"几乎没有酝酿情绪,林青灵的眼泪就像断了线的珠子一样往下掉。我隔着花坛有些心焦,因为完全听不懂她们在说什么。

"给我把眼泪收起来!"陈颖真又看看四周,从腰间的口袋里掏出一块手帕样的东西,在林青灵脸上使劲擦拭几下,转身上了车。

发动引擎后,她摇下车窗,也不看林青灵,用与她面容不相符的冷漠语气说道,"人死了,又不是天塌了。"

站在车外的林青灵呆立着,不可置信地看着自己的母亲。

"挺起你的腰杆!"

车窗缓缓升起之际,陈颖真的声音透着冰冷坚硬的寒意,隔老远的我都忍不住随之挺直躯干。望着她远去的方向,我不禁肃然起敬感叹道:真是个体面人啊!

4月8日晚上/孔蔚然

作为一个杀人犯,林青灵绝对算得上是嚣张。

在我刚发完誓一定要找到证据将她绳之以法后,她竟然就自己送上门来了!顿时,一种天将降大任的宿命感灌满我全身,头脑和身体都变得灵活起来。

前日我将她们迎进门后,火速果断地撤掉了书房里妈的灵台——我甚至不用考虑,就能猜到爸如果知道我这样做,是为了让大驾光临的林青灵住到家里,肯定不会对此有任何意见。甚至还有可能会认为我是良心发现,要对昨天晚上的胡言乱语做弥补,才对林青灵施予原本就该有的善意。

灵台十分简陋,没有遗照,仅有一只装骨灰的黑陶罐,两座蜡烛燃尽的黄铜烛台,皆落满灰尘,整齐摆在四门斗柜上,便是全部布置。斗柜倒是容量不小,里面装满了妈的遗物。她去世时我还只是个半大的孩子,柜内的物品应该都是爸塞进去的。柜门打开,异味扑鼻，衣物、相册、纸箱、塑料盒，凌乱随意地堆在里面，看样子丢进去后就再也没人动过。

我拉出一件带着霉味和灰尘的衣服，上面熟悉的花纹像是记忆引线一样，领着我进入妈还活着时的回忆地图之中。妈是个称职的家庭妇女，煮饭洗衣，相夫教女，样样都没得挑。我在她的悉心照料下，也算得上聪慧乖巧，再加上爸的职业光环，那时候我们一家三口在离婚潮、外出务工潮日益高涨的县里，算得上是最稳定，也是最令人羡慕的家庭。可以说，我的幼年时光虽无甚闪亮之彩，但也未曾笼罩过丝毫荫翳。

想来爸那时对自己的人生也是颇为知足和自豪的，他将家庭和睦的功劳都归到自己头上。所以当妈去世，我们一家沦为县里人茶余饭间的谈资后，他的挫败感可想而知。他没有责怪的对象，心里的怨气也无处可泄，知足自豪的神情再也未曾回到过他脸上。

我想起离开上海前做的那个梦，梦里我们一家三口的全家福就挂在后视镜上，明明近在咫尺，可妈的脸却怎么也看不清。

三角结构失去一边便不再成立，在我朦胧的印象中，自从妈死后，爸这个身份，在我心里也逐渐失去了本质，我们越来越像是两个演技拙劣的演员，不得不凑到一起各自扮演父与女的角色。

如今作为成年人的我，难以对爸产生丝毫敬意，就是源于他在我尚且年幼便失去母爱，心灵受创之时，未尽到作为一个父亲应该承担的责任。

咬牙切齿的恨意让我领教到旧物的威力，我赶紧收起来，草草整理时，无意间在行李箱内翻出了妈的首饰盒——它已经不再是我此番回乡的首要目的。我没有打开它,站起身连同大纸箱和骨灰烛台,一起塞进了客厅角落的柜子里,又想办法在斗柜边搭出简易床铺,安排王妈暂时睡在那里,林青灵则求之不得地继续和她的女儿跟我挤在一起。

心怀鬼胎,我对她的态度,相较之前自然更加体贴,她倒是没觉出异样来,以为我是出于对她身遭厄运的同情,便更加不拿我当外人。这样一来,我既要留意观察她的一举一动,以求找出蛛丝马迹,又要帮着王妈伺候她和她女儿的饮食起居。如此折腾两日,习惯了独居的我,开始疲于假面应付。更难以为继的原因,是我已超过两日滴酒未沾。

到了晚上,我终于逮着空子找了个出门遛狗的借口,溜到阿金的酒吧透气。

原本是去寻清净的,可我早该料到,宁叶县多少年才出这么个大案子,管它真相是什么,只要还未抓到凶手,好事之人个个都是福尔摩斯,夜夜倾巢出动,挤满县里大大小小的酒吧餐馆,交换线索,分析案情,像一群群苍蝇一样,不放过任何可能开缝的蛋,空前之热情,恐怕连爸和局里那些人,都要自惭形秽几分。说起来还多亏了他们日复一日如此消耗,带动了白酒的销量节节攀升,才能让不名一文的林昊泽,摇身变成这宁叶县的首富。

我被家里的烂摊子分了心,以至于已经坐进酒吧的角落里,才在阿金的目光提醒下,发现自己成了一只被视线围攻的蛋。

"喝什么?"阿金站在吧台里,同情地晃了晃手上的玻璃杯,"来杯烈的?"

我扫了一眼上座率爆满的舞池周围,那些不加掩饰的目光也抓住机会扫了一眼我。

"行。"我转过头,脚趾像浸了辣椒水一样灼痛,嘴里却故作轻松,"生意不错呀。"

阿金只顾倒酒没接话,他旁边还站着个二十岁出头的小伙,看起来应该是临时新招的,正手法生疏地帮凑过来的客人续酒。

两个长得獐头鼠目的矮个子中年男人站在吧台边,边假装等酒,边不时转头直勾勾地盯着我,动作明显得令人发笑。我像是在地铁上被色鬼用眼神性骚扰一样窝火,灌下一口酒后狠狠地朝他们瞪了回去。

本以为他们会就此收敛些,没想到又来了两个人高马大的男人加入了他们,这让两个矮个子更加肆无忌惮,甚至开始用我可以听见的分贝交谈起来,看我的眼神里也充满了挑衅。

我本来就很累,没精力再惹麻烦上身,只好压下火,准备喝完手上这杯出去转转,等打烊了再过来找阿金聊天。

"几时回来的?"我刚埋下头,刚刚两个高个儿中的一个靠了过来,说话的语气像跟我认识了几十年似的。

我缓缓抬起头,他穿一件像浸过油的灰夹克,脸上的横肉也油腻得叫人恶心。为了不让自己出言不逊,我只好摇摇头继续自顾喝酒,希望他能明白我想一个人待着。

"要我说回了就别走了,上海那鬼地方,哪比得上我们宁叶。"灰夹克似乎不想在同伴面前丢脸,继续自说自话想让我接茬。

"是吗?"我没扭头,盯着杯子敷衍道。

"是啊,"两个被我瞪过的矮个儿不计前嫌地凑过来,"大城市治安不好。"

"你说得好像我们宁叶治安很好似的。"

"嘻,不才死了一个人吗,你不看新闻的?那大城市里,动不动就有变态连环杀人,一死就是好几十个!"

"啧啧啧,那你说那种变态,会不会跑到我们这小地方来杀人?"

"这我哪知道。要问,你问她爸去。"

矮个儿们像说相声一样在我面前一唱一和。

"也不知道他们有头绪没,老感觉这杀人犯就在身边。对了,孔队那边……"灰夹克假装随意地看向我,"咋样了?"

我冷哼一声,佩服他们硬扯的能力。

"省省吧,有本事你自己去问他。"我头也懒得抬。

见我不给好脸,另一个高个儿有些冒火了:"说话客气点儿,黄哥都能做你长辈了,别让人觉得没教养。"

自打妈去世后,在学校里但凡跟人有了一点冲突,对方就会说我有娘生没娘教。这话在没妈的孩子听来,简直就是戳心窝子。以至于直到现在,只要有人敢提"教养"这两个字,我就能上前跟人拼命。

玻璃杯被我重重地蹾到吧台上,我瞪着那个有些秃头的高个儿慢悠悠道:"除了我爸……我的长辈,可都在青秋山上呢。"

宁叶县里土葬的人,全都埋在青秋山上,小地方原本就迷信,平日里大家对这个地名都忌讳得很,眼下听我这么大大咧咧地说出来,两高两矮脸上都挂不住了。

"怎么说话呢?"

最开始说话的那个矮个儿上前在我肩上拍了一把,我立马从吧台凳上跳下来:"你再动手试试?!"

"哟,消消气,大家伙儿都看着呢,谁敢跟你动手?"另一个年纪大些的矮个儿上前劝架,可他那语气,明明就是唯恐天下不乱,"我们可不想吃牢饭。"

我这才发现酒吧里所有人都在朝这边看,酒也不喝了,舞也不跳了,似乎就等着好戏开场了。对于宁叶县的常住民来说,只要离开这里,除非衣锦还乡,富甲一方,否则就算回来了,在他们眼里也是曾经的叛逃者,跟那些出国留学后就一去不返的人一样,是该敌对的县外势力。所以眼下我猜他们要不是害怕被我爸铐走,早就过来一齐朝我这个反派叛逃者吐口水了。

一想到这时候倒仰仗上我爸了,心里头的火就烧得更旺:"没工夫搭理你们,走开些。"

眼见灰夹克开始撸袖子,我都已经打算躺着出去了,阿金突然从吧台里跳出来,横在我们中间吼道:"喝酒就喝酒,不喝就出去!"

又有几个人围了上来,灰夹克见势根本不听劝:"怎么,金老板生意不想做了?"

要是我一个人还好说,挨打了我也认栽,可阿金一牵扯进来,这群人要是仗着人多砸他的店,那损失可就大了。

"行行行,怕了你们,我帮你打电话给孔队问清楚,可以了吧?"

我拦住正欲发作的阿金,不得不将我爸这尊大佛搬出来。

见我摸出手机作势要拨,灰夹克明显有些怂了,但又不知道该如何给自己台阶下。

就在他骑虎难下时,一个身形臃肿矮胖的男人从人堆里钻出来替他解了围:"打吧!我正好想问问他,杀新鸣的人抓到没有。"

我心头一惊,注意到这人有些眼熟,想了两秒后记起来,他是杨橙那个叫娄雨的老公,也就是杨新鸣的同事。

"你要问,自己问去。"虚张声势的我原本就没打算过打这个电话。

"不敢打?"跟那天在咖啡店里和善的形象不同,眼下这娄雨说起话来咄咄逼人。

"应该是心虚吧。"另一个貌似是他的同伴,也钻出来帮腔。

他这一说,看热闹的人都像是在悬疑片里看到关键反转剧情一样,张大眼睛和嘴巴看着我,猜测起剧情接下来的走向。

"我说你们一天天吃得太饱是不是?我——心——虚?"气氛被架到这里,我只能假装被逗乐,嘴上没好气地反问,心里却在后悔自己跑来这里变成众矢之的。

"街坊们,还记得十年前那个杀人案吧?"娄雨像是抓住机会想加戏的配角,想尽办法吸引围观群众的注意力。

"我记得我记得,死的那个女娃娃,好像叫什么文的。"

人堆里不知谁蹦出这句话。我担心起此人安危,因为一旁的阿金闻言已攥紧了拳头。

"对!死了的那个冯文文,就是她同学,"娄雨突然恶狠狠地用手指着我,说出一串让我怀疑自己听错的台词,"当年也是她爸负责的案子,出了事,她就跑了。她跑了,这宁叶县多少年也没再有过杀人案。她这一回来,紧接着我最铁的哥们儿就莫名其妙死了,你们说——"

"你他妈什么意思?!"我听不得文文的名字从这些人嘴里蹦出来,忍无可忍之下,搡了一把眼前跟我差不多高的跳梁小丑,赶在阿金废了他之前动了手。

"有个当警察的爸爸就是横,怎么,打人啊?"

"你要是再敢胡说八道,老娘我今天不仅要打你,还要撕烂你的嘴!"我恼得有些失去理智了,顾不上对面是一群跟自己体力悬殊的大老爷们儿。

"被踩中尾巴了?哪有那么巧的事,偏偏两回都给你碰上了。你这不是凶手,也是灾星了吧。"

我深吸一口气,眼前一红,刚想扑上去,又一个身影从人圈外钻了进来。我来不及反应,就看到娄雨脸上结结实实挨了一拳。待殷红的鲜血顺着鼻孔流到他的衣服上时,众人才看清站在他面前的,是个留着寸头的男人。

吃痛后反应过来的娄雨顿时急了眼,跟寸头扭打在一起。除了阿金,旁边那些人没有一个上前帮忙拉架。只要拳头不落在自己身上,他们就巴不得造势起哄将事态挑大。

杯子酒瓶一个接一个摔碎,桌子椅子纷纷被撞倒在地,好事者议论纷纷。我像个局外人一样冷眼瞧着眼前这荒诞的一幕,所有声音在我耳中渐次低隐,直至完全听不见。

欢迎来到宁叶县,这就是我们县的民俗特色!

4月9日早上/孔蔚然

在上海常年独居的状态,让我已经习惯了在宿醉的头痛中开启一天的工作。如果哪天醒来脑袋里不是浑浑噩噩的状态,我一定会努力回忆昨天晚上究竟是如何虚度的。

不过眼下家里有一个未足岁的婴儿,我是无论如何也别想睡到大中午自然醒的。所以,阿金打电话给我时,我已经在床上帮林青灵抓住她女儿的两条腿,可劲儿地抹婴儿油了——能想象吗?就算给自己的女儿抹油,她也只肯纡尊降贵地摘下一只手套!

电话救我于崩溃边缘,我牙都懒得刷,随手抓了件衣服换上,告诉林青灵自己要去一趟公安局,她便知趣地没有多问。

阿金的 Bar 平日里都是晚上才正式营业,我在上海也很少进过白天的酒吧,所以在看到吧台边除了阿金还有一个男人在等候时,稍微有些吃惊。

我怎么都没想到,是昨天晚上替我出头打架的那个寸头。

杨橙挑男人的眼光也是一绝,那娄雨嘴贱爱挑事,想出风头又不经打,没几个回合,就被下手又快又狠的寸头打得满地找牙,滚回家去了。围观群众见我有这么不好惹的大护法,自然不敢再造次。那我肯定得知恩图报,请人喝上几杯了。

寸头叫王任,据他自己说是从上海过来探亲的。不知是不是因为昨晚的余醉未消,我只觉着眼前这人身材精壮,比例匀称,藏青色的薄风衣再配上那颗圆圆的寸头,真是有种极为特别的性感。至于他来探谁,我跟阿金都没兴趣过问。

早知道起码洗个脸了。我理理额前头发走过去,将素色的短袖T恤前襟下摆塞进牛仔裤里,做出一个流行的"法式塞"——只有在遇到看对眼的男士时我才会这么做,为的是让自己看上去身材比例好一些。

阿金拉了张桌子,给自己和王任弄了两杯冰可乐,又用微波炉将三明治加热,让我先填填肚子。我边吃着边好奇我仨大白天凑到一桌的原因,顺便偷瞄王任脸上昨晚因灯光昏暗而没来得及看清的细节。

嗯,我边嚼边点头,他虽算不上眉清目秀,但五官耐看,加上有两块替我打架留下的淤青,可以确认是我的菜。就着这姿色,我手上的隔夜三明治都没那么难吃了。

"味道怎么样?"见我吃完,他突然翘起椅子的后腿,凑过来问我。

我一时不知他是问三明治还是其他,便含糊答道:"我做得更好吃。"

"你还会煮饭?"我听出来他在故意挑衅我。

"当然。"是扯谎。

我话一落音,他不由分说抓起我的手凑到鼻子下闻了闻,就像我平时闻自己脱下的内衣是否还能再穿一天一样,"没有姜蒜味。"他拆穿我的样子看起来十分暧昧,"倒是……有些血腥味。"

我心头一紧,猛地把手抽回来,他这么说什么意思?这疑问一闪而过，我就想明白了，应该是昨天娄雨朝我嚷嚷时，哪个好心人给他科普过什么。

"其实是刚刚杀了个人。要不要带你去看看？"我脸上露出一股轻浮且玩世不恭的笑容。

"你倒是挺会编故事。"他坐了回去，问阿金要了两瓶啤酒。

"很有眼光嘛。"我对他耸耸肩。我确实特别擅长瞎编，刚到上海时，我经常告诉那些头一次见面的家伙，我爹妈双亡，被仇人追杀，四处躲难；或是遭遇不测，家道中落，欠了一屁股债；再不就暗示别人我是卧底或间谍，生活潦倒只是保护色……总之，版本多到不胜枚举。可奇怪的是，我的故事编得越离奇，听的人就越发深信不疑。后来我就想，既然如此有天赋，不去写小说岂不可惜？

但实操后不久就发现，擅长编故事和擅长写小说完全是两码事，我嘴里的人物只要落到纸上，就会化为一群呆鹅，变成二维平面上的囚犯，失去生气，一如没有酒精灌溉时的我。

"同是天涯倒霉蛋儿，来，喝一个。"王任用牙齿咬开瓶盖。

我想起昨晚上他跟娄雨扭打在一起时的情景，又看看他眼下的淤青，爽快地接过酒，嗔责道："谁让你出头了？"

"不出头，怎么认识你？"他看着我，像是要向暗恋已久的人袒露心声。

"这么说，你是有预谋的喽？"

他不置可否，朝我晃晃酒瓶，液体冲撞瓶壁发出充满暗示的汩汩声。他仍然紧盯着我，但眼神里开始聚起一丝冷意，透露出他是那种不会随便跟人一夜情可若是发生了就会在完事后礼貌请你离开的人。如果真是如此,倒正合我意。

从吧台回来的阿金似乎故意要破坏我们的兴致,先我一步碰上王任的酒瓶,坐下后又当着王任的面提醒我,他替我出头,肯定目的不纯。

我在心里冷笑一声——谁目的单纯啊?

有了第三个人的加入,谈话变得顺畅起来。王任坦荡地向我解释,之前不想扫兴,所以才没有如实相告。

"那快说说。"原来还真是有预谋的。我用自以为颇具风情的动作抹去嘴角沾上的泡沫,"头一回见面就为我出手,你该不会是我在上海的仰慕者吧?"

"我是林家请来的。"

阿金双眼空洞神情冷漠,但我知道,这句话里有属于他的敏感词。

"准确来说,我是林董事长花钱雇来的。"王任补充道,"关于杨新鸣的死因。"

"你是私家侦探?"我来了兴趣。

"不不,违法的事情我可不干。林董呢,只是希望多一个脑子清醒点的人,帮他看清虚实。你应该能理解吧? 他这样的大人物,很难听到真话。"

"这个人还最好不要是我们宁叶人,对吧?"我短暂地共情了一下林昊泽。

"是的,他不相信这里的人,也不相信孔振……"他卡在那里,就像读书时突然遇到了一个生僻字,看来是已经知道了我跟这件案子的负责人的关系。

"我也不信。"

既然他坦白至此,我也立刻表态,生怕被划分到错误的阵营。

王任哈哈大笑两声后,收起笑容换之以严肃道:"坦白讲,虽然拿人钱财,但我也不是完全相信林昊泽这个人。"他换了称呼,来表明自己并不会因为钱财而扭曲真相。

"那他为什么要找你?难道你以前也是……干这一行?"我猜林昊泽是不会那么容易相信陌生人的。

"黄律师介绍的。算是……算是有点刑侦经验吧!"他模棱两可地回答道。

"明白。"好歹也是老刑警的女儿,我马上意会到他不方便明说自己履历的原因。

阿金始终冷着一张脸,在他眼里,杨新鸣的死跟他没有直接关系,他只是对林家没有任何好感而已。

我眼珠子咕噜转了两圈,盘算着眼前二人似乎皆可为己所用:即使已经过去十年,阿金依然没有放弃想要找到当年杀害冯文文的凶手的念头;王任拿人钱财,需要等到杀害杨新鸣的真凶落网,他才算完成任务;而我笃定了他们俩要找的,是同一个人。换句话说,我们三个人的目标一致,如果可以联合起来,肯定能让成功的胜算大一些。原本打算单打独斗的我,突然发现冷不丁冒出的两个帮手,立刻感恩天助我也。狂喜之下,当即便对另外二人提出联盟建议,为表诚意,更是率先和盘托出自己判断林青灵跟这两起案件都脱不了干系的想法。

两位男士听毕,各自沉默几秒后,同意了我组成联盟的邀请。虽然我看不出他们是真心结盟,还是各自打着小算盘,但对我来说只要目的达成,其他不重要。

"你是说林青灵现在住在你家?"阿金厚刘海下的冷脸冒出不敢置信的神情。

"是啊,也不知道我们的大公主为什么要来折腾我,好几天没睡个整觉了。你们瞧瞧我这眼圈子,黑得跟涂了炭似的。"我为自己的不修边幅找了个合理的借口。

"那你,"王任用他那迷死人不偿命的男低音朝我问道,"找到什么线索了吗?"

"暂时没。"我噘起嘴摇了摇头,"你有什么看法,对杨新鸣的案子?"

这林昊泽既然能爬到宁叶县首富的位子,自然也不是吃素的,能让他肯掏钱的人,想来必定有两把刷子。

王任看看阿金和我,像是在衡量要说出几分真话。他用右手搓了搓他那颗貌似装满智慧的寸头后,谨慎地说道:"其实我前天就到了,林昊泽的秘书已经配合我,理清了目前他们知道的跟案情相关的所有线索。他们那边认为,凶手肯定不是外面的人,杀人动机又似乎不为钱财。而我稍微调查了一圈,也没发现杨新鸣跟谁有仇,他在县里的口碑可以说是相当不错。所以,到目前为止,还没有具体的线索对嫌疑人有明确指向。"

他的话让阿金若有所思,而我也在思考杨新鸣这个人的口碑问题。可以想象这县里的人,虽然背地里肯定会酸他是凤凰男,但他与人无害,为人和气,明面上,大家还是会因为首富之婿的身份而敬他三分,加上如今成了被害者,死者为大,种种缘由相加,有人会说他的不是才怪。或许除了林青灵,这个世界上只有我一个人,知道他杨新鸣背地里其实是个性格阴暗暴戾,喜欢打老婆找平衡的家暴犯。

"那你认为,我们现在应该从哪儿下手?"我试探着问道。

"我也没有头绪,"王任又搓了搓他的头发,"不过你说林青灵现在住在你家,证明她对你不设防,但只从她一个人嘴里,恐怕得到有效线索的机会不大,所以我在想……如果你提议陪她回家住,会不会在杨新鸣生前密接的这些人中,找到更多蛛丝马迹?"

"这个主意好啊!"我一拍大腿,"她肯定巴不得。"这点我十分自信。

其实我不是没想过,林青灵可能真的是因为昔日情分,才对我如此依赖信任。但这种念头往往只是一闪而过,我就会理智地告诉自己,她只是因为清楚地知道我是个什么样的人,才会放心地将自己最脆弱的一面丢给我,这种放心跟信任扯不上半毛钱关系,只是一种纯粹的利用罢了。

是人都有脆弱的一面,是人都有展露脆弱的需求。平时在人前伪装得天衣无缝的林青灵,极度渴望有人倾诉的时候,我适时出现了。在她眼里,我还是以往那个对她言听计从,没有自己想法的小跟班,既不会瞧不起她的脆弱,也不会将她的不堪说出去。

这就是她对我的定义。

可她哪里想得到,人是会变的。昔日我对她言听计从,只不过是因为在宁叶县巴掌大的地方上,人人都对首富之女俯首巴结,在这样的气氛之下,幼时的我力量薄弱,缺乏勇气,不敢对她有任何微词。可如今我已经在上海生活了十年之久,受过的教育,见过的世面,已经足够让我看清她身上的那张虎皮。这次回来,虽然我对她在行为上还有之前留下的后遗症,但其实在心里,我对迟早会与她决裂这件事,早已没有任何忌惮和顾虑了。

如果说眼下我还有什么理由要对她客客气气的,那就只会是想要接近她,进入白楼,找出杀死杨新鸣和冯文文的凶手罢了。

回家的路上,我不禁感叹,原本只是打算回来住上最多一周就赶回上海去的,哪里料到会碰上这样的事。可事情已经发生,我立誓要趁此机会抓到杀害文文的凶手,那么短时间内肯定不可能离开这里。我突然意识到自己已经身不由己,越陷越深了。

上楼前,我缩进曹岩那台车型落伍但开起来还算顺手的雪佛兰里,拨通了他的电话。

"哟,头一次接到我们孔大作家亲自来电,大纲完成了?"

电话一通,曹岩那阴阳怪气的腔调就冒了出来。他说的没错,我俩的通话记录基本上全是他的单向操作。

"没,我是想跟你……"

"别的事免谈!你一个大纲就能拖半年,等你完稿,我岂不是头发都白了?"

他说得没错,手上的新选题大纲,故事线在我脑子里就是一团乱麻,我已经跟它死磕很长一段时间了。

"实在不行你就听我一句劝,换个方向,写点别的,总比一直卡着好……我记得上次,咱不是说可以尝试写个轻松的校园爱情故事吗,现在的小姑娘……"

没等我接话,他又开始喋喋不休。作为编辑,在选题上他肯定比我清楚什么在市场上更受欢迎。但我脑子里这个大女主的悬疑小说已经酝酿了好几年,不写出来实在不痛快。

"你那个女主啊,性格有问题,不讨喜,读者不会接受的……"

曹岩还在那头自说自话,我知道不让他说完,接下来我也不好开口求他,便随他说,自个在心里琢磨起一会儿该怎么跟林青灵开口的事。

林青灵……

大女主……

我一个激灵,瞬间明白了自己脑子里一直在"成长"的那个骄横跋扈的女主角,原型竟然就是存在我潜意识里的林青灵,那她当然不讨喜了。我之所以执意想要写出来,就是因为这些年深埋的怨气需要发泄。看来,以后如果还想继续走写作这条路,不再纠结于那个不成型也注定不会受欢迎的故事,唯一的办法就是出掉心里的这口恶气。

"我需要在宁叶再待上一段时间,车再借我用用。"我说出了致电用意。

"唉哟,车子还要用的啊? 是要去采风找灵感吗? 那你这脑袋空空的,恐怕得把它跑散架。"

我对着空气翻了个白眼:"你这破车,要不是我好心拉出来遛弯儿,早就生锈报废了。"

"你这意思是我还得谢谢你帮我遛车了?那需不需要我作为补偿,给你发点油费过去啊?"

虽然他阴阳怪气的,但我知道他是担心我钱不够花。得知我要回乡那天,他就已经悄悄给我转了一笔钱。其实,这些年他不是没试过帮我打开心结。用他的话说,我只要不再别别扭扭的,一定能写出情感真诚、文笔流畅的好作品来。可我心里清楚,若没有合适的时机,这结哪有那么容易解。

"得了吧,你是不知道,在这县里随便走进哪间加油站,都能碰到曾经的追求者。姐风采不减当年,哪里还需要什么油费。"

"那我看您也别回来写稿了,就留着做加油站一姐吧。就这样,挂了啊!"

真有出息,头一回,我被我的编辑挂了电话。

我笑着钻出车,边上楼边回想王任的嘱咐:除了观察林青灵,也得从其他家庭成员身上找线索。

一进家门,就瞧见王妈一脸苦大仇深地四下收拾打扫,肯定是林青灵吩咐的。我怀疑我再迟一点回来,她可能已经请来粉刷匠开始刷墙了。她真是高估了我家这破房子,底子不好,怎么可能打扮成花姑娘?不过,我倒是正好以此顺水推舟,说出了计划好的说辞。

"这里太简陋了,住着着实委屈你,你也不可能一直住在我家不回去。你看要不这样,我陪你回家住一段时间,也免得我回上海了你要一个人面对。"

要不是王妈在,我怀疑林青灵对我这番为她着想的自我牺牲精神,都要感激到泪涕俱下了。

呵呵,我承认我平时脾气古怪言行别扭,但若诚心行骗,演技可谓一流。

4月9日晚上/橡皮

我又见到了被色鬼投胎的孔蔚然睡过的那个长腿。

早上孔蔚然接了个电话就出了门,也不让我跟上。我还以为她又要将我丢在家里不闻不问,饿上个半天,没想到两小时后她就回来了,不仅给暂住的客人们带了吃的,还给我也准备了最爱的大棒骨。心情这么好,看来她是出门捡到钱了。

她们吃完后,开始打包起刚搬来没两天的行李。难道要走了?我心里一阵窃喜。在上海跟孔蔚然住一起习惯了清净,这两天晚上那讨狗厌的小祖宗像跟我对着干一样,我一睡着她就开始嗷嗷叫,实在心烦得要命。要是再不把她送走,估计今天晚上我就得忍不住咬她一口了。

东西没收拾完,就听到楼下车响,大门开着,长腿自己找了上来。我猜他应该是个司机吧,上次送孔蔚然回来,这次接小祖宗们回去。

诡异的是他进门后,竟然没人待见他。孔蔚然我可以理解,她跟她睡过的对象,基本是一次性交往,除了曹岩,她没有跟别的男人长期相处的能力;王妈天生一张人均欠她五百万的脸,不理人也不奇怪;可林青灵对长腿的态度,活像是我在电梯里碰到的那些怕狗的人,既讨厌我的存在,又害怕我是条张嘴就咬的疯狗而不敢轻举妄动。

我一般碰到这样的人,就会吠几声吓唬一下。不过,这长腿倒是挺大度的,对自己不受待见这件事,完全没有表现出丝毫不满,除了在王妈需要搭把手时帮帮忙外,其余时间都一声不吭,一副任人欺负的模样,尤其是在某间屋里突然只剩下他和林青灵时。他一个一米八几的大高个儿,气场会突然跌至脚底,看林青灵的眼神,也会变得卑微无比。而林青灵的表情则较平时更加傲慢,是连一个余光都不肯赏给他的程度。

他不是她的舅舅吗?他们到底在搞什么鬼?

当有第三个人闯入时,这两人又会恢复到之前的神态之中,假装无事发生。

但他们忽略了我的存在,以为我只是条普通的傻狗,所以即使被我直愣愣地盯着,也丝毫不加掩饰各自的卑微和傲慢。

正是因为这样,我可以看到很多连人都看不见的东西。但那又怎样呢?即使我会说人话,我看到的这些,说给孔蔚然这白痴听,她会信吗?我见惯了人类语言的局限性,往往说出来的就已经不是本来的意思了。

管他呢,啃我的大棒骨吧!我把话搁这儿,长腿跟他那个侄女之间,一定有什么不可告人的秘密!赌两根大棒骨。

他们收拾东西还挺快的,我还没啃干净,大棒骨就被孔蔚然卷起来丢进了垃圾桶,来不及表达不满,她就将我连拽带提丢到了长腿的车上,虽然是后备箱,但一想到我不必待在本来就不熟悉的屋里拿耗子,就原谅了她,而且林家也不远,十分钟左右的车程,狗丈夫能屈能伸,这点小罪我还是能受的。

车一停稳,我这四条腿的也没办法帮忙搬东西,只能自顾率先跑进林家大宅,充当大戏的报幕员。全世界最漂亮最有气质的女人,也就是宅子的女主人陈颖真,对我表示了热烈欢迎。她用湿巾帮我擦净爪子后,就放任我在偌大的宅子里撒欢了。本来我就是条爱干净的狗,对此我没有任何意见,况且她身上那么香,动作又温柔,被她摆弄怪享受的。

宅子跟上次来时一样,没什么变化。王妈很快在二楼收拾出一间客房,供孔蔚然陪林青灵和那个小祖宗一起住下。果然是大户人家,连客房都毫不马虎,即使摆进两张大床和一张婴儿床,空间还是丝毫不局促,真让狗羡慕。

我只瞧了一眼,就酸溜溜地滚了出来,哪知不小心活见鬼,我晕头转向地撞到了楼梯的另一边,也就是那间房的房门……

门把手上还贴着封条,有一条的一边耷拉下来,看上去很不吉利,门锁位置不高,我只需用前爪拉一下就能打开。但我哪有那个狗胆!

不过,我有点好奇,那个流了一地血的男人,还躺在地上吗?

4月9日深夜/孔蔚然

又是一番折腾,累得我全身骨头快要散架。也不能怪我身子弱,在上海时,日常唯一的运动就是带橡皮出去遛弯。从来不锻炼的人,稍微动一下就得喘大气,再加上还得阳奉阴违地对付林家上下,言不由衷疏导我们刚刚丧偶的大公主,我实在身心俱疲。

可到了晚上,好不容易安抚林青灵母女睡下,沐浴更衣后躺到那张据说上万元的床垫上时,我却翻来覆去睡不着了。

倒不是认床,只是这种情况下,我脑子还兴奋得很,不来点酒精麻痹自己,怎么可能睡过去。但我也不可能半夜在人家屋里翻酒喝,况且这里只有我平时绝对不会碰的白酒,还是我最讨厌的牌子!我只能假装起夜,摸黑溜出去找阿金救急。

出了客卧门,外面黑漆漆的,好在楼下还有一丝灯光,让我不至于摔倒碰着,顺利下楼。出大门前,我发现那丝光线是从客厅旁的书房里散出来的,门虚掩着,豁开了一条缝,刚好能看到林昊泽正同那日见过的黄律师一起,神神秘秘地低声谈论着什么。

这么晚了还在工作?照目前林家这形势,最重要的事情肯定不是生意了吧?我警觉起来,但地形不熟,摸过去偷听的风险有点大,我衡量片刻后只能作罢。还是谨慎些好,我小心地拧动大门上的门锁,谁知有钱人家的锁也特殊得很,满头冒汗地弄了两分钟都没打开。

妈的!我忍不住骂出声,犹豫着是滚回去睡觉还是尝试翻阳台时,一个高瘦的黑影闪了过来,三两下就拨开了门锁,拽着我悄无声息地游进了夜色里。

"是你?"

两人挨着走了百来米,我才确认是林青灵的舅舅陈影杰。白天他穿一身普通的衬衣黑裤,但依然气质出众,看起来一副生人勿近的样子,我就没尝试着跟他套近乎。眼下他换了套休闲装,眉眼间还是有一股冷峻忧郁的气息,不过好歹不会让人觉得身处万米高空了。

被我一问,他似乎觉得我才认出他来这件事有些好笑,便停住脚步饶有兴味地看着我:"是我。"

"去哪儿?"我被他看得心虚,低下头继续往斜坡下走。

他个高腿长,两步追上:"喝酒。"

我在夜色的掩护下眼珠子咕噜一转,觉得是个了解林家这些年都发生了什么的好机会,便邀请道:"那正好,我请你。"

"是得请我。"他又停下来望着我,眼神里还带着点挑衅和对我刚刚那句话的玩味。

我突然觉得那眼神有些熟悉,就好像最近什么时候,他也如此这般看过我,可似乎……我转念一想,或许是小时候上林家,也时不时见到他的缘故,就算眼下他的容貌较年轻时有所变化,但人还是原来那个人,产生一些错觉也就很正常了。

小时候我根本不知道男人长成什么样算英俊,也根本不可能用欣赏异性的眼光去欣赏长辈,所以想不起那时的他是不是就已如眼前这般养眼了。不过他姐姐是一等一的大美人,相同基因的弟弟当然不会逊色多少。高出我一个头的身躯,走起路来挺拔板正,稍显锋利的深邃五官,被眼睛里的忧郁恰到好处地中和了不少。若是我依了曹岩去写大学校园里的爱情小说,需要塑造一个身世神秘,全班女生都为之倾倒的角色,以他这副模样为原型,可以说是万分契合了。

光是看着就很可口,我琢磨着,就算隔着辈儿,我也不是不能对他动那个心思?我们没有任何血缘关系,他算起来最多四十出头,我也快三十了,如果我俩真谈起了恋爱,也不是什么伤风败俗之事。若是事发地在上海,或许还会成为一段美谈佳话。"瞧,就是这家伙,曾经是我的闺蜜,如今摇身一变,竟然成了我的舅妈。多么不可思议的缘分啊,他们真酷!"可这里是宁叶县,在这个离国际大都市只有三四小时车程却思想闭塞迂腐的小县城里,这种事只会瞬间令我成为众矢之的。男人充其量被谓之风流,可女人就会从此被打上水性杨花的烙印,再也无法翻身。除非你死了,否则无论过去多少年,总有人会记得并不断增添细节。

虽然我并不在乎名节这种东西,可眼下还是找线索要紧。我收住妄想,使劲蜷起脚趾提醒自己。

"知道河那边有个叫阿金的老板开的 Bar 吧?我带你去那儿喝。"

"当然知道!"他有些不可思议,就好像我是在质疑他本地人的身份。

去阿金酒吧的路程不算远,但步行的话,也得二十来分钟。这段时间说长不长,说短也不短。一路光线灰暗,人车稀少,既不担心被打扰,气氛又适合走心,我决定不能浪费上天创造的绝好机会。

"你是不是很少回来,看上去……跟他们都不亲近了。"我耷下眉尾,摆出小女孩才该有的天真表情,"我记得小时候,灵灵最喜欢你了。那时候我们都羡慕她,能有一个你这么疼她的舅舅。"

"是吗?"他那张俊脸上挤出了一个生硬的笑容,"她大了,有自己的想法就不像小时候那么容易哄了。"他用手指搓搓额头,继续说道,"再说,你走后没两年,我也离开去北京定居了。这几年一直满世界飞,也没回来过,难免生疏。"

"你还留意到我是什么时候走的?"我用上了受宠若惊的语调。

"你小时候确实不怎么起眼,"他将一只手背到身后,身形更挺直了些,我抬头捕捉到他俯视我的眼神里闪过一丝狡黠,"现在倒是令人刮目相看了。"

我本想问他哪方面,又觉得人家可能只是客气,而且对话不能被他牵着鼻子走。

"呵呵,哪有,"我故作娇羞状,将话锋一转,又回到他身上,"可你是灵灵的亲舅舅,一家人怎么都不至于这么生疏吧?我是指除了她以外的人。"

这话也不是我空穴来风的试探,晚间在饭桌上,我本以为自己才应该是最如坐针毡的那个人,可没想到陈影杰比我更像是闯入这个家的局外人,除了林昊泽生硬地跟他客套过几句,其他人似乎都拿他当空气,眼神能避开就避开,避不过就从他身上穿过去,那气氛就连我都替他捏把汗。当时我就在想,就算这家里刚死了人,矛头怎么也不至于指到他身上啊,难道有什么我不知道的隐情?

"一直这样,"他脸上似笑非笑,"多少年了。"

这回答倒让我大跌眼镜,我没料到陈影杰会如此坦白,或许是他真如林青羽所说"没有长辈的架子"。接下来,与其说是我在套话,倒不如说他像是拿我当旧知,竟然毫无征兆地向我诉说起他们的家庭关系来。我当然求之不得,除了适时引导他多说一些,更多时候只是安静倾听。

他提到了自己的姐姐陈颖真,也提到了他们的母亲。与两位至亲之间的回忆,被他用干涩的语气,说得像是电视剧里毫不关己的剧情一般。

不过在听他说完后,我倒是开始理解他忧郁气质形成的原因。

据他所述,我得出结论,他之所以跟陈颖真如此疏离,追根溯源是因为他们的母亲。出身书香门第的陈母,家境优渥,从小就将长女陈颖真当成洋娃娃一般宠着,却对生性调皮捣蛋的儿子陈影杰束手无策,且因逐渐失去耐心而变得冷漠。母子和母女之间的感情,两相对比之下,令陈影杰从小蒙受荫翳,性格逐渐变得内向,由此他自然跟得到了全部母爱的姐姐亲近不起来。而姐姐也自小养成一番孤傲清高的性格,出嫁后又将自己的家庭经营得幸福美满,人人艳羡,与弟弟之间亲情的疏远,她从来不放在心上。虽然长大独立后,陈影杰心里的阴影也自我疗愈些许,但姐弟之间的嫌隙,这辈子恐怕都不可能修补得上了。

这些往事之毒,渗透到人生的日常万物中,一丝一缕,皆是切肤之痛。他三言两语说得倒是简洁,可我毕竟也是个经历过成长困苦的人,轻易就能共情到他曾饱受的痛苦和折磨。但我也明白,承受着这些的人,又是不屑于得到他人同情的。所以我知道,他现在说得有多轻松,就表明这些年他独自承受的伤害有多严重。

哎,也是个苦命之人。我长叹一口气暗想道,上一代的错误,偏偏要施授到下一代身上,而且若非从此丁克绝后,大概率还会将这种畸形的情感,原封不动或是异变成别的畸形后,一代代传下去。这林青灵和林青羽间从小就磕巴怪异的姐妹情,不就是原样复刻了陈颖真和陈影杰之间的姐弟情吗?就连林青灵的幸运,都好像是继承了她母亲天选之女的特性,那么林青羽对此,是不是也难以释怀,进而妒恨在心,做出出格之举呢?

想到这里,我突然有种强烈的预感,这两代人之间,绝不会只是表面看起来有些疏远而已,一定还有某些隐匿在黑暗里的东西,等待着我去发现——这些东西,跟杨新鸣的死,不会没有关系!

进阿金的酒吧前,我已经猜到他并未对我言无不尽,但还是同情地拍了拍他的臂膀,义气十足地说道:"都过去了,走,今晚不醉不归。"

"不醉不归"这四个字对我来说不是什么好兆头,只是当他用那双好看的眼睛望着我,朝我粲然一笑时,我差点就忘记自己的目的了。

差点,但没有。

4月9日深夜/橡皮

孔蔚然从床上鬼鬼祟祟爬起来时,我就睡在她床底下。她应该是要出去觅食,正好我也腹中空空如也,赶紧从后院找了个空档钻出去追她。别问我为什么好好的正门不走,她半夜出门从来不肯带我。哪知我气喘吁吁好不容易追上她,才发现原来这家伙是跟长腿约好了,两人花前月下,一路相谈甚欢,好不快活。我这消夜没吃上,还得空着肚子给他们做保镖,大半夜的,图啥呢?

好在没走多远,我就认出来是去往那间酒吧的路。这两人磨磨叽叽的,我五分钟就能冲过去的路程,他们硬是拖了半小时才到门口。我都不用看,就能嗅出来孔蔚然这色鬼心里的那点小心思。只要在稍微帅气一点的男人面前,她说话的语气就不对劲,嗯嗯呀呀的语气助词多得让我怀疑她牙疼。要不是为了口吃的,哎……

我摇摇狗头,先进了门。如果那炸毛老板没失忆的话,应该还记得我是谁的狗——这是我能想到孔蔚然唯一有价值的地方。

炸毛炸头发的时候显然没波及脑子,见我踹门进来,马上用一次性盘子装了两截客人吃剩下的香肠,礼貌地放到我面前。聊胜于无吧,我用嘴拱了拱,勉强吃起来。

孔蔚然进来看到我蹲在吧台边吃东西,惊讶得很,上前就要踢我:"你什么时候跟过来的?"

我一闪身躲过去,朝她翻了个白眼后继续吃我的。

"刚进来。"

炸毛替我回答。孔蔚然其实根本没把我放在心上,转过身就向阿金介绍起自己带进来的长腿,抬眼又看到坐在墙角小桌边的寸头,便拉着长腿坐了过去。

前后不过十秒,她就忘了我的存在,像只花蝴蝶一样在三个男人之间周旋。她这个样子我一点也不奇怪,倒是那三个男人的反应,简直堪称百年难得一遇的奇观。

长腿、炸毛,还有寸头,人手一瓶啤酒,跟孔蔚然围桌而坐。他们的眼神看上去全都暧昧不明,就好像孔蔚然是个令人挪不开眼的绝世大美女,让我都怀疑自己的狗眼是不是出了问题。

显然不是,我还能看错她孔蔚然?

真是活得久了什么鬼能见着,我只能在心里感叹,一个在上海无人问津的废宅女,加落魄作家,加酒鬼,加穷光蛋,竟然在这个破酒吧遇到自己的春天。

临近打烊,店内客人寥寥,音乐放得很小声。我填饱肚子后,百无聊赖地凑到那一女三男旁边,蜷在桌边靠近吧台的黑暗处,打算听听他们的闲话来打发时间。

"我认为她身上有些问题。"前情省去,寸头在说那个成天戴副手套的林青灵。

听到这句,长腿像是被针扎到一样突然扳直上身,皱起眉,眼神锋利地扫向寸头,似乎想要出言反驳,不想却被两眼放光的孔蔚然抢了先:"说来听听。"

"早上我从一个给林家修葺院子的工人那里得知,杨新鸣被杀当天,两口子发生过争吵。"寸头似乎还不知道长腿就是林青灵的舅舅。

"这位,"长腿有别之前的沉稳,看上去情绪有些激动,努力压制了两秒后质问道,"随便听来的风言风语,就到处传播?"

"你别多想,"孔蔚然想要圆场,拍了拍长腿的肩膀,夸张地咧嘴笑起来,"我们只是分析分析,不会出去到处说的。"

"我只是觉得这个信息或许可以帮助破案,并没有说她有嫌疑。"寸头见长腿眼冒凶光,也没有怕他的意思,只是看在孔蔚然的面子上,才语气平和,一副勉强愿意息事宁人的模样,"而且杨新鸣被杀时,林青灵跟你在一起,"寸头转向孔蔚然继续说道,"如果你可以证明这一点的话,她就有充分不在场的证据。"

"她确实——"

"你是做什么的?"长腿打断了孔蔚然,他似乎对林青灵这个名字十分敏感,听到有人说起,一直颇有风度的脸便开始沉不住气。我蜷在角落瑟瑟发抖,担心他们打起来殃及池鱼。

"我?"寸头挑起一侧眉头,歪嘴一笑。

"等等,"刚刚一直未加入聊天,坐在灯光稍暗处的炸毛突然冒出头来,"你是说杨新鸣死前跟林青灵发生过争吵?"他猛地凑到寸头跟前的速度,我都怕他刹不住亲上去。

寸头往后一缩,点点头。

"有什么不对劲吗?"孔蔚然兴奋问道。

炸毛望着空气沉默了片刻后,才重新看向孔蔚然:"蔚然你记不记得,文文被杀的前一天,也跟她发生过争吵?"

我这个角度能看到他放在桌面下的双手握成了拳。

孔蔚然斜眼观察长腿,似乎在衡量要不要接话。

没等她想好,炸毛又开口了,这次他的语气听起来倒像是在自嘲:"这'幸运精灵'的美称果然不是虚名!只要跟她有过节,就立刻——立刻会遭受厄运!"他眼神里同时交织着仇恨和悲伤,话语末尾,双拳还用力地捶了一下自己的膝盖。

桌对面的长腿情绪激动程度较他更甚,他一脸莫名地望着孔蔚然,好像在等她解释自己的朋友都是些什么人。

对于眼前的局面,孔蔚然表面上满脸歉意,但估计只有我这条跟了她好几年的狗才能看得出,她明明是存心的!看到这样的局面,她高兴得不得了。

为了安抚长腿,她凑到他耳朵边,小声地耳语了一句什么后,长腿才努力压制住自己的怒火,从裤袋里掏出烟和打火机,起身朝门外走去:"我出去抽根烟,你们慢慢聊。"

4月9日深夜/孔蔚然

我能感觉到,陈影杰真的是给了我天人的面子,才没有跟寸头打起来。看来他说得没错,舅甥俩关系疏远了,完全是因为林青灵已经长成大姑娘,有了自己的生活,不再是那个一双漂亮的鞋子就能哄得高兴好几天的小女孩了。但他这个做舅舅的还是一如既往地心疼自己的侄女,容不得别人说她一句不是,只不过这份疼爱如今更加内敛罢了。

不过我倒是有些好奇,这两人要是打起来,谁会赢?

一开始,陈影杰顾忌作为酒吧老板的阿金,好歹不会在他店里掀桌子,在听到阿金也开始对林青灵冷言冷语后,他只能借口抽烟离开。他当然不会再回来,反正已经不算是宁叶县人了,自然没必要凡事留一线。

我猜他一定觉得,阿金跟这县里的大多数人一样,只是吃不着葡萄说葡萄酸的仇富心理,是对林家人眼红和嫉妒罢了。

他起身时将烟盒打开在我眼前晃了晃,问我要不要一起。我注意到他抽的是在宁叶县比较难买到,也是我平时会抽的牌子,当下便想要陪他出去抽一根。但我又看到坐在一旁的王任，翘起嘴角冲我轻轻摇头。

老实说，一时半会，光凭姿色，这两个男人我还真是难以抉择。可谁叫王任是第一个为我打架的男人呢。

最后我对着陈影杰摆摆手，留了下来。他合上烟盖走出去，看上去有些伤心。毕竟是因为另外两个男人都说了些令他恼火的话，他才愤然离场的。如果我能跟出去，光是这行为，就代表我是站在他这边的，多少能安慰到他。

哎，可怜的陈影杰，可怜的林青灵。

陈影杰走后，王任立刻给我们的临时联盟增加了临时条款：日后第一时间交换各自手上得到的线索，以求快速完成目的，但联盟内进行信息交换时，不能再掺和进来别的人，以免走漏消息，打草惊蛇。

阿金对此点头表示赞同。我知道这是针对我提出来的，也不想解释自己刚刚带长腿进来是想要趁机找线索，多说无益，同意了便是。

自从陈影杰走后，阿金的拳头一直紧紧攥着，再也没说过一个字。我能猜到他在想什么，当然也能理解他。这么多年过去了，我的心，又何尝不是一如那双拳头般，从未真正舒展过。

是啊，"幸运精灵"的美称绝非虚有。我脑子里一跃而过那只黑黄杂毛的猫。因为没有亲眼见过它的死状，我眼前除了鲜红一片，没有细节。

那只猫肯定是死透了吧？一如杨新鸣，一如十年前的冯文文。可奇怪的是所有这些透着血腥味的场面，就像是高速列车掠过之处，只在脑海里留下一个残影，事后任凭我如何努力，也记不起过往的全部细节。它们如同所有那些让我既抗拒主动想起，又不愿彻底忘记的事物一样，在无人的深夜里反复折磨我，损毁我，让我变成一具灵魂快要消散光了的空壳。

我想抵抗，想要自救，但此时此刻，在"幸运精灵"的刺激之下，失去生气的妈，躺在浴室里的杨新鸣，水沟旁的冯文文，还有小时候掳走我的绑匪和那只没了前爪的猫，都像是无脸男一样在我脑子里横冲直撞，搞得我头痛欲裂，脚趾上刚结的痂也不知什么时候又被磨掉了。赶在被痛感挟持之前，我冲进吧台，随手揽了两瓶伏特加，一杯接一杯往喉咙里灌。

等酒劲上来，酒精带来的眩晕感盖过了体内的痛感后，我终于感觉好受了些。

酒吧内的客人已四散而去，阿金正在进行打扫工作，一直看着我喝酒的王任提议送我回去。我仗着酒气，对他露出色眯眯的微笑，并在假装站不稳时偷偷捏了一把他臂上的肌肉。我是有些微醺，但还没到搞不清状况的程度——我对自己的定力和道德感太有数了，如果他送我的话，孤男寡女单独相处，事情会变得很复杂，眼下还不是将关系扯得乱七八糟的时候。简而言之，我拒绝了他。

"有它呢，放心吧。"我踹了一脚在地上打盹的橡皮，跟临时联盟的另外两位成员告别后，离开了酒吧。

4月10日凌晨/孔蔚然

凌晨两点钟的宁叶县,当然不会像上海一样依然灯光璀璨,夜生活项目丰富。在这小小的县城里,人们早早地钻进了被窝,养足精神,准备迎接下一个重复的明日。所以路上别说是人影了,就连路灯都只有一半亮着,剩下的另一半也昏暗无比,昏暗程度只够让我刚好摸得清路。

走没几步,一阵凉风吹来,道路两旁的树影阴森摇曳,还伴着"沙沙"的摩挲声。这声音在万籁俱寂的夜里格外瘆人,毕竟杀人凶手还未绳之以法,说心里不怵那是假的。橡皮似乎感觉到我的心慌,对着身后空无一人的街道狂吠了几声来给我壮胆。我瞬间酒醒了一半,裹紧外套,加快步伐。

一路小跑到富林路的坡上时,我才松了口气。刚刚还不见踪迹的月亮也从云里钻了出来,照到不远处的白楼上,发出森森银光。我停下脚步观望,月影让眼前的一切都难以聚焦,似有万千谜团埋伏其中,待人解开。

穿过矮篱进到院内,我一时兴起,突然想去车上抽根烟醒醒酒再进去。车就停在院角,我边走过去边在口袋里摸索,但钥匙并不在。

"妈的!"我咒骂出声,肯定是落在屋里了。明明没有多大的烟瘾,可眼下越是抽不到就偏偏越想抽。人就是这么犯贱。

正犹豫要不要进屋找到钥匙再回来,我那台借来的雪佛兰的后车门突然打开了。陈影杰从车里探出身来朝我招手。

"你不是早回来了?"我猜应该是车门忘锁了吧,但那不重要,我对于陈影杰救命般的现身惊喜无比。

"我不等你,你怎么进门?"他头已缩回车内,我看不清他的表情。

也对,我没有林家的钥匙,要不是他等着我,我恐怕还得敲门叫醒王妈才进得去。不过我猜自己就算歪在门口的凳子上凑合几小时,也懒得看王妈给我开门后的那张脸。

我满怀感激地凑过去,一手扒在车门上,一手搭在他肩膀上,俯身轻佻地笑道:"真体贴。"

"你喝了不少。"他手上拿着烟,为了避免烫到踉踉跄跄的我,便将我让进车里。

"来一根。"我一屁股坐到他旁边,将他递过来的烟叼到嘴上。他靠过来,用嘴里衔着的烟给我过火。

火光亮起的一瞬,我得以近距离观赏他的盛世美颜。不知是不是酒精的作用加成,我的理智开始漂移,只觉得那张脸实在完美得过分。我敢对天打赌,绝对没有哪个性取向为异性的女人,受得了这种距离超过十秒,更何况浪费如此天赐良机实在说不过去!

烟点着后,他将身体缩了回去,我闻到了他身上堪比春药的味道。

"我平时也抽这个。"我将注意力转到手里的烟上,做起了最后的挣扎。

他没接话,眼睛虽然看着我,但似乎只是目光落到我身上而本体陷入别思,我只好自说自话。

"因为它很温和,其实呀……我不怎么会抽烟,但我可是个作家,不抽烟的话……你说,是不是太对不起这个人设了?哈哈,我是个作家,你能想象得出来吗?"

他摇摇头,似乎兴趣不大,这让我自尊心大受损伤,瞬间脸热起来。我不再说话,浑身热血翻腾,又盯着他的脸看了几秒后,从他手里抽走烟,连着自己的那根一起扔出了窗外。

成熟男人就是如此爽快,他会了意,伸手轻柔地接过我的脑袋,将头埋进我的脖子里,开始热烈地吻我。

说好不要将关系弄得复杂呢?我残存的理智在心里自嘲道。可这就是我啊,最后总是会把所有事情都弄得一团糟的我啊!我仿佛听见林青灵那故作有教养实则刻薄的声音:"瞧瞧,这就是我曾经的闺蜜,如今却来勾引我的舅舅,妄想加入豪门成为我的舅妈,多可笑啊!"

放弃挣扎后,连呼吸都变得肆意起来。我将脸贴到冰凉的车窗上,任凭身体去享受成熟男人的爱抚。恍惚中,一只绿色的昆虫从黑夜里冲出来,隔着窗玻璃停在了我的脸上。我没有被它吓到,只是微微缩回脸,小心翼翼地盯着它看。

是一只花翅螳螂。透过它那对半透明的翅膀,我看到远处站着一个人影。似是发现我望过去,人影晃动着重新隐入了黑暗。

是王任吗?可明明模糊到男女都分不出,我为什么会觉得是他?难道是在期待他不放心我独自回来所以一路跟随护送?如果真的是他,他会怎么看我?他作为一个旁观者,怎么看我们宁叶人?那个藏在暗处的凶手,他又是如何看我?

意识到我停止喘息,身上之人停止动作。

"怎么了?"

他声音里的不解和颤抖,仿若情景再现般将类似的场景送至我眼前。一股腐味穿透身体,我猛地推开他,顾不上天地翻转错位,拉开车门将胃里的污秽呕了个彻底。

三

4月10日早上/橡皮

昨晚上回来时,孔蔚然一发现车里的长腿,就忘记了我的存在。吃饱后的我也困得厉害,既然已经护送她安全到达,就干脆钻回屋内睡了。这一觉睡得格外安稳,等我被嘈杂的人声吵醒时,天已大亮。

可别以为只有人有起床气,狗也有的。我趴在孔蔚然床下面的毯子上,迟迟不想动弹,光睁着眼辨声。

晨间扰人清静的声音构成异常丰富:对面床上有婴儿的啼哭声、林青灵的抱怨声、王妈的应和声,还有头顶孔蔚然不耐烦翻身的动静;门外远处风拂树叶,鸟叫虫鸣,近些有杯盘碰撞和着人声低语,我只能听出来孔振宁的声音,听不清交谈的内容。

那小婴儿似乎是因为奶粉不合胃口,哭声越来越大,她妈的抱怨声也越发不耐烦。我被吵得心神不宁,正犹豫要不要爬出去找个清静的地方继续睡,头顶的床板突然震颤起来。

孔蔚然的脚从床沿边垂了下来。

"蔚然你醒啦？"林青灵停下安抚婴儿。

废话，自己女儿的嗓门有多大心里没数吗？

"嗯，"孔蔚然点点头，走到放衣服的凳子上换下睡衣，对着墙扣文胸的扣子，"我出去一趟，有点事儿。"

"什么时候回？"林青灵别过脸去。

对于毫无时间观念的孔蔚然来说，这是她最讨厌的问题之一。

"不知道，晚一点吧。"果然，她声音里深埋着厌恶。

等换好衣服，她突然弯下腰，来床底探我，见我一脸惊恐，她朝我挥挥手，示意跟她走。

还算有点良心，我乖乖跟上，一人一狗在林青灵欲言又止的目光中离开了房间。

出门后，她也听到了从厨房传来的声音，探头望去，是孔振宁和陈颖真对坐在小圆桌前，轻声交谈。

两人各端一杯茶，但都只是握在手上，孔振宁说话的声音非常低，不知是怕旁人听了去，还是怕吓到了眉头轻蹙、认真倾听的陈颖真。我抬头看看孔蔚然，她正咬着嘴唇伏在角落试图偷听，但我都听不到，她又怎么可能听见。再靠近怕是会被孔振宁发现，她只能蹑手蹑脚地转身离开，不料跟刚从楼上下来的长腿撞了个正着。

长腿一手背在身后，定定地望着被吓了一跳的孔蔚然，就好像想要闹明白她在耍什么花样。可孔蔚然恢复神色后并不看他，也没跟他打招呼，反而像是避开什么不洁之物似的迅速闪身。

看吧，我就说吧，只有曹岩这样的男人可以跟孔蔚然好好相处,别的早晚都会跟她变成仇人。

我跟着她出门跳上车,看她在驾驶台上哈欠连天的样子,就猜到她肯定是想回去自己家睡个清静的回笼觉。路上经过超市,她将车停在门口进去买烟,我懒得下车,躺在后座上打盹。

没两分钟,孔蔚然就回来了,而且将车门摔得地动山摇。我望着她的臭脸,边寻思着又是谁得罪了她,边起身朝车外望去。

超市里靠街边的玻璃前,有一张长桌和一排高脚凳组成的休息区,那个长相普通的收银员,正在收拾桌上客人留下的垃圾,而坐在一旁谈笑风生的男女,竟然是王任和林青羽这一对奇怪的组合。

俊男美女看上去倒是养眼,王任脸上的表情也比在酒吧里见到时灿烂许多。他边说话边用手比画,逗得年轻娇媚的林青羽笑靥如花。两人聊得十分投入,完全没瞧见仍然气鼓鼓瞪着他们的孔蔚然。

我不是很明白她在气什么,但我知道,没有男人能跟她好好相处,也没有男人能让她真正烦恼。车子刚开到小区门口,她的气就已经消得差不多了。等她在门口打包完早餐,我先蹿上了楼,贴着门一听,屋内有动静,便大叫了两声提醒她。可她误以为我在催她,边掏钥匙边捶了我的狗头一拳。

"蔚然姐。"门虚掩着,一推开,小伟就冒了出来。

"拿东西呢?"孔蔚然并没有觉得吃惊,她看了看小伟手上那本蓝色封皮的小手记本问道。那是属于孔振宁的,我见过几次。记性不好估计是遗传,这父女俩都喜欢兜里揣个本子来记事。

"是啊,孔队把这个落家里了,让我给送过去。"

"送去林家?"

"对,他正在那边问话呢。"

"呵,问话……"孔蔚然轻哼了一声,将小伟让出门,"等等!"

小伟赶紧乖巧站住:"什么事啊,蔚然姐?"

"尸检结果出来了?"

"呃……"

"给我瞧瞧。"

"这个,恐怕不行……"见孔蔚然朝自己怀里伸出手,小伟往后退了一步。

"不行什么,我要是比你先到家,要看还不是看了!"孔蔚然盯着小伟的脸,没有收回手的意思。

"蔚然姐,你别为难我了,要是被孔队知道,我就……"小伟缩起脖子求饶。

"行吧,我只是无聊,有点好奇罢了,"孔蔚然大方地拍拍小伟的肩膀,举起手上刚买的早餐,"那进来陪我吃点再走吧,一个人吃没胃口。"

好家伙,我急了,她肯定是要把买给我的那份给小伟了。我跳起来够她手上的塑料袋提醒她,被一脚踹开。

"啊,我吃过……呃……那好吧。"小伟明显不大情愿,但因为刚刚才拒绝过孔蔚然,不好再拒绝一次,只能老老实实跟进屋坐到了餐桌前。

孔蔚然从橱柜里找出盘子和碗,将打回来的豆腐脑和油条一分为二,也不顾我在她腿边蹭来蹭去地抗议,跟小伟有一搭没一搭地边聊天边吃起来。那小蓝本就摆在小伟手边,但孔蔚然再也没提过。

"吃不下了,"才吃没两口,这天杀的孔蔚然就将食物倒进了垃圾桶,起身到水槽边清洗碗盘,"昨天晚上喝多了,胃里头不舒服,你可要吃完啊。"

小伟唯唯诺诺地点点头,继续埋头嚼咽。

我恶狠狠地坐到地上准备看孔蔚然葫芦里卖的什么药,只见她边用水龙头冲盘子,边不动声色地打开水槽下的柜子,趁小伟不注意,在水声的掩护下,用力地踢了管道接口处几脚后,关上了柜门。

"哎呀,怎么漏水了?"孔蔚然关上水龙头,对着从柜子里流出来的水夸张地喊道。

小伟赶紧站起来走过去。

"天哪……"孔蔚然重新拉开橱柜门,里面到处都是管道接口处的缝隙里渗出来的水。

"是不是管道老化了?"小伟弯腰查看起来,"我修一下吧。"

"还是等我爸回来弄吧,"孔蔚然假意客气道,"你还要赶回去上班呢。"

"没事,耽误这一会儿不打紧,"小伟撸袖子,"平时这种活也是我干。"

"哦,那行,那我去找工具。"孔蔚然见小伟已经蹲到地上查看起管道,瞥了一眼桌上的小蓝本后,顺手拿进了屋。

好了,猜得没错,她演这一出当然是为了偷看那本子里的内容。

4月10日早上/孔蔚然

一溜回房间,我就拿出手机翻开本子逐页拍照,本子里尽是鬼画符,还贴了一些小图片和便笺纸。因为时间紧迫,也来不及筛选,我只能选择性地先用手机拍下来再说。我飞快地拍了最后四五页后,折回客厅从柜子里翻出工具箱递给小伟,待他钻进橱柜比画,再赶紧回房继续拍,等拍得差不多回到餐厅时,他还在撅着屁股给水管缠生料带。我将本子放回餐桌,摆到先前的位置上,准备好擦手的纸巾,站在一边等小伟弄完。

送小伟出门后,余光瞟到鞋柜上爸留给我买裤子的钱,又低头看看膝盖处的破洞。其实这种程度在上海并不算夸张,只有在宁叶县人眼里,才会被贴上奇装异服的标签,才会被自己爸嫌弃。

胸腔里似有一团棉花堵住,我抓起钱塞到卧室床垫下,情绪还是无法得到缓解,只能背起手解开文胸的扣子,将肩带从手臂穿出,再从T恤底部将它一把扯出扔在角落。我打开窗仰躺到床上,有风透过薄薄的T恤棉布,胸部变得凉爽,呼吸也终于顺畅起来。想必昨晚那个男人,就是因为看见我这副德行——一个敞着胸部的女酒鬼——才觉得我是个随便的便宜货。他肯定是边在心里咒骂我是个荡妇,边毫无阻隔地对我乏善可陈的胸部上下其手。

该死,他早就认出我来了!虽然我对荡妇的称呼毫不在乎,也不会将辈分有别这种事放在心上，但如果我们之间的第一次是在他知情而我不知情的情况下发生的，那就是另一回事了。我知道有些饥不择食的老男人，挑女人时姿色已经不是第一要素了，关键是年轻，越年轻越好，可我是他外甥女的发小！年龄差了十多岁！他能毫无心理障碍地对我上下其手，就说明他还挺好这一口的。变态！

我懒得往下想，突然疑惑起他为什么到现在还留在宁叶县，按理说他的工作性质应该很忙才对，难道他也想亲手替外甥女抓到凶手？还有，刚刚富林超市里是怎么回事？那个王任是想在林青羽身上找线索吗？我怎么突然觉得他也是个见色起意的老男人。变态！

他妈的，男人就没一个靠得住！我对着天花板咒骂了几声，困意全无，一咕噜翻身坐起，下床从行李袋里找出原本准备找时间码字，但实际一次都没打开过的笔记本电脑，将手机上刚刚拍摄的图片传输上去。

爸的笔迹比起医院大夫好不了多少，或许他们的目的都是为了掩人耳目，但谁叫我是个文字工作者呢，大致还是能看出些眉目来的。不出我意料，杨新鸣的尸体鉴定报告应该是出来了，因为和十年前冯文文一案作案手法高度相似，被判定为疑似连环作案，队里将两宗案子并案了。

可以啊，看来局里除了我爹，还是有不徇私，真正在干活的人。前几页是爸随手记的线索，画了一些不好懂的线条。我研究了一会儿，脑子乱得很，只能放弃，继续往后翻。随着光标滚动，页面快速闪过，我看到了一小块像是从某张照片上剪下来的贴图，图下写着：冯，左；杨，右。

要是其他人捡到了爸的笔记本，根本不可能看出其中含义，可现在看到这些的偏偏是我！那四个字，加上那张小贴图上的内容，作为两宗案子的第一目击者，我不可能解读不到它们所包含的释义：冯文文和杨新鸣死后都被人剪掉了一只手上的五根手指，冯是左手，杨是右手。而那张小贴图上的内容，是一枚样式独特的金属戒指，它属于十七岁的冯文文。

那枚戒指是我清醒前看到的最后内容，它让我颅内雷声轰鸣，脑细胞携着关于凶案现场的记忆汹涌而来，和着鲜血在我眼前的虚空之上滚滚翻腾。我像是一口气灌下了三瓶烈性威士忌，头晕目眩，喘不过气，一头栽倒在硬邦邦的地板上。

4月10日上午/橡皮

好家伙，这孔蔚然又犯什么病！是装的吗？可就我一条狗在，表演给谁看呢？

我的确不关心她的死活，但她好像还没交代包括我在内的后事，无主的狗可比没妈的孩儿要惨得多。不得已，我只好小心上前试探，生怕她突然尥蹶子。可我只拱了她两三下就意识到了不对劲，妈呀！除了还有呼吸之外真的毫无反应，这……这可怎么办？

这下轮到我焦虑了，我在屋子里上蹿下跳，想要从我的狗脑里蹦出个主意来。但我毕竟只是一条狗，既不可能开口喊救命，也不可能解锁她的手机打电话。

"咚咚咚!"

有人敲门！谁？

管他是谁。我冲到门边扯起嗓子狂吠，前腿离地趴在门上一阵乱抓，但那毕竟是一对爪子，我也没办法像人的手一样灵活地去打开两道复杂的门锁。

正视到这一点，我停下让自己显得愚蠢的喊叫和动作，静心闻了闻门外面的味道，是王任，他已经停止敲门，我必须赶紧让他意识到我在求救！

我拼尽全力扯起花腔，尽量喊出跟平时不一样的声音。王任试探着在门外喊起了孔蔚然的名字，他一喊我就答一声，然后再加上一声惨叫。这样几个来回之后，他终于开始用力捶门。

这门内外有两道，他短时间内是不可能捶开的。我扭头望望餐厅里厨房边的那排窗户，如果从楼道的平台上跳过来，是可以翻到这扇窗户前的。一般人家都装了防盗网，可孔蔚然家没装。我几个大步跨过去，对着窗户使劲捶打狂吠起来。

还好王任是个聪明人，没几分钟，他就听声辨位，找到平台砸碎窗玻璃，身手敏捷地跳了进来。顾不上生疼的爪子，我领着他进了孔蔚然的房间。

孔蔚然还倒在那里，他过去蹲下来检查。我在旁边紧张得要命，但没想到他才看了两眼，就一屁股坐到地上，一手撑在膝盖上扶住额头松了口气。

没事吗？我望望他又望望孔蔚然，狗脸上满是疑惑。王任伸手揉了揉我的头,说了两个我听不懂的英文单词,看他表情应该是在夸我吧。但我还是有些放心不下,拱了拱一旁的孔蔚然朝他示意。

他站起身来,将孔蔚然从地上抱起放到床上。我猜孔蔚然一定想要醒着经历这一幕,这可是她难得体验到的公主抱。

之后,王任找了本书,对着孔蔚然扇了几分钟风后,她才像是刚睡了一觉一样缓缓睁开眼。

早知如此,我去喝两口冷水喷她脸上就行了啊!

王任见她醒了,进厨房摸索着倒来一杯水。

"你怎么会在这里?"孔蔚然坐起身来,喝了口水后,刻薄马上重新回到她脸上,"刚刚不是还跟人聊着天,没进行下一步探索?"

真是个不知好歹的蠢女人。

4月10日上午/孔蔚然

醒过来第一句话不是感谢而是质问,这确实有点说不过去。但就好比酒后吐真言,人在脆弱的时候透露的都是内心真实的想法,所以我为什么要吃这个醋呢? 完全没道理啊。这王任是还不错,我们也算是投机,且眼下有共同目标,但怎么也不至于吃他的醋吧。

"你说林青羽啊,"王任一只手插在裤兜里,居高临下地看着我似笑非笑,"我是说你怎么也不打声招呼就走了。"

他还得意起来了? 我懊恼自己不争气,被人看穿居于下风。

"我只是为了多些角度,了解些林家的情况。"

然后临时起意?呵呵,男人!就林家那两位公主的外貌和家世,我真的不相信有谁会动机单纯地接近她们。

"哦。"我有气无力地嘟囔了一声,转念一想心里又松了口气——看来昨晚那个人影应该不是他,不然这会儿他应该会转过来嘲讽我才对,"你怎么找来这里了?"

"这不是刚跟林青羽聊完,就想着跟你们分析一下得到的信息。"

"我是说你怎么找到我家的。"

"别的人家或许不好找,你家还不容易吗?"

说的也是:"那你打探到什么?"

"没聊多久,所以也没有多少有用的信息。"他从书桌前拉过来椅子坐下,"跟她聊了一会儿,我发现,陈影杰这个人很有问题。他之前好多年没回过宁叶,这一点就不寻常。按理说,他一个民航机长,就算再忙,也不至于七八年都不回来看一趟自己的亲姐姐一家,对吧?更不寻常的是,这好难得回来一趟,林家就发生这么大的事,节点也太巧合了。"

不会就只搞到这一条信息吧?陈影杰多年不回宁叶的原因,他那天晚上告诉过我,这次回来的原因,我多少也算是知道的。如果林青灵没有对我撒谎的话,应该是杨新鸣打过她之后,她在宁叶没有求助对象,只能告诉那个曾经最疼她的舅舅。但我又亲眼看到这两舅甥相处时的别扭劲,说是长时间未见导致的生疏也不尽然。

"还有林昊泽,我也打听到,他好像一直对女婿不满意,也就是死者杨新鸣。但女儿已经嫁了,木已成舟,他只能决定好好培养这个女婿,以求他将来可以为自己庞大的家业分忧。据说他原本是想让女婿帮助管理年轻人较为擅长的电子商务领域,无奈这个杨新鸣自知斤两又好像不愿吃苦,只想舒舒服服地吃个软饭而已。我猜他应该是觉得林家已经这么大的产业了,几辈子都吃不完,何必费力气折腾。结果就是烂泥怎么都扶不上墙,林昊泽对他的不满与日俱增,两人也只是看在林青灵的面子上,才勉强维持表面和平。"

这倒是条有用的信息,我斜眼看着他:"你这是下了什么蛊,这林青羽好歹也姓林,怎么会告诉你这么多自家的丑事,那可是她姐夫和亲爹。"

"嘁,"王任抱起双臂摇摇头,"她只是个唯恐天下不乱的小丫头。"

这倒是真的。

我起身坐到床沿边:"那你可得小心别被她误导了,她不会是在暗示她爸杀了她姐夫吧? 那她有没有提到林昊泽可疑的地方?"

"没有,她并不是问什么都会乖乖回答的。"

我盯着他噘起嘴性感的样子,原本想说,"如果你肯出卖色相,估计她就任你所用了",但突然又想到另一个比较现实的问题。

"你不是林昊泽雇来的? 他要真是凶手的话,你找谁拿酬劳?"

王任抖着他的胸肌笑了两声:"我好歹也是个遵纪守法的好公民,有举报违法犯罪的义务。"

我放下心来,稍微平静些做足心理准备后,重新打开电脑,跟王任同步信息。

4月10日下午/橡皮

亏我一大早就拼死拼活的,好歹也算救了她孔蔚然一命。可自从王任来了之后,他俩就一直对着电脑叽叽呀呀,完全没人记得要给我弄点吃的。一直饿到日上中天,孔蔚然才打电话叫了外卖。

吃完外卖,孔蔚然脸色还是不大好——虽然她长期像个吸血鬼一样脸色苍白、双眼无神,但像今天这样虚弱,我还是头一次见。王任离开前嘱咐她先好好休息,下午再叫人过来换厨房玻璃。

吃饱喝足后,我也知趣,陪着孔蔚然在卧室睡了个饱觉。若不是被电话铃声叫醒,恐怕我俩能一直睡到天黑。

是林青羽打来,喊孔蔚然过去吃晚饭,还说大家都会等她,让她没办法拒绝。

等孔蔚然不情不愿地爬起来沐浴更衣,紧赶慢赶地到达林家时,才发现这林青羽根本就是让她过来看热闹的。王任上午对她的评价还真精准,她果然唯恐天下不乱——自己的爸爸和姐姐吵架呢,怎么也得有个外人在场看笑话。连我都懒得对她的幼稚心思进行评价。

不过好像孔蔚然并没有因此生气,白天林家大门只会关着纱门,她溜进屋后就乖乖拐到餐厅和客厅间摆放钢琴的地方,在琴凳上坐下,也不看手机,也不望向客厅,只是蜷起上身,盯着琴键发呆。那副姿态就好像在表明:你们吵你们的,就当我不存在。

虽然我很想过去靠在陈颖真脚边,闻着她身上的香味,感受她举手投足间的优雅,但我毕竟还是有主人的。在这种情况下,我也只能屈尊爬到钢琴底下陪着孔蔚然,想着先搞清楚事态再说。

林昊泽与林青灵这对父女,与其说是在争吵,倒不如说是在比拼谁先绷不住。一个大家闺秀,平时温文尔雅惯了,就连吵架的语调都是温言细语、不紧不慢;一个是一方富霸,也拉不下身份对亲生女儿大吼大叫。我听了一会儿才搞明白他们之间矛盾的核心——百日宴该不该如期举行。

两人好像已经放弃了以理服人,这会儿已经升级到"无论如何都要按自己说的办"的阶段。

林昊泽认为,自己的孙女满百日,那是大事,县上有头有脸的人物都会来,请帖早就做好发出去了,现在若挨个通知不办了,那自己的脸往哪搁?绝对要办!

林青灵认为,丈夫死因未明,尸体都还在停尸房里冻着,家里却要大张旗鼓、张灯结彩地给他的孩子办百日宴,简直荒唐。绝不能办!

父女俩就这样隔着茶几互相叫板,躲在沙发角落的林青羽不时捂嘴偷笑,单人沙发上的陈影杰则一声不吭,只有陈颖真在动作优雅地给家人们沏茶,见没人喝,她便自斟自饮,就仿佛岁月静好,无事发生。

眼见没办法说服对方,林青灵气愤地站起身想要离开,一抬眼看见孔蔚然,便像是看到救兵一样,拉她过去评理。

她也真是病笃乱投医,别说这孔蔚然的话在林昊泽这里不会有半点分量,孔蔚然肯定也不会帮她说话啊。

果然,孔蔚然先是惺惺作态,一副"我也不想卷进你们的家庭纠纷"的模样,接着又假装为难地安慰林青灵:"冲冲喜也是好的,人已经去了,大家都要重新开始的。"

我感觉林青灵都要哭了,她委屈巴巴地用她戴着丝质手套的手扯孔蔚然的衣袖:"然然,你怎么也……"

"我们然然果然是作家,懂事,想得周到。"林青灵话没说完,喝着茶的陈颖真开了口。

"妈!"林青灵一跺脚,两颗金豆豆就顺着她精致的脸颊掉到了地上。我突然想起来,上次孔蔚然跟阿金聊天时说过,林青灵似乎从来不敢违背她妈的意愿。

"我们林家啊,哪能给人看笑话。"陈颖真端着茶杯不动声色地说道。她说话时语调平和,分贝不高,却给人一种不容分说之感。说完,她就招呼孔蔚然坐过去喝茶,就好像刚刚父女俩争论了很久的事,不过是决定晚上的例汤品类。

陈颖真的态度,给这场家庭争论画上句号。林昊泽出了两口粗气后进了书房,林青灵哭着跑回卧室,好事的林青羽跟了过去。陈影杰依然坐着没动,只是在脸上挂出了一种近乎嘲讽的讥笑盯着自己的姐姐。但陈颖真全然不看他,坐在那里翘起兰花指,神态像是一尊受人供奉的观音。

4月10日晚上/孔蔚然

在林家的每一顿饭,餐桌都像是一个多方势力僵持的战场,席间个个家庭成员风声鹤唳草木皆兵。夹在中间的我,一方面担心被殃及;一方面又指望着他们兵戎相见时,能抖落些"家族小秘密"。

晚饭前,我好不容易安慰住了林青灵,让她振作起来,往好处想。好在其实她明白,只要是她妈认定的事情,无论有没有我表态,其实都不会影响结果,所以也没理由生我的气。晚饭的餐桌上只有我和林家的三个女人,两个男人不知所踪,她们不提我自然也不会问。就餐以日常进展速度风平浪静地结束后,我借口肚子胀气,离席到后院抽烟解闷,顺便回复手机上的新信息。

信息里有一条是杨橙发来的,洋洋洒洒几百字,无非是十八线配角想给自己加场的无聊把戏。我百无聊赖地边吞云吐雾边一刷到底,快速总结出中心思想:以替丈夫道歉的名义请我吃饭,顺便叫上几个我们的同学,大家一块儿聚聚。末了还煞有其事,像下战书找人单挑一样,让我只身赴约——直接说别叫上林青灵不完事儿了吗?真是又怂又作。

这要换在平时,我肯定马上拒绝。但想想这两天在林家也没有得到什么有用的线索,杨橙那虎头傻脑的老公,那天在酒吧里跟王任干了一架,说起来,也是因为想找到杀害自己的同事兼好友的凶手才胡乱猜忌。如果他仗义到这种程度,说明杨新鸣生前真的跟他关系不错,那我说不准可以通过他那胸部饱满的老婆,探得一些线索也不是没有可能的事。

我回复她,将聚会时间定在明天午饭前。如此安排是因为我既不用担心那些赋闲在家的少奶奶们临时抽不出时间,也不需妄想她们会遗憾不能好好跟我吃个饭。县里发生这么大的事,白楼里出了这么大的丑闻,我心知肚明杨橙跟她那帮不安分的姐妹们,只是想着趁林家士气受挫时赶紧插上一脚,整出点像样的动静来,好让自己在这县里声名鹊起,从此成为新的风云人物。而我在这其中的作用,不过是我作为林青灵的好友,如果倒戈加入她们的帮派,便能让她们的上位之路多添些气势罢了。

好笑,湖中即使没有大鳄鱼,也没见过哪个小虾米能掀起风浪的。我边在心里掂量着虾米们的分量,边在夜灯下踱步,穿过后院爬满金银花枝蔓的栅栏门后,从白楼的侧边,步伐轻悠地绕到了前门。

前院阔气的草坪上,多了些我先前没留意到的花卉,不仅有各色的玫瑰和芍药,还有些不易养活的绣球和蝴蝶兰。仔细一看,大多属于红色系,但又不只是俗艳的正红,更多是粉红、桃红这类偏素雅的品种。王妈路过收拾东西,我问了一句,她有些不情愿答我,是老板前两日吩咐园林工人,今天移植过来的。她说的老板是陈颖真,对林昊泽则是跟着黄律师他们称呼林董。这我能理解她,刻意使用跟雇主保持距离的称呼,是在表明她只是拿工钱做事,并不想巴结奉承。在这一点上,我还是挺佩服王妈的。这么多年过去了,她之所以能被挑剔的陈颖真一直留在家里,除了做事认真负责,这种不卑不亢、闲事与她无关的态度肯定也起到了决定性的作用。大户人家,最忌讳的就是八婆嘴。

这样看来,我对她的那张臭脸平添了几分好感。她在林家这么多年,对林家上下,包括陈影杰在内,肯定于暗地里有自己的观察和判断。若能跟她套上近乎，必然可以得到一些意想不到的线索。但她那副油盐不进的样子，我猜应该也没那么容易收买，只能暂时作罢，再待时机。

看着满院子喜庆又雅致的布置，我很难不佩服起陈颖真来。她全然只顾自己活得丰盈欢喜，其他人和事都不会真正影响到她那精致完美的世界，若非通透和智慧都到了极致，是不可能达到这种境界的。

接着，我又开始审视如眼前的鲜花一般娇艳的林青灵，到底是该羡慕她能活得单纯清闲，还是该同情她如提线木偶般的生活。一转念，我又觉得她大概也继承了母亲的清冷，或者说是自私也未尝不可，她们不会真正关心除了自我以外的事物。可这世上哪有事物是完全独立存在的，皆需要有对照才有存在的意义。也就是说，如果一个人以某一年龄段为节点，之前很顺遂，之后也是一帆风顺，那么他对幸福是没有感知的，因为他没有经历过痛苦；倘若他之后的人生遭遇巨变，对比之下，他将承受比巨变本身更大的痛苦，因为有之前的顺遂做对比。无论林青灵是哪种情况，我都无法抑制地从心里对她生出一种高高在上的怜悯。

想到这里时，王妈早就没了影。空落落的院子里，灯也被她关了一大半，只留下几盏兼具驱蚊功能的灯，闪出蓝莹莹的光，照在黑黝黝的角落里。星月无踪，四下亦是静如湖底。我一身黑色衣裤闪到院落远角的矮槐树下，立刻跟那里的夜色融为一体。

就这样放空心思地站了一会儿，二楼阳台的灯突然亮起，林青灵的身影从屋内飘出来，我的注意力很难不被吸引。春夜气温尚低,她却已经换上了单薄的睡衣,翩然行至扇形阳台右边的晾晒区,动作迅速地收捡女儿的衣物。

我远远地看着她,猜想她上来路过必经之路,也就是以前忤的卧室时,心里在想什么。是在庆幸家暴她的男人已经死了,还是在害怕被人抓到她主谋的证据?还是,两者皆有?

正当我将全部心思投射在一个疑犯身上时,阳台左边忽然有一丝火光一闪即灭。我习惯了黑暗的眼睛,在这半秒之间,看清了那是陈影杰的脸。

他灭了烟,正朝右边走过去,走到光线可及之处时,林青灵发现了他。

互望之下,两人都停止了动作。槐树下的我,也屏住呼吸,绷紧了身体。

他们这样对站了少说也有两分钟,因为隔得有一段距离,我并不确定他们在这两分钟内有没有对话,但我绝对没看错接下来的剧情——林青灵突然冲过去,甩手给了陈影杰一巴掌。

如果说这一幕还只是令我始料未及,那下一幕出乎意料的程度足以令我下巴脱臼。

挨了一巴掌后的陈影杰并没有做出错愕之类的肢体语言,他先是垂下了头,接着一把抓住林青灵的胳膊,身体向下矮了去。透过阳台上白色石柱围栏间的空隙,我能清楚地看到,他不是蹲下,不是弯腰,而是跪了下去。

出于本能,我慌了神,赶紧缩起身体躲进槐树的阴影里,背朝阳台,不敢再往那个方向看上一眼,也生怕被阳台上不知在唱哪一出戏的两个人发现后灭口。

4月11日早上/橡皮

早餐是王妈最忙的时候。林昊泽起得很早，王妈做好早餐后会送去书房；陈颖真一般是吃完早餐后再洗漱，所以她在自己的卧室里吃；剩下的人虽然都在餐厅，可没人愿意自己动手。王妈一个人跑上跑下，还要遵照陈颖真的吩咐抽空喂我，她的脸已经不能更臭。我好怕她在给我的吃食里下毒，一口也不敢动，只能围着餐桌转，巴望着那些家伙能赏我一些他们吃剩下的。毕竟毒死我最多也就是赔几个钱给孔蔚然，但毒死人可是要吃牢饭的。

可是今天餐桌上这气氛，想来我是指望不上了。林青羽照样一副我行我素，巴不得一举一动都能搅起点风浪的欠揍样；孔蔚然表面上在安静地吃东西，但总是贼眉鼠眼地偷瞟饭桌上的其他人；陈影杰和林青灵则分外专注于自己眼前的食物，就好像那上面有一道吸走他们魂魄的巫术，如果走神看别人一眼，就会立刻魂飞魄散。

瞧我说什么来着，陈影杰和林青灵这舅甥俩，是不是有问题？昨晚上孔蔚然这个怂包不敢看，我可是都看在眼里。

人类有句俗话，男儿膝下有黄金。陈影杰这样一个道貌岸然的七尺男儿，竟然对他的外甥女下跪，这背后的原因，我一条狗可猜不到。

哎，知人知面不知心呐，我原本还有点期待看到林青灵叫舅妈时,孔蔚然脸上的表情,但看现在这局面,应该是彻底没戏了。

4月11日上午/孔蔚然

我就是那种真有什么事,绝对会当场犯怂,但事后又一定会执着地将事情搞清楚的人。

昨晚关键时刻我错过了后续,这会儿在餐桌上,我倒是明目张胆地观察起来。很明显,当事双方都在刻意避开对方的眼神,若是一不小心撞上了,陈影杰脸上会立刻现出愧色,林青灵倒是掩饰得还不错,镇定自若地喝完粥后,就准备离桌。

"蜻蜓,"我精准卡点截住她,假装追忆往昔,"五年级你穿的那双很时髦的红皮鞋,是不是你舅送的?我还记得全班女生都羡慕坏了,就连我,"我将目光转向埋头喝粥的陈影杰,"都羡慕你有这样一个好舅舅。"

这要是在别的场合,碰到我主动提起她的光辉事迹,她脸上肯定是压抑不住的得意扬扬。但这次,她只是应付性地笑了笑。

"后来那皮鞋呢?应该不至于穿坏吧?看你那么宝贝。"我哪肯轻易放过她,边说边观察陈影杰的反应。他听出我心怀不善,抬头眯眼试图警告我。

不安分的林青羽适时接茬道:"舅舅,我要告状!"可算是被她逮到发言机会,"姐可没良心了,亏得你从小那么偏心,她有一回莫名其妙地把你送的所有东西都当成垃圾,堆到……"

"住嘴!"林青灵猛地站起来喝住打小报告的人,瞪了她两秒后,才转身离开,"我去给冉冉喂奶,你们慢慢吃。"

她走后,用餐氛围变得异常紧张。我这个始作俑者甚至都不敢再看陈影杰,胡乱吃几口便丢了碗筷,回房间梳洗打扮,为一会儿的"同学聚会"做准备。

所谓聚会,不过是一场临时起意的相互利用。杨橙并非真心替丈夫向我道歉,我也并不是因为大度才赴约。如果我对林青灵的感情姑且定义为恨意,那么对杨橙和她老公则是彻头彻尾的瞧不起。丝毫不放在眼里的人,我才懒得花力气去记仇。

或许杨橙也这么觉得吧,至少她比我更有"资本"瞧不起人。

我说的资本,除了丰满的胸部,还有她和娄雨的婚房。我不记得小时候她家住哪里,但肯定是不值一提的地方。所以当我跟着导航到达目的地时,毫无预期地被眼前的豪宅惊到了。

她家的别墅位于知名大开发商所建的项目内,除了地理位置和内饰装修品位不及林家的白楼,在建筑风格和面积规模上,竟然不相上下。宁叶县有钱人这么多的吗?我还真是小看了她。

停好车,杨橙将我领进门,七八个打扮夸张的女人站在客厅列队欢迎。我一眼瞟过去,勉强眼熟的和完全陌生的各占一半。体贴的女主人将我带到她们中间,一一介绍。

她在沙发间前后穿梭时,我忍不住一直打量她。因为她实在是显得过分隆重,早就超过了为照顾体面而穿金戴银的程度,说是妖艳风骚也不为过。按理说,这县里结了婚的女人,除了把名牌得体的穿在身上彰显富贵外,应该尽量避免艳俗,以免被说三道四。

但她身上从大红色的口红到恨天高的鞋子，还有那遮不住半边乳房的深 V 连衣裙，无一不像一只正在求偶的孔雀。

"这是小黄""这是小绿""这是花衬衫""这是旗袍"……她当然不是这么介绍的，只不过我实在分不清那些听起来很有文化实际拗口难记的名字，别说现在，就算当年我都不见得记得她们叫什么，所以暂时只能根据眼前的穿着款式和颜色来区分了。

其实即使杨橙随便拉些不相干的人来撑场面，也完全可以蒙混过去，但我还是尽量配合着演出悉数记起来的表情。她们一开始僵着笑脸，仿佛在比谁笑起来更难看。不过在我一番投入的表演后，她们也逐渐放松下来，继而很快进入角色，然后开始争相回忆起当年谁跟我关系更好。

我觉得我的戏份不难，无非是："哦……是你啊！""变得这么漂亮，难怪我认不出来。""我怎么会不记得呢？"但我着实替她们捏了把汗——要临场杜撰跟一个近乎患有自闭症的小孩的友情故事，哪有那么容易。

重新认识的阶段结束，她们很快就开始切入正题，也很快就开始迫不及待地露出自己的真面目，纷纷"关心"起这些年我在上海的生活来。

因为相隔不远，宁叶人或多或少都会去过上海。但在她们的言语之中透露出的轻蔑，就好像那里是曾经因为不得已的事务性原因才勉强去过的下流之地，就好像如我这般留在那里的都是被生活逼迫到走投无路的下等人。她们会有这样的姿态当然不对，只是在我身上碰巧成立而已。其实我也有自觉，毕竟我全身的衣着加起来也不过两三百元,所以一进场就能感觉出,她们一个个既看不起我,又想从我身上捞到些新鲜的谈资。

保姆模样的阿姨端上来丰盛的点心和水果拼盘,我松了口气。大家开始交流点心的烹饪技巧,夸赞女主人的品位,却还是时不时突然将话题转向我,问一些关于作家的问题。不过我很快就坦然了,因为反正没人会相信一个写小说的人说的话,尤其是在这种虚与委蛇的场合,瞎编呗,我很擅长这个。

"是的,但我只能算是个文字工作者,还没有任何成就。""好啊,找个时间我去你家,正好我也需要一些写作素材。""我住在静安区,靠近南京西路,闹中取静很适合写作。""是的,不便宜,但书卖得还不错。""等我回上海,一定给你邮一本。""写书需要闭关,出版后又要到处做签售,太忙了,所以没时间回来。"……

鬼知道我扯了多少谎,反正我从来没办过什么签售会。曹岩也曾试图要帮我举办一场,毕竟我也算是一个有作品的新人。但我一想到那些染着黄毛、满脸冒痘的笨小孩可能会问出的傻问题,就会立刻严词拒绝。

她们对我的职业如此感兴趣,但我懂规矩,对她们只字不问——宁叶县的女人,是不喜欢别人问她们职业的,因为要么没有职业或者职业不怎么体面,要么太体面显得强势而没有女人味。

"你怎么会突然跑去写小说了?"

这是个好问题,我看了一眼问问题的"旗袍",那改良过的特殊式样似乎是前两天林青灵穿过的。宁叶县这地方没人关心米兰时装周,更不会有人去翻热门杂志,这里的时尚风向标就是林家的大公主。她如果连着两天都穿红色的衣服出现,那么红色便是这一季的流行色;她如果戴上有面纱的帽子出席宴会,那么往后很长一段时间,县里就会悄悄兴起一股复古风潮。

"因为酷啊。"

我向旗袍投去赞许的目光,但其实心里想的是:为什么要写小说呢?因为就像我不会说出这个问题的真实答案一样,没有人会轻易告诉别人自己内心的真实想法,但倾诉需求又是人的本能,特别是当心里有一些悲伤往事在郁结成疾的时候。可是人人都很忙,谁又有时间停下来听你讲述那些破事儿呢?即使偶有人发善心,但你只要开口掏心掏肺地说上那么两次,你就会开始厌恶自己,因为那些故事听上去如此消极,如此小题大做,世界上不幸之人何其多,你的事根本微不足道。写小说,能很好地解决这个问题,任何故事,就算再荒谬,再不值一提,只要它进到了小说里面,人们就会变得宽容。他们会花大量的时间在变成小说的故事上,也不会指责你啰里啰唆神神叨叨,只为描绘出童年和原生家庭给你带来的阴影。他们甚至会真诚地流上几滴眼泪,为那些看似杜撰成册,实际上已经是你心里再不说出来就会毒发身亡的真情实感。

"我记得以前在学校里,青灵的语文可比你还好,她怎么就没……"她咽下了后半句,眼神飘忽,就好像突然感觉到林青灵就站在她身后。

我将身体往柔软的沙发上一仰,环视着众人,玩味着她们脸上的表情——终于有人忍不住提林青灵啦!巴不得将话题一直围绕着林青灵吧？

"是啊，她是很有天赋。"我假笑出声，"但她什么都有，不稀罕这点天赋了，你们说是吧？"

"也是，也是。"众人跟着附和。

"说这儿我想起来了，我们以前的高中要拆了，"杨橙晃了晃她耳朵上的镶钻大耳环，遗憾地瘪起嘴，"哎……我们那些愉快的高中回忆啊。"

"宁叶一中吗？"我用程序式的口吻问道。

"是啊，林家赞助的项目，据说要盖什么……从幼儿园到高中十五年一贯制学校。"杨橙很认真地回答我。

"他家还有地产项目？"这我倒是头回听说。

"你走这些年，林家那是越做越大，现在在宁叶可以说是只手遮天，"小红不甘寂寞加入对话，"你们说，赚那么多钱有什么用？又带不走。"

"这你就不懂了吧？这最有钱的人啊，讲究的是衣食住行，样样都要自产自给，包括房子，包括孩子的教育。"在阴阳怪气的本事比拼大赛中，小绿也不想被落下。

"哦……这样啊。"我表演出与世无争的蠢样子，想着她们什么时候才能说出点有价值的东西。

"别说这个了，"杨橙站起身来，挥手招来保姆，"我再去给你们准备点喝的，拿些吃了不用担心长胖的点心。"说完，她将那对被红裙包裹的臀部转过来，放在与我们视线平齐的位置，扭起夸张的步伐进了厨房。

"你知不知道她跟杨新鸣的事?"小红突然凑近我,用气音迅速朝我耳朵里灌进了这条信息。虽然我本身就坐在众人中间,但她相对离我最近。我慌张地看了看周围,有人站起来倒水,有人专心补妆,似乎没人听到她的话。

"你说笑的吧?"我张大嘴巴看着她,无从判断其言真假。

"啧,还能有假,都知道的。"

我顺着她的目光再次环视周围一圈,这才发现,其实所有的人都听到了刚刚的"耳语",这会儿纷纷朝我投来确认的目光。也是,在这县里想要藏住什么艳闻可不是一件容易的事,更何况她还整日穿得那么招摇风骚,就差把"我可不是什么安守妇道的人"写在脸上。在这里,风流韵事永远比名字更容易声名远播——"就是那个啊,跟她闺蜜的舅舅搞到一起的那个。""哦哦,是她啊!"

原来如此,我瞬间开悟,那天杨橙在她的咖啡厅里试探我,是在觉得自己可以取代林青灵吗?我猜她应该也不会有担当到大闹得各自离婚,只不过就是想以此证明自己不比宁叶县第一美人儿要差罢了,至少也是除了林青灵,在这县里排名第二的人物。真是可笑,这第二的名号竟是用有没有跟杨新鸣这个凤凰男睡过评判而来的。

我望着厨房的方向,想象着这县里所有春心不死的家庭妇女,都会因为杨新鸣多看了她们一眼而受宠若惊——他的妻子,可是宁叶县第一美女。我仿佛能看到杨橙在床上与杨新鸣行苟且之事的画面,她脑子里幻想着自己也是能和林青灵平起平坐的人,脸上慢慢浮现出得意的神情;而杨新鸣或许也正是利用了她这一层心思,才敢如此放肆——她永远都不会大吵大闹撕破脸皮,因为那样她就会现出自己低贱的原形。

"可娄雨不是拿杨新鸣当哥们儿吗?"我想起那天娄雨在酒吧里对我大喷口水的模样。

"他这种接盘侠,哪有资格跟杨新鸣当哥们儿。"

好吧,是我想多了,愚蠢的女人有一天可能会变聪明,但愚蠢的男人永远没有那一天。

"你就别操这种心了,他应该不知道。不过即使有风言风语传到他耳朵里,咱橙姐啊,也有办法哄得住。"小红冲左右的姐妹挑挑眉毛,"再说,娄雨在单位里,是需要杨新鸣给他当靠山的,他又不傻。"

推着饮料车的保姆率先从厨房出来,她似乎听到了我们刚刚在讨论的话题,一脸尴尬地杵在半路上,既怕我们发现她,又怕后面的主人发现她听到了那个不是秘密的秘密。在她那张跟王妈风格迥异的脸上,布满的不是岁月的痕迹,而是岁月艰辛的痕迹。我喊她过来,她一直低头压着满是皱纹的脸,就好像衰老是她的过错。

"我跟你说,你回去后,"杨橙也走出来,坐到我旁边,递给我一杯颜色诡异的果汁,"今天的事,最好别跟林家任何人透露半个字。"哪里轮得到我,她像是完全不知道身边都是些长舌妇似的。

"是怕青灵不高兴吗?"我明知故问。

"不止,还有她妈。"

"她妈?"这我倒是猜不出缘由。

小红又来向我科普："你离开了这么久,不知道这县里明里暗里的规矩也正常。没有林夫人出席的宴会,都上不了台面,成不了规模。日子久了,我们这些叫得出名号的家族,除了红白喜事外,大大小小的宴会,都得向她知会一声,参不参加是她的事,办的人不打招呼,就是不懂事了。"

"为什么呀?"我还是一知半解。

"嗐!"旗袍听不下去了,捅了捅我的胳膊,"你想想看,这一个宴会下来,会出多少是非,再想想这县里,谁家的是非最受瞩目?"

"哦哦哦!"我恍然大悟,"如果不知会她呢,会怎么样?"

"那可就不好说了,林家的产业覆盖多广啊,这宁叶县的人,有几个身上没有点儿利益跟他们捆绑在一起?惹谁也不敢惹他们一家啊。"杨橙这么说,想来她自己能住在这么大的房子里,肯定她父母的生意也多少受林家照拂。"不过我们这算不上什么宴会,路上碰巧遇到你了,喊你来吃点点心。"她心虚地补充,将一块凤梨酥塞进我手里。

我看着手上的凤梨酥,想到刚刚他们说的男女奸情,猜测会不会是杨橙以为将来会有指望得上杨新鸣的一天,才故意跟他接近。反正这两人之间肯定不会有所谓的真情,要不然对于杨新鸣的死,杨橙也不会看起来还没她老公难过。

凤梨酥吃到嘴里并没有看起来美味。所有的事情,背后都能牵扯出一笔肮脏的交易。但等真正了解始末,一切又都似乎合情合理。在这县里,大家都在试图捏点什么东西到自己手里:有的人想掌控舆论;有的人怕得罪权贵;有的人靠跟男人发展私情,巩固自己骄奢淫逸的生活；有的则希望多知道些八卦，来获取融入圈子的资格。他们像植物般用根牢牢抓住身边的土壤，在地上各自独立，在地底盘根错节，连在一起构成了一个巨大的关系网，外面的世界与他们无关，里面的人想要出去，就得需要像我一样自断经脉。

倘若他们真的像我一样在大海里浮沉过一段时间，就会明白，其实随波逐流要轻松得多。不过说起来，同样自断经脉离开的陈影杰是不是也这样想，我倒是不敢断言。他看起来与这宁叶县的羁绊，要比我深得多。

"放心吧，我本来就很少跟他们说话。"我此言一方面是让杨橙安心，一方面是在暗示在座的人——我跟你们是一边的，想说什么可以开始了。"青灵……青灵似乎不喜欢我。"我做出委屈状。

"没事，她也不喜欢我。"花衬衫终于逮到机会加入进来，"好像还是上小学的时候，有一次我买了一整盒棒棒糖，林大小姐路过时，我好心请她吃，哪知她会挑中一颗被人拆开吃过的，我更不知道我妹妹为什么要把吃不完的棒棒糖包回去，但当时她肯定以为我在整她，从此就没给过我好脸色，直到现在！"

"她不会这么小气吧？"我心里幸灾乐祸，脸上却挂满同情。

"这点小事是犯不着记仇，可她真就没有喜欢的人。"杨橙在一边咂舌。

"可能是自身太完美了吧，我们这样的平凡人，很难理解……"我假装有些自卑，等着谁来接我的话。

"完美啥啊？不是我说，虽然她是这县里的公主，但是跟你比起来,也不过是笼子里的金丝雀。在我看来,你才是见过世面的人,是跟文文一样的 Cool girl。"得到我的示好,小红越发口无遮拦。

一听到文文的名字,我心头一紧,差点装不下去。

"你们少说两句吧,至少人家夫妻俩,还是相敬如宾的。"杨橙还真是将阴阳怪气进行到底。

我在心里翻了个白眼。这所谓的相敬如宾,大抵就是高攀入赘的丈夫,为了不惹更大的麻烦,而长期对妻子唯命是从,直到有一天对她的得寸进尺忍无可忍,施以家暴或提出离婚,妻子因此知道了丈夫的底线,往后的日子若能掌握好分寸,二人便可相敬如宾——我见识过林青灵嚣张跋扈的样子,也知道杨新鸣家暴过她不止一次。很显然,最后是林青灵没掌握好分寸,所以杨新鸣才招来了血光之灾。

别的人自然也明白杨橙话里的讽刺意味,围在一起捂嘴窃笑,就好像这样便能让几千米外的林青灵掉几两肉似的。

接下来的话题,一如白开水般全无营养。临近午饭时间,除我以外的家庭妇女都该回家陪孩子吃饭了,所以大家一番客套后,意犹未尽地各自散去。

我悻悻地驱车离开,这场聚会总结起来就一句话:我们没有人在说林家的坏话哦!而我光是浪费时间听了些八卦来,一句有用的信息都没搞到。总不会是杨橙因为爱而不得,潜入林家杀了杨新鸣吧?

不过有一点毋庸置疑,杨新鸣这个攀上了高枝又反过来家暴,还在孕期出轨的渣男,他死有余辜。

4月11日上午/橡皮

早上林昊泽的司机刚来将他接走,孔振宁就像是算好了时间一样,将车停到空位上。他进门径直上楼,陈颖真正在起居室梳头,招呼他坐下后,起身到楼梯边吩咐王妈备茶。看来两人是约好了,有要事商议。

门半开着,我溜过去匍匐在门边偷听。像是陈颖真在关心杨新鸣案件的进展,孔振宁正好也有问题要问,这些事都不方便公开谈论,所以两人才约在楼上房里。

陈颖真虽已年过五十,可容貌身段样样姣好。尤其是情绪低落时,那副弱不禁风的模样,绝对是能令任何同辈男人都春心浮动的。也不难由此想象出她年轻时,即使已婚,还是有不少男人喜欢绕着比今时今日更赏心悦目的她打转,孔振宁这样的鳏夫肯定也是其中之一吧。而他们之所以不避嫌,依我观察,是因为这两人之间的确清清白白,言谈举止至多也只是互相照应的老友,绝无半分逾矩之举。在这点上,孔蔚然可能还真的冤枉她老爹了。

临近午饭时间,孔振宁才从楼上下来,正好被刚从外面回来的孔蔚然撞到。可这货兴许是因为化了妆,又或许是因为昨天偷看了小伟手里的小蓝本,心虚着不敢跟他爹碰头,抬眼瞟见就赶紧躲进房去了。谁知又刚好错过了专门来找她的王任。

被孔振宁堵在门口一番盘问的王任可受不了对方粗鲁的问话

方式,不愿配合。孔振宁一开始还想来硬的,将对方带走问话,却不想王任很懂门道,三两句话就将他噎得没话说,两人只能僵持在门口。

听到动静的孔蔚然总算出来解围,说王任是她朋友,孔振宁才铁青着脸盘子,甩手离开。

"你招惹他做什么?"孔蔚然将王任让进客厅,本来围着逗小婴儿的林家两千金,见有人进屋,马上用大家闺秀的姿势,端庄地坐回沙发上。

"谁知道他是你爹。"王任随便挑了张沙发坐下,完全不拿正眼瞧边上的两位美人儿。

"你等下,我换件衣服就走。"孔蔚然似乎也并不打算介绍人,说完就又飘进屋了。

"是你啊,"林青羽认出来王任,脸上立刻露出愠色,"蔚然姐的朋友?怎么不早说?"

王任不情愿地回头看了眼她,像是刚发现她似的歪嘴一笑:"你也没问我。"

我在一旁轻摇狗头,这王任的眼光还真是有趣。虽然我作为一条狗,也不喜欢林青羽,但他作为一个男人,怎么会更喜欢孔蔚然这种类型?

林青羽似乎想要发作,但一时又没想到合适的由头。这时,陈影杰从后院进屋,看到沙发上的王任,眉头一皱问道:"你怎么来了?"

"舅舅你也认识他?"林青羽一脸被耍了的不甘,陈影杰也没作答。

"找我的!"孔蔚然已换好衣服卸掉口红,冲陈影杰挑挑眉毛后招呼王任跟上,"走吧。"

两人躲避一屋子瘟神似的飞速离开,等我反应过来,再追出去已经来不及了。

4月11日中午/孔蔚然

"谢谢啊。"王任上车后向我道谢,语气随意得好像我俩是多年的好哥们儿。

我笑着白他一眼,将车驶出白楼前院。他不希望林家除林昊泽以外的人知道他来宁叶的目的,否则难免会给调查带来不必要的麻烦,那我肯定要帮他打掩护了。

"不去接阿金?"见车驶离富林路,朝着阿金酒吧相反的方向行进,王任问道。

"分开行动吧。"我就更不想惹人注意了,加上约定的地方,也是阿金的母校,不需要我带路,他比我更熟。

整个宁叶县城区横竖不过一刻钟的车程,我们曾经的高中,在与白楼完全相反的另一头。之所以将地点选在那里,一是早上听说要拆,想回去看看;二来也正是因为要拆的缘故,那地方想必清净。在这县里,想要有一个不会遇到熟人的地方,不会被认识的人从暗处窥见,简直是一种奢侈。

用专心开车做掩护,在这一刻钟里,我沉默不语,脑子里分析起目前的形势。

可以肯定,王任不会不知道刚刚那个是我爸,他肯定也是因此才故意接近我,以此得到更多一手信息。但对我来说,只要能帮我达成目的,他利用我与否,无关紧要。我更看重的是他非宁叶县人的身份——包括我自己在内,只要身体里有宁叶县人的基因,就别指望能客观公正地看待发生在这里的任何事,更别说是自己认识的人死于非命。加上他曾在系统内供职(此一条仅出于我个人判断),懂得各种门道,所以在我们三人的临时联盟里,他应该是最强能力者。

而我离开已有十年之久,这段空白,阿金刚好可以填补上。他从未离开过宁叶,文文死前,他只是单纯地生活在这里;文文死后,他在不知不觉中,又多了一层观察者的身份。他在暗中蛰伏十年,熟知所有相关的人和事,为的就是有朝一日,能将凶手绳之以法。换句话说,他无比笃定逍遥法外的凶手还在宁叶县,还生活在他周围。

我们三人虽有不同的出发点,但目标一致,如果将各自的优势结合起来,说是堪比一个侦查组也不为过。我再次在心里确认,如若我的判断力没有出现极端损毁的情况,他们俩是可以信任,进行信息共享的。

宁叶县第一中学有近百年的办学史,多年来都是这县里唯一的高中。以前本地的高中生,若不是难掩天资而被省市级高中挑了去,基本上全在这一所学校上学。同龄人如不是同级,也是上下级的同校,说来说去,全都是校友。圈子越小,是非就越多,这也是我喜欢待在大城市里的原因。即使头一天当街被风掀翻了裙底，第二天再经过也没人记得我，更不会有人因此对我指指点点。

不过后来据说因为经济上行，附近乡镇来此定居的人数逐年上升，不得不又增添了几所学校来满足需求。如此一来，这所百年老校就不得不改建扩张，以巩固它宁叶第一中学的名头。可这么大的工程，短时间内是不可能再获批资金的，这时候就轮到我们宁叶县的龙头企业林氏集团上场了。

可想而知，财大气粗的林氏集团一旦介入，肯定不会只小打小闹地加盖个教学楼而已。有了足够的财力支撑，宁叶县第一中学打算一举扩张至从学前到高中的一贯制学校。如此庞大规模的办学系统，在上海亦不算多见。可一旦建成，就会变成附近学校都难以望其项背的存在。也就是说，将来这宁叶县里和附近区域但凡有点头脸的权贵商贾，家里只要有孩子落地，就得开始想办法巴结林家，好让自家掌上宝的求学之途能受到庇护，一路顺遂。

好家伙，林昊泽这野心，看样子是不甘心只做个小小的宁叶县首富了，难怪他要逼着自己的女婿成才了。膝下无子，女儿们又没有显现出商场方面的才能，唯一能指望得上的，就只有女婿了。可谁知这个杨新鸣，偏偏是个不思进取的窝囊废。依王任之前的怀疑，干掉他，再亲自物色一个合格的女婿，倒也不是没可能的事。长久身居高位为所欲为，有可能在他眼里，杀掉一个人并不是什么大不了的事。他需要付出的，只是一小笔钱而已。

我看过很多悬疑影视剧和小说，很多时候，真相就是这么简单粗暴。但问题就在于，无论真相是什么，都需要证据。

天气不算好,大中午仍有浓雾。直到开近校门,才发现拆迁并没有真正开始,只是各处都做了封禁处理。校门上的名牌已不知所踪,留下一条条黑色污渍描边的字印,墙上白色的瓷砖上也尽是尘土。门后不远处连接操场的空地上,赫然长出来几束杂草。大门口亦已无人把守,我将车停在马路对面,带着王任从齐腰高的路障翻了进去。

离开宁叶后,我一次都没有忆起过这地方。但奇怪的是,双脚跳进来的一瞬间,脑子里封存的地图立刻展开。我轻车熟路地从十几栋楼里,找到当初坐了三年的教室。王任跟在我身后拍照,似乎在给阿金发路线图。

我几乎是屏住呼吸冲进当年的教室,避免在荒凉之境下涌出的记忆将我吞噬。课桌椅原样未动,我怀疑是否从建校起它们就是这副模样,为的就是让重游故地的同学们悲春伤秋。我闭着眼摸索到门边靠墙第二排的座位,那是我曾经用了三年的桌椅。我对那硬邦邦冷冰冰的椅子并没有丝毫怀念,可此时屁股一挨到它,背就自觉挺直贴上了靠背,就好像它是按照我的脊柱曲线设计一样贴合。不远处靠中间第二排,是林青灵的位置。那是全班公认最好的黄金位,是身份的象征。三年的高中生涯,就连下课,她也从未坐过其他位置。但文文不一样,她上课时老老实实坐我旁边,下课铃一响就屁股上长了钉子,带着我到处窜。只要不是学习,她对什么都好奇,就好像有用不完的精力。

至于其他座位上的同学,在我脑海中像是电影里的群众演员一样印象模糊,清晰的除了我本身,就只有林青灵和冯文文。可围绕她们两个人的回忆,对如今的我而言都是痛苦的。我厌恶林青灵,从小到大贯穿始终;我喜欢文文,她是我少女时期唯一的朋友,我跟她之间,存有无数与林青灵不相干的美好回忆。但如今她已经离开人世十年之久,那些回忆也早已变成鱼干上失去光泽的鳞片。

"你没事吧?"

"没。"

我睁开眼睛朝站在讲台边的王任摇摇头,走过去打开背包,将复印的纸张一一贴到黑板上。除了从小伟手里拍到的笔记图片,还有相关人员的照片。王任在地上捡了一截粉笔,手法利索老练地将它们标上名字连上线。

"你真的没事?"

他递过来一张纸巾,我这才发现自己满头大汗,心脏猛烈跳动的程度,就好像黑板上那些案发现场是我所造成的一样。

大多数时候,我都是一副死猪不怕开水烫的模样。但真遇上事,我向来都是能回避绝不迎上去,能放进记忆深处藏起来,就全部打上封条。可眼下已经走到这一步,封条已撕下,再也没办法躲开。我蜷紧脚趾,逼自己冷静,抬头直面黑板上那些混合着记忆中淋淋鲜血的画面,假装在片场扮演冷血神探。我想象着自己手握证据,爸不得不将林青灵塞进警车的情景,她惊慌失措的脸,就是我眼下的动力。

阿金到了后,王任对照黑板,将所有线索又捋了一遍。过程之中,阿金的脸色不会比我刚刚好多少,毕竟那个粉笔字写就的白色名字所代表着的,是他已经惨死的挚爱之人。王任没有顾忌他,露出跟我爸办案时一样的冷漠脸。

根据目前的信息和我的记忆,我们总结出,冯文文一案中目前可以找到突破点的关键,是凶手剪下她左手五指时,小指边留了半截戒指在手掌上——爸的小蓝本上的那张贴图,就是那半截戒指的照片,他应该是在寻找同款——阿金认出来那枚戒指是他送给文文的,当时的文文突然迷上了雷鬼音乐,总让我帮她编脏辫,还喜欢戴各种奇形怪状的金属饰品,阿金就托人做了枚银质的戒指送给她。戒指除了指圈,还焊有一块长约五厘米的装饰,那装饰下部连接手掌,上部包着半截小指。凶手如果想剪下小指,又取不下来戒指,就需要连着戒指上的那块装饰一起剪断。虽然银的坚韧程度比不上其他金属,但要想剪断那么宽的装饰条,凶手的手劲肯定不小。我眼前闪过躺在污水沟旁的文文,她雪白脖子上的那道深痕,似乎也证明了这一点。

我忍着想要呕吐的欲望,使劲回忆两只同样没了五指的手,虽与文文不同,杨新鸣被剪下的是右手手指,但五根手指被剪下的位置,都如出一辙。

"为什么是不同的手?"

"文文惯用左手。"阿金冷冷回答王任。

"对,这上面写了,冯,左,应该是这层意思。"王任指着黑板上的一页纸,但我跟阿金都不敢抬头看。

"喂!我说,你们俩这样,怎么抓凶手?"

王任有些不满,似乎是为了给我们打样,他又说出了一条新的线索。是关于那个总是跟在林昊泽身边的黄律师的，王任就是他通过上海的朋友介绍来的。但王任反向打听一番得知，这个黄律师在业内的名声并不怎么好，大多是嘲讽他为了钱，什么丧尽天良的事都肯干。

果然，王任还是倾向怀疑林昊泽这边，有钱能使鬼推磨，加上有一个懂法的人替他跑腿，什么事都不用亲自出马，还有作案动机，嫌疑确实不小。我振作起来提醒道，这只能解释杨新鸣之死，林昊泽没有理由去杀死当年只有十七岁的冯文文。

因为我上次说杨新鸣死前打过林青灵，文文死前也跟她起过冲突，所以阿金跟我一样，目前最大的倾向是怀疑林青灵，顺她者昌，逆她者亡。如果顺着怀疑林昊泽的逻辑，她想要杀人，需要付出的也只是一笔钱而已。被骄纵惯了的大小姐，吵架受辱后找人弄死了文文。时隔十年，被家暴后杀心再起，为了解气又弄死了自己未满百日的女儿的父亲，硬说也不是完全没有可能的事。

打心眼里我很愿意相信这个说法，但其实抛开根深蒂固的成见，只需稍微客观些分析，就能否决掉这个可能性——我认识的那个林青灵，空有一身仗着家里财势狐假虎威的本领，实则本身无勇无谋，根本不可能谋划出杀人这种事，更何况是两次。

"会不会……是模仿杀人？"阿金杵在布满灰尘的讲台一侧，缓缓地憋出后面几个字。

"可能性不大，"王任摇摇头，"效仿者一般模仿的都是自己的崇拜者。也就是说，被崇拜的对象必须具备令效仿者崇拜的特质，例如令凶手扬名的连环杀人，杀人手段残忍特殊甚至具有美学欣赏价值，等等。但冯文文之死，从你们亲友的角度来看觉得大过天，实则只是一宗极为普通的杀人案，完全没有效仿价值，且两宗案子相隔时间过长，若非同一人用自己已经掌握的手法所为，很难有人会间隔这么久，再效仿前人用如此简陋到不值一提的方法去杀人。"

简陋到不值一提？他是见过多少更骇人听闻的凶杀案，才能对黑板上那两个人的死，对那些于我而言已无法承受的血腥场面这般轻描淡写？

"你们说……"我用上课听讲的姿势趴在座位上，用被点名时不确定答案的作答语气问道，"他们被杀的原因，会不会是因为具备同一特征？"

"我不是说了，他们都得罪过林青灵？"阿金眼里亮起希望。

"不对，"既然要找的是真正的凶手，我决定不再意气用事去做判断，"你怀疑的是林青灵，但文文跟她之间的矛盾，绝对不至于让她杀人，她也不至于指使别人杀死自己的丈夫，我的意思是，我在想……"

"你在想，会不会是有人在林青灵都不知情的情况下，替她杀的人？"王任帮我说出心中那无法确认的想法，"你有怀疑的对象了？"

他一问出口，我眼前立刻像醉酒般，浮现出一个缥缈模糊的身影。

4月11日中午/橡皮

看林家两姐妹斗嘴，实在是浪费狗生。这两人只要没有别的人在,就会先后换上另一副面孔,心眼小得就像三岁小孩,狗毛大小的事都能争风吃醋个没完。我还是出去找孔蔚然吧。

要是在大到没边儿的上海,我可不敢就这样出门。但这地方吧,来来回回就那几条道,虽然有几处狗肉火锅店的威胁,但大白天的,还不至于,而且跟在孔振宁后面横行了几天,想必也没人敢拿我怎么样——真正意义上的狗仗人势。漫无目的地四下奔走了不到半小时,就突然在一片毫无人气的建筑前,看到了孔蔚然那辆向曹岩借来的破车,旁边还停着一辆过分炫酷的摩托。

我跑累了,不想找了,干脆在车边找了块草皮趴着等她回来。

眼皮正上下打架时,远处传来一阵吵架声。越过车底闻声望去,路对面一扇破败的大门边,小伟正被三个混混模样的青年推搡。

"狗日的,不是说过别让老子再碰见你吗?"

说话的青年歪着脖子用双手大力将小伟推到墙上,原来是上次局里那个黄毛。

脖子上文着蜘蛛网的那个混混也在,他揪起刚被撞到墙上的小伟的衣领,龇牙咧嘴喷口水:"怎么,哑巴了?见了爷爷不叫人?"

小伟任他抓着衣领晃来晃去,一副生无可恋的样子。我寻思着他个头也不比蜘蛛网小,为什么不反抗。

"老子看你是活腻了,"另一个之前没见过的小混混,语气更是凶狠,他瘦骨伶仃的小身板被套在歪七扭八的无袖衫内,一手握着折叠刀在另一只手上拍打,"从小孬到大,以为现在有人撑腰,爷爷们就不敢动你了是吧?"

被蜘蛛网抵在墙上的小伟垂着他那颗仿佛没有脖子支撑的脑袋,就跟已经死了一样无动于衷。逆来顺受的模样猜是平时没少受这待遇。

"他妈的,你是不是智障?老子跟你说话呢!"无袖衫拿刀在小伟脸上拍了拍,"不叫人也行,给爷爷磕两个响头。"

真是没文化,骂人都拣不出来词,一会儿老子一会儿爷爷的。我实在听不下去,跳上车顶,冲着那边狂吼了几声。

可那三个家伙扭头看到我只是条瘦弱的土狗,根本没将我放在眼里,马上转过头去继续冲小伟吐口水。倒是小伟看到我,脸上浮现出一闪而过的惊讶。他好歹好吃好喝地招待过我,我犹豫着要不要过去帮他干架。

老实说我在上海这样的文明之都长大,对打架这种事,没多少把握,况且人家手里还有家伙,一不小心,我这条狗命可能就呜呼掉了。

正权衡着,有人从远处空地的大雾里朝这头走来。我只瞟一眼,就看出是孔蔚然领着炸毛和寸头。见有人靠近,混混们停手一探究竟。孔蔚然看上去虽然不抗揍,但这地方应该没人不认识她爹,再加上炸毛和寸头,都人高马大,一副冷脸,还是能震慑住人的。我赶紧跳下车,冲过去壮势。

"干啥呢?"孔蔚然走近些看到墙边的小伟,立刻断清形势,"都他妈吃多了是不是?"她歪着嘴从牙缝里蹦出这句话,我听着差点笑出狗叫。

"哟,持械聚众斗殴,还袭警,刑事案件呐,可以扭送公安机关了。"寸头双手插兜,晃到无袖衫跟前。

"唬谁呢?"无袖衫打量寸头两眼,看出他不是本地人,握着刀在他跟前比画,"爷的刀可没长眼,给爷爬……哎哟……哎……停停停。"

我狗眼低都没看清刀是如何被打落到地上的,反应过来时,无袖衫的一只胳膊已经被寸头扭到了背后,痛得他嗷嗷叫着求饶。

"滚!"寸头扔开那只手臂,将双手插回兜里,朝还抵着小伟的蜘蛛网和一旁没了主意的黄毛吼了一声。

三个混混不甘心地看看寸头,又看看一旁惹不起的炸毛,知道这次踢到了硬石头,识趣地丢下小伟这枚软柿子跑了。

"这次放过你,下次老子见一次打一次。"蜘蛛网捡起刀,边跑边撂下句狠话找补面子。

见三人走远,孔蔚然帮小伟拍拍衣服后的灰尘,关切问道:"经常被欺负?"

"谢谢蔚然姐。"小伟没抬头,依然丧着一张脸,快哭出来的样子。

"怎么到这来了?"孔蔚然继续问。

"这附近快拆了,成了他们……他们这些人的聚集地,所以……"小伟被吓得话都说不利索了。

"我爸派你来的?"孔蔚然弯下腰凑近小伟埋着的头,"要不要我跟他说一声,让换别人?"

"不用不用,他们要找碴,哪里都能碰到的。"小伟马上使劲摆手。

"也是,还得靠你自己支棱起来,这么大个人了,不要总是怵怵的。"孔蔚然捶了寸头胳膊上的肌肉一拳,"像这样,多练练,就没人敢惹你了。"

"嗯。"小伟尴尬地搓搓手,"蔚然姐,要没事,我先回去了。"

"要不要我送你?"

"不用,我走这边。"

小伟指指跟三个混混离开相反的方向,又跟寸头和炸毛致谢后,一个人走了。

"那我们也走吧。"孔蔚然过来揉了我的狗头一把。

"我突然想到个事……"寸头将手从兜里抽出抱到胸前,"那天林青羽这丫头说了句:'在这个家里,没有我不知道的事。'当时以为她只是随口吹牛,后来我回去琢磨,会不会她是真的知道些有价值的信息才会这么说?"

"嘁!那是她的口头禅,她从小风头就被姐姐压着,很喜欢制造些自以为是的神秘感来唬人。"孔蔚然对王任的话不以为然。

"有可能,"寸头看看炸毛,"你们肯定比我了解她。不过越是这种不靠谱的人吧,越是有可能大意。上次她跟我提到她舅舅时,我总觉得她没有说彻底,试探了几次都被她避开。我是接近不了这个陈影杰的,蔚然,你再去深入地了解他一下。"

孔蔚然闻言咽了口口水,没作回应,蹲下身边撸我边心虚地眨眼。"深入了解",呵呵,我可是知道她在心虚什么。

炸毛给她出主意解围:"林青羽有时也会去我那里喝酒,你可以约她,酒后好说话,到时候再找机会问问。"

"行。"

对话结束,寸头带我跳上孔蔚然的车,炸毛跨上那辆炫酷的大摩托,分头疾驶离开。

四

4月11日晚上/孔蔚然

在上海时,我窝在曹岩施予的破旧公寓内,一天到晚除了想办法填饱肚子,就是对着电脑上的空白文档发呆,时间失去刻度,一星期和一个月对我来说,没有本质上的区别。可眼下在宁叶县,我的目标变成了要在这几万常住人口中揪出杀人凶手,我突然就变得斗志昂扬起来,每一刻都充满了意义。除了临时组建的三人联盟,我更是看谁都觉得有嫌疑,看谁都想着能挖出点有用的信息。

下午和阿金、王任分开后,我开着车在县里四处游逛。先是假意去找爸,到局里没有如愿探到什么风声,就开车去了青秋山,在文文坟前蹲了半小时。最后又跑去城南最热闹的晚市,买了些换洗的衣物,顺便跟那些小贩套了会儿近乎。我把时间塞得满满的,收获却一点也没有。

回到林家时已是深夜,厨房旁的小厅里还开着麻将局。我走过去一探究竟,竟是爸和陈颖真对桌而坐,左右两个打扮贵气的少妇,更像是陪他们打牌的机器人。在一旁观战某位少妇的丈夫,则像是特意为了给他们避嫌而存在的工具人,一脸迎合奉承的疲态,巴不得想要早点结束又不得不硬撑着。

他们已然看到我,我便只能借口想要热牛奶安眠。

"王妈,帮然然盛一碗银耳汤送到房里。"陈颖真吩咐我刚刚没发现坐在暗处的王妈后,转头温柔地看我,"你爸说你喜欢,特地给你留的。"接着又回过头去冲我爸会心一笑,似乎看穿我们父女之间的嫌隙,想要作为中间人来缓和关系。

"好。"我明知爸不可能说这个,况且我也从来不喜欢喝什么银耳汤,但还是乖巧答应。

我在他们牌桌和厨房中间的岛台边坐下,王妈背对着女主人,态度恶劣地将银耳汤碗蹾到我面前。我假装丝毫未感知到她不情愿伺候我,道谢后依然赖着不走,慢吞吞地边喝边张耳窃听牌桌上的人继续我进门前的话题。

他们在聊百日宴的准备事宜,牌友们似乎是负责在当日帮女主人打下手的。陈颖真说请的人多场面会很热闹,少妇们附和那是自然;陈颖真交代宴席酒水要全部用林氏集团生产的,少妇丈夫应承那是自然;陈颖真说需要人手帮忙维持场面,以防出现应急情况,我爸许诺那是自然。

从小到大,我看得最多的就是爸的鼻孔,只有在像此时这般面对陈颖真时,才能得以瞧见他这副低眉顺眼的尊容。每次感受此种落差,我身体里就窝不住地到处蹿火。但我不敢当着陈颖真的面质问他,毕竟他们于人前的相处从未有过任何僭越之举。到头来,我每次都只能选择夹着尾巴灰溜溜地离开,眼不见为净。

房间里仅亮着林青灵起夜喂奶的台灯,母女俩都已睡下。我怕在房里的浴室洗澡会吵醒她们,便抱着睡衣溜了出去。原本打算去外面的客用卫生间随便冲冲,在路过林青羽的房间时,想起下午阿金的建议,当下改了主意。

她没睡,敲门进去时,电视上正播着无聊的综艺节目,看到是我,就因为下午王任上门的事摆起了脸色,但一听说我是来喊她出去喝酒的,两分钟内就换好了衣服。

出门碰到坐在门廊上抽烟的陈影杰,我打算装作没看见。可对林青羽来说,他毕竟还是长辈,这么晚出门,总不能直接说要去买醉。好在这丫头机灵,找了个去超市买女生用品的借口搪塞过去。

"你舅要是知道我们去喝酒,会不会不让你出来?"出了白楼大院,一上富林路,我便找话跟她聊起来。

"蔚然姐,"林青羽似乎没听到我的问题,突兀地冷笑一声后,过来抓住我的胳膊,"我带你去个地方吧。"

借着路灯和半月的光辉,我看到她脸上试图与我心照不宣的神情,暗自惊讶她竟然早就猜出我醉翁之意不在酒。犹豫片刻,我只能点头示意让她带路。

富林路和通往三仙山的岔路中间,有一条脚踩出来的小土路连接。我们小心地穿过丛生的杂草和野花,上到进山的岔路。此时已近凌晨,这条路上自然是没有半个人影,好在路灯虽然稀疏,但亦已足够夜行。放眼望去,远处的三仙山在月光下影影绰绰,看不真切,倒是近处道路两旁农田里的塑料棚,反射出明晰的惨淡白光,像极了一座座白色的坟头。我打了个寒战,刚在心里猜想这林青羽不会是要带我去爬山吧,她就已经下了公路,踏上另外一条小土路。

是绕回白楼后院的方向,在间隔百来米的位置,林青羽停在一间塑料大棚旁。说是一间,因为它较远处的大棚更宽更高些,顶端也不是半圆形,而是呈钝角的尖顶,看上去像极了一间小屋。

"我妈的花房。"林青羽牵着我跳过几个石阶,绕到花房正面,我这才发现它不是塑料棚,而是一间白色钢构搭建的玻璃花房。

花房附近没有农田,只有一些无人打理但也未呈疯长之势的杂草。花房门口的几级台阶之下,连着处几平方米的简易小院,一组五彩砖拼砌而成的花园桌椅放在中间。

"坐吧。"林青羽不顾凳子上是否有尘土,满不在乎地坐下,"这门只有我妈有钥匙,进不去,不然可以带你看看她的那些宝贝,里面还有个小茶室呢。"她脸色带着显而易见的轻蔑。

"不怕偷花贼?"我打量着眼前花房,寻找可能装有监控装置的位置。

"你爸都恨不得常住在我家了,哪还有人敢打我妈的主意?"林青羽朝白楼的方向努努嘴,话里有话地反问道。

我笑着坐到她旁边,本来想问她:"那不是还有人敢在你家杀人吗?"想了想还是作罢。

"你还真是口无遮拦。"

她将十指相扣,手掌反过来抑到胸前,伸了个大懒腰:"跟蔚然姐这么聪明又洒脱的人说话，自然不用遮遮掩掩。"她把我的话当成了一种表扬。

"聪明洒脱？"我故意反问，是想她说得具体些，以满足自己的虚荣心和降低她的戒备。

她没有立即作答，而是望着我狡黠一笑，接着像上次在青秋山上一样，将头凑到我耳边，用捉弄人的语气说道："你跟我舅舅，睡过了吧？"

明明四下无人，她偏偏要用做贼一样的气音，痒得我耳朵发麻，等反应过来她说了什么，我赶紧缩回头来避开她。

"小孩子不要乱说话。"我自然心虚，但也不至于不敢认，只不过是眼下不想跟她扯这些罢了。

"我都看见啦——"她拖长语调，同情地看着我，那张漂亮的小脸蛋上，被月光镀了一层令人浑身发凉的银白，"你们在车里……"

原来那天车窗外的人影是她，我在心里长长地松了口气。

她没有继续往下说，期待我能感激她嘴下留情。但我只是用带有默认意味的笑容看着她，表明自己对此根本不在乎。

"我知道蔚然姐你肯定无所谓，但如果这件事要是给我姐知道了……"像是不甘心我的反应，她开始试探我，"一个是自己的好闺蜜，一个是最宠自己的舅舅，你猜我姐会不会祝福你们？"

她的话让我想起昨晚陈影杰和林青灵在露台上的那一幕。我蹙起眉头，表情严肃地看着林青羽，猜想她是不是知道内情。

"还真是不能拿你当小孩看了。"

"蔚然姐是想说，我没有看起来那么蠢吧？"

"我是想说,小羽你在家里是没什么存在感,但其实心里什么都知道。"我认输般地笑起来。

"哈哈哈,还是蔚然姐明事理。不过这没有存在感呀,可是我好不容易营造出来的人设。"

"哦?"我知道她上钩了。

"虽然有好事的时候,我不希望大家把我给忘了,但如果不装得比我姐蠢一些,那发生在她身上的那些悲剧,今天就有可能全都会发生在我身上。尤其是我妈,我可不希望她把重心放在我身上。"她沾沾自喜的模样,像极了自以为骗到大人的笨小孩。

她说的发生在林青灵身上的"那些"悲剧,除了丈夫被杀,还有什么?林青灵可是幸运精灵啊!我琢磨着她话里的意思,明知她早就看出我不喜欢林青灵,还是假惺惺地劝阻道:"好歹是你姐……"

"呵,"她冷笑一声,"蔚然姐你这么聪明,不会没猜到我从小就恨她吧?"

因为嫉妒而不喜欢,这我知道。但要说恨,平日里倒是真看不出。不过转念一想,陈影杰不也是恨透了他姐吗?虽然可能有细节程度上的区别,但究其根本,大体上还是如出一辙的承袭。再说这林家二小姐整日衣食无忧,无所事事又脑袋空空,若不折腾点事儿,不给自己树立个斗争对象,生活该多无聊难熬啊。

我耐着性子假装同情地安慰了几句有口无心的话后,她便不出意外地噼里啪啦跟我说了一大堆从小被她姐压一头的往事。虽然无论从任何角度,无论任何人听来,那都是些鸡毛蒜皮无关紧要的事，但我依然能理解她。那些事一件件单独听来确实不足挂齿，可如果在长达二十多年间的几千个日日夜夜里，塞满了这种小事，没有哪个正常人会心态平和地坦然接受，更何况是不停强调自己没有任何一方面比姐姐差的林青羽。

如果暗中恨姐姐，伺机寻找报复的机会，或者说像眼下这样幸灾乐祸的机会，是林青羽打发无聊时间的方式，那么林青灵呢？她又是靠什么打发在这密不透风的县里，似乎漫长无边际的时间的呢？

"所以，"半小时后，林青羽终于停下来，问我要了一根烟点上，"我也抢了一回她的东西。"她说这句话的时候，就好像电视剧里终于报了杀父之仇的人，脸上除了复仇后的如释重负，还有不停回味杀人之时的快感。

我看着她那张银白色的脸，愣了几秒后立刻站起来将她手上的烟打到地上："你做了什么?!"

她先是一惊，待明白过来我误会她的意思后，竟笑得弯下了腰："蔚然姐你别瞎猜，我怎么会杀姐夫呢，他可是我唯一从我姐手上抢到过的东西。"

"什么意思？"我怒视着她，脑子里闪过不好的预感。

"你说呢？难道还需要我向你描述细节？"她站起来，抱起双臂，作出她姐平日里才会有的姿态，"姐夫是个温柔的人，尤其是在床上，是我姐不懂得珍惜。"

我胃里一阵翻涌，恨不得扑上去抽她几巴掌，但喉咙里直往外冒酸水，难受得我一句话也说不出来。更何况刚刚还被她揭穿了我跟她舅舅之间的苟且,在她眼里,我自然没资格做道德审判,所以她才将这件无法向别人炫耀的事告诉我,如此至少有一个人知道,至少在这件事上,她不会比她姐差。

最终我只能摇摇头,俯视坐在凳子上身姿瘦弱娇小的她,眼里不由升起一丝怜悯。为什么这宁叶县的女人,全都要用男人来证明自己的价值?哪怕她已经是人人艳羡的首富次女,还是逃不掉这虚妄攀比的桎梏。

见我久久不说话,她站起来往白楼的方向走去。

"对了,"走没几米,她停下来转过身,友好地望着我,"蔚然姐,我并不讨厌你,所以想提醒你一句,不要被我舅的外表所欺骗,不要折在他身上。"

林青羽走后,我独自在花房前坐了很久,才跌跌撞撞走上岔路,找到路口唯一还开着的富林超市——我并没有如林青羽所料那样想要跟陈影杰发展感情,但这让我突然记起那天晚上在车里,我们忘记采取措施。

喝酒真他妈误事!我一路狠狠地在心里咒骂了自己几百遍,拨开超市的胶帘看到是焦力在值班时,多少感觉宽慰了些。

他好像刚理过头发,但仍穿着那件工装连体服,看上去精神了不少。我进去时,他正坐在收银台后面,专心地盯着腿上那台超薄电脑。有顾客进门,他也只是懒懒地抬起眼皮,看到是我才客气地点点头。我也点点头,闪身绕到进口酒类的货架旁,边挑边琢磨,他应该是那种不会到处传八卦的老实人。

收银台边的墙上叠贴着几张泛黄斑驳的商品海报,我少说也是四五年前在上海见过,小地方时兴的事物总比大城市要晚些。看着它们,我产生了时间穿梭之感,又瞬间被装置在墙角不起眼位置的摄像头带回了现实。那东西与整个超市都有些格格不入,我多看了两眼才发现原因,它就像在上海的高端写字楼大堂里才会安装的顶级设备一样,精致、小巧、设计前卫,看上去功能齐备,价格不菲。

"一共两百三十七块七毛。"焦力打断我的思绪,起身从身后的货架上拿了两包烟,又将我手上用来掩饰威士忌的几包口香糖用塑料袋装好,没有扫条码也未用计算器就给出了结算金额。

"数学真好,记忆力也好,这么多全记得价格。"找了一圈没找到想要的东西,看来只能问他了。不过一时我还真想不出该怎么开口。

他没接话,只是应付性地笑了笑。我一改前态与他套近乎,话题尽是些少儿不宜的段子,想以此制造出一种大家都是成年人,进超市买盒紧急避孕药跟买瓶果酱没什么区别的氛围。

4月12日早上/橡皮

孔蔚然又是一夜未归,我已经懒得跟着她了,毕竟这里是她的地盘,不像上海,需要我当保镖,在这里只有她祸害别人的份儿。

而我在林家安逸自在的生活,算是我狗生的巅峰了。女主人陈颖真完全不在乎我品种低贱,每到饭点,都记得让王妈帮我准备丰富的餐食，跟人吃得差不多，还会在给我洗澡时，吩咐王妈用她自己调制的鲜花精油。更难得的是，每次她摆弄那些香气飘飘的花花草草、瓶瓶罐罐时，也不介意我在旁观看。这对于总被人骂作臭狗的我来说，简直是受宠若惊。那真是一种视觉、嗅觉和心灵上的三重享受。跟以前相比，我的狗生从未如此有尊严，当然也就报复性地不想再管孔蔚然了。

好吧，昨晚我还是确认了她是在自己车上过夜才放心的。她睡到临近午饭时间才回屋，王妈在厨房备餐，林家两姐妹还窝在自己房里，林昊泽也不在家，客厅里只有个穿着美容院制服的小姑娘，在给陈颖真做美甲。

孔蔚然一进门，我赶紧趴到陈颖真脚边想要惹她嫉妒。谁知这货压根不看我，只是心事重重地朝陈影杰房门的方向看了两眼，就进了洗手间。

看来我们都各有新欢，随时准备散伙了。嘻！我巴不得。

只是这个陈影杰，人模人样的却似乎不怎么可靠。别问我的依据是什么，我说是靠鼻子闻出来的你们也不懂。

4月12日下午/孔蔚然

在林家的生活，衣来伸手饭来张口，我的日常工作就是边聆听林家大小姐发牢骚，边看她将女儿翻来翻去洗澡换尿布。这听起来轻松惬意，实际于我而言分秒都是煎熬。

白楼一层的客用卫生间，平时只有我跟王妈会进来。但若不是打扫时间,一般情况下,无论我在里面待多久,也不会有人来催我。每次我将自己关在里面个把小时,并不是为了进行洗漱如厕这种功能性的动作,而是想要找个无人打扰又不用远离的地方清静一下。

昨晚我在车里开着音乐灌了整瓶威士忌,中途打电话给曹岩发牢骚两次,或者三次,间歇性在社交网站上当键盘侠,就各种名人八卦发表高论,还用录音软件声情并茂地朗读了几首丧气的散文诗,最后筋疲力尽疯够了,就在车里裹着外套睡了过去。

迷迷糊糊醒来时,腰酸背疼脑袋发昏,不想与任何人对话,也不想听任何人说话,所以进屋时看也没看客厅里的人一眼,径直进了洗手间。

对于宿醉的我,林家人好像已经习惯,他们对此不置一词,我自然也没打算给他们留下所谓的好印象。

在智能马桶上解决了腹中污秽,又美美地让自洁按摩系统走完了全部流程,身心得到净化后,只想躺下舒展身体。我把浴巾铺到干燥的浴缸里,又从柜子里翻出两包洗脸巾做枕头,临时搭建起一张颇有安全感的床,心想要是再有一杯咖啡,就完美了。

酒可真不是个好东西。躺下后我揉着仍然发胀的脑袋,第一千次发誓下次要控制住少喝些的间隙,回忆自己酒后失态做过的那些蠢事。最近的一次,就是……慢着!"酒不是个好东西。"这话怎么有点耳熟?

好像是昨晚上陈影杰在车里对我说的,那是凌晨几点?是我在院子里搞出太大的动静吵醒了他吗?我想起自己对着手机大声朗诵诗歌的片段,尴尬得脚趾蜷起。

没错,他就是过来让我小声些的,我记起来了,当时我以为他又要趁我喝多实施不轨,就对他破口大骂,拳脚相加,最后不知怎么的,两个人竟然在小小的车厢里,一人一口地互灌起来。我就说我怎么可能一晚上喝完整瓶酒,那不得睡个一天一夜才能活过来。

天啦,他怎么老是出现在我喝醉的时候?我脸扯了火一般烧起来,侧转身将腿抱到胸前,闭上眼试图抹除这段记忆。

"畜生!你就是个畜生!"

闭眼不仅无效,还让模糊的片段开始悉数浮现,我眼前是昨晚披头散发衣衫不整地窝在驾驶座上的自己。

"是,我是个畜生。"

被我臭骂一通的陈影杰,待我平息些后,也愤愤地灌起酒来,还用自暴自弃的口吻与我谈心。我不确定几分是事实,几分是我醉酒后的肆意妄想,他似乎说了自己在年轻气盛时,在离开宁叶前,猥亵过外甥女林青灵的不堪旧事。这件事在我脑子里只剩下一个大体的概括,没有全部细节。我不知是他没说过,还是这个概括只是我脑子里肮脏的意识掺和了现实里的迹象杂糅成梦境出现过而已。

"我对她的歉意,可以为她做任何事情。"

"包括睡她的闺蜜?"

这是真实存在过的对话吗?我不确定。

算了,我睁开眼,懒得再去分辨昨晚的事是否真实,也懒得再去想这看起来远离喧嚣、安静祥和的县里,究竟还有多少龌龊事。

我打开水龙头,冲刷皮肤表面积攒一夜的污浊。

泡了足有半小时,外面餐厅里响起王妈摆餐具的声音,应该是要开饭了。我没有半点胃口,只想趁他们吃饭的间隙,回房去好好睡个午觉。

浴缸上的窗户对着后院侧面,我打开它将水汽放出去,让新鲜的空气进来。擦干身体吹干头发,又给腿上抹了些润肤露,想着要穿戴整齐出去时,才发现忘记带干净的衣服进来。昨夜的衣服已不堪上身,大白天也不能裹着浴巾走出去。我退回到马桶上,抱着手机犹豫要不要让林青灵帮我送过来。她肯定会边用戴手套的手挑着我的睡衣递给我,边用奇怪的眼神打量我,让我明白自己言行不当,应该为此感到羞愧。

算了,我打算硬着头皮裹浴巾出去,这屋里此时只有陈影杰一个男人,该发生的不该发生的都有过了,如果给其他人撞见,也不妨让她们见识见识我厚颜无耻的底线。我起身关窗,一阵急促且不规律的脚步声由远及近从窗外传来。

"你到底在瞎说什么?"是林青灵的声音,极为愤怒又刻意压低音量。

"我……我没瞎说啊,你不是……都知道吗?"

这唯唯诺诺的声音,是小伟!林青灵怎么会跟小伟有交集?她平时看都不可能正眼看一下他这样的小角色。

我被吓得不轻,抿起嘴小心翼翼缩到窗户旁边,背贴着墙,生怕搞出动静被窗外的人听见,心脏跳得跟做贼似的。

"我知道什么？你说清楚！"

"不是你暗示我……"这句话小伟说得犹犹豫豫但格外清晰。

"住嘴！你到底在说什么？我警告你，你可别把什么脏水往我身上泼。我向你暗示？你没有自知之明的吗？要不是你拿查案问询做借口，我根本不会跟你说半句话。"

"是……"

"我告诉你，下次最好想清楚再说话，不然孔叔叔要是知道了，恐怕你没那么好交差！"

对话终止，我听到林青灵从后院开门进屋的声音。

暗示？难道真如阿金猜测的那样，是林青灵指使他人杀人，这个人就是小伟？她指使，或者说是"暗示"之后，过河拆桥？装无辜，这可是她的拿手好戏。如果真是这样，那一切似乎都能说得通了。

可小伟那个样子，又怎么可能杀得了杨新鸣？即使真人不露相，小伟有不为人知的一面，身怀必杀绝技，那被林青灵指使去杀死文文的人又是谁？

因为害怕小伟还未离开，我贴在墙上半晌不敢动。这鬼地方简直危机四伏，我意识到自己随时有可能小命不保——关于林青灵，我知道的太多了。

4月12日下午/橡皮

午后趴在门廊上晒太阳打盹，是件只有狗才能充分领会到其中乐趣的事。

睡好养足精神后,正盘算着再上哪儿找点乐子,孔振宁的警车就开进了院子。他今天穿着短袖警服,一脸严肃地抿着嘴。小伟跟在后面亦步亦趋,瘦弱的身板跟他老大微微发福的腰身形成鲜明对比。

我跟进屋去,坐在沙发上抱孩子睡午觉的林青灵看到二人,脸上一闪而过一阵强烈的惊慌又快速掩盖消失。孔振宁告诉她,需要排查一下白楼内外的安全隐患,并让小伟详细说说百日宴当天的安保计划。

"不必了,跟我妈说就好。"林青灵示意怀里的孩子正在睡觉,又朝楼上陈颖真的房间努努嘴,"我妈在午睡,这会儿应该已经起来了。"末了还不动声色地瞪了一眼小伟,我看不透她唱的是哪一出。

"那我们先检查一下。"两位阿 Sir 屁股还没坐稳,闻言只能起身。我实在无聊,晃着尾巴跟了过去。

两人屋前院后转了几圈,小伟不时拿笔记点什么。上去二楼时,陈颖真房间的门半敞着,坐在床边的美人儿身披丝滑睡衣,正往腿上抹什么东西。孔振宁瞥见后立刻埋头,转身带小伟去往别处。

旁边就是上次死了人的屋子,门上还有残余的黄色胶带,看不出是刻意留着封禁,还是没人愿意动手沾上晦气。孔振宁一把扯开,推门而入,小伟战战兢兢地跟在后面,没人管我。

这扇门被封禁前,我进来过。这次再进来,除了多些霉味,家具陈设甚至是床单皱褶,全都维持着原样,没有丝毫生气。就好像这里一夜之间,变成了风情街上展示上世纪人生活状态的模型屋。

或许是没人住的原因,房内的温度比外面低很多。孔振宁和小伟进来后,第一时间戴上手套。这让我浑身一哆嗦蜷进角落,生怕他们是要在这里处理我,毕竟浴室里就曾躺过一个被"处理"掉的人。他还在那里躺着吗?

我用不易被发现的走位,悄悄跟在两人后面进了浴室。人已经不在地上,血迹也已被清洗过,但我仍能嗅到残留在砖缝里的气味。

"所以二氧化碳究竟是从哪里灌进来的呢?"孔振宁边自言自语,边谨慎地在浴室里踱步。他先是搡了搡紧闭的窗户,接着又在墙壁上东敲敲西捶捶,就好像在找什么机关暗道。小伟也煞有其事地有样学样,但我一看就知道他在摸鱼。

不多久,二人从浴室退出来,我连忙撤远。虽然不知道他们在找什么,但躲在暗处观察总比在外面无所事事要刺激得多。我钻进化妆桌旁的凳子下藏起来,那个位置既不容易被发现,又可以纵观全局。

突然,浴室里中央空调的出风口传出微弱的簌簌声,是孔振宁临出门前。关掉照明触控板上的开关时,不小心触动了旁边的换气扇开关。

听到响动的孔振宁立即退回到浴室,皱起眉头四处观察:"案发时,换气设备不是坏的吗?"他疑惑地看着小伟,像是怀疑自己记忆力衰退。

小伟张着嘴点点头。

"住在这间的死者家属说自己用的时候,这换气设备是好的。但案发后勘察现场,它确实坏了,后面也不可能有人来修过,"我又跑去门边,探着脑袋小心朝里张望,孔振宁转动脖子仰视着排风口,"那它是什么时候又好了?"

见孔振宁的目光转移到自己脸上,小伟木讷地摇摇头,就好像差生被老师提问时一般茫然无知:"会不会是隐性故障,譬如水汽引起的临时短路,干燥后就自己好了?"

孔振宁不置可否,抱起双臂继续仰头观察,视线从出风口蔓延到周围的拼格天花。

"搬张凳子来。"突然,他的目光停在一处。我眯起眼,尽可能地寻找破绽。

小伟急忙跑出来,四下张望,看到我也顾不上轰,而是将我刚刚藏身过的凳子搬进浴室,放到孔振宁脚边。

"就这个?"孔振宁低头看看,那凳子不是普通的凳子,而是用绣有花纹的绒布包起来的梳妆凳,直接用鞋踩上去,必然留下难以清理的印迹。见小伟惶恐地点头,他忍下怒火,脱去皮鞋后站了上去。

小心稳住身体后,他用手撑到一块天花格上,我这才发现那一块有些微不同,它与旁相连的缝隙比别处要宽一点,似乎被人挪动过,又小心地还原。但因之前做过黏合处理,所以打开后再合上,难免留下些痕迹。

孔振宁从警用腰带上取下强光手电,踮起脚试图将脑袋伸进天花。但他只能勉强算得上魁梧,身高不足以看到天花板以上的位置。他够了几下放弃了,又看看比自己还矮一些的小伟,叹了口气,伸手在天花口四周摸索起来。或许是因为戴着手套触感没那么灵敏,他摸得格外仔细。

时间一分一秒流逝,我看到他额头和脖子上已经积聚起大颗汗珠。可真够执着,除了偶尔换一只手摸索,他丝毫没有停下来的意思。小伟也一直张着双臂和嘴巴仰视他,以防他突然昏倒摔下来。

足足五分钟过去,他终于将手从天花上拿下来,活动几下肩关节后,才小心将一只手拈着的某个东西放置到眼前观察。

"去找个干净袋子。"

他脸上带着收获意外发现后的惊喜,小伟和我都需定睛细看,才能辨清他手上的那块三角形的透明塑料胶皮,像是某种包装袋的一角。小伟返回卧室,在梳妆台上用眼睛翻了半天,才对一包未拆封的棉签下手。他把里面的棉签全倒出来后,将包装袋递给了孔振宁。

孔振宁将那块似乎印有简单蓝色线条的塑料皮装进袋子,又仔细将封口捏紧后递给小伟:"带回去,让小王查一下。"

搞半天,就这么一小块破塑料皮儿啊?没劲!我不屑地退出房间,打算去院子里抓蝴蝶。

4月13日晚上/孔蔚然

晚饭过后突然接到主任的电话,要我赶紧过去酒吧。一开始,我听他在电话里急促又镇定的语调，还以为他是在故作正经其实是想跟我调情，本打算矜持矜持，调戏他两个回合后再答应，没想到我浪荡的言辞还未出口，他说完拜拜就直接挂了电话。

本还有些不情愿，想着见了面得给点脸色看，可刚一靠近酒吧，我立刻觉出不对来。

酒吧那扇平日里合着的内外双开门，此时大敞着，不仅里面人满为患，门口竟还有好些人在探头朝里张望。今晚是有什么演出吗？我印象里阿金偶尔会跟几个打扮古怪的男女演奏些自己改编的摇滚乐，但那些过耳即忘的旋律，怎么想都不至于造成如此盛况。难道是改了路数，请来了艳舞女郎？或是阿金今晚大放血，全场限时免费畅饮？

不管了，既然有阿金和王任撑腰，我将自己嵌入里三层外三层的人墙，横着胆子往里挤。被我挤到的人难免发出抗议，但只要发现是我，无一例外地停止了牢骚，反而有意将我朝里拱。

我万万没想到，里面没人围着那方小小的演出台，所有人亦离吧台至少半丈远。他们不甘落下看戏却又不敢靠近的风暴中心，竟是身处吧台内外的阿金和小伟。

这又是个什么奇怪的组合？自从下午沐浴完听到那段对话后，我就已经不由得对小伟刮目相看了，更加对自己识人断相的本事有了几分怀疑。此时他站在吧台外面，以更加出乎我意料的姿势，侧身趴在吧台上。他之所以如此狼狈，是因为一只手被吧台内的阿金倒扣着。阿金怒目圆睁，一只手按住小伟令他动弹不得，一只手握住插进吧台木质台面的剪刀把手。那剪刀离被扣在吧台上的小伟的眼睛不过一寸远，别说是他了，就算是隔得远远的我都吓得心惊肉跳。站在吧台另一角的帮工小伙，脸上早已没了之前耍酷的神情，他手上捧着盘空酒杯，此时正随他身体的战栗而互相碰撞。我猜如果眼前的局面不解，他是不敢轻易动弹的。

我环视人群寻找王任，他在离我稍远的位置，人声嘈杂，我知道他听不见，仍大声朝他问道："怎么回事？"

"孔队闺女吧？"站在我旁边一个蓄着滑稽山羊胡的中年男人拍拍我的肩膀，"我录了。"他将手机塞到我手里，并贴心地递给我一支无线耳机。我接过来，瞟了眼录制时间，也就不到十分钟前的事情。

视频里，阿金正揪着小伟的衣领，那时候围观的人没有现在这么多，还能听得清他们在说什么。很明显，小伟已经喝得晕头转向了，脸上完全没有平日里的乖巧谨慎。

"你把刚刚的话，再说一遍！"视频里阿金手臂上的青筋凸起，感觉下一秒就要将吧台外面的小伟拎起来了。

可小伟完全没有被吓到，反而笑呵呵地指着吧台上的不锈钢盆说道："我说，这剪刀，挺适合剪手指的……嘿嘿……"

我倒吸一口冷气，那不锈钢盆我见过。酒吧里偶尔卖点下酒的小菜，例如现成的卤鸡爪、卤花生，还有简单的凉拌黄瓜、凉拌毛豆。这不锈钢盆，就是平时阿金抽着空档剪毛豆角用的。虽然视频里的角度看不到盆里的剪刀，但小伟说的，应该就是阿金剪毛豆用的那把。

我将手机还给山羊胡，视线回到现场，这才发现不锈钢盆早就被掀翻在地,毛豆撒得到处都是,小伟脚下就踩着不少。

"装醉是吧？才他妈喝了两瓶啤酒！今天要是不说清楚,就别想站着出这个门!"阿金完全不在乎围观的顾客,他眼睛血红,咆哮而出的声音都变了形。

竖在旁边的剪刀泛着锋利的寒光,这样下去恐怕真的要出人命。王任挤到我旁边,说他从进来看到小伟就感觉有些异样,套了几句话全都南北不着调,所以才打电话喊我来。哪知他一个没留神,这家伙竟然跑去惹阿金。我对王任使了个眼色,小心翼翼地朝吧台靠拢。

"说!"阿金施加更大的气力,将被扣住的手扭得更紧。可小伟仿佛丝毫感觉不到疼,反而环视起围观的人来,紧接着努力放松自己的脸部肌肉,笑出声来。

"你想我说什么?"小伟嬉皮笑脸地问道。

"小伟!"我喊了一声,想提醒他清醒点。

他艰难地转动眼珠看了看我,嘴斜向一边。我被这个料想不到会出现在他脸上的诡异笑容吓到,那笑容就好像在说,他是特地策划这一出来给我看似的。

但这个笑容越发激怒了阿金,他猛地放开小伟被扭住的那只手臂,抓住衣领将他提起来,出拳重重锤在他的面门上。小伟踉跄几步,摔倒在身后的酒桌上,我过去扶住他。阿金手撑吧台一跃而出,冲过来想要继续揍人,被王任一把拦住。

"谁的手指?!"被王任钳住的阿金像一头猛兽,用尽全身力气朝小伟吼道。

酒吧内围观的人安静了些,包括我在内,都等着小伟的回答。

小伟的鼻梁骨应该是折了,他用手抹了一把从鼻腔内涌出来的血,站直身体挣开我,盯着手上的血讥笑道:"还能是谁,你女朋友呗。"

就像炸弹落到地上的前几秒,小伟此话一出,围在旁边的所有人似乎连呼吸都顿住了,又似乎在安静反省自己刚刚是不是听错了。

是小伟杀死了文文?我联想到他跟林青灵在后花园的对话,不敢相信年纪比我们还小两三岁,平日里任人欺负的小伟,竟然会在十四五岁时,被林青灵蛊惑去杀人,而十年后,他又用同样的方式,杀了杨新鸣?虽然我是写小说的人,接受事物的阈值要比普通人高出数倍,但如此荒诞离奇不合常理的事活生生地展露在面前时,我还是难以相信它的真实性。

就在我神游几秒钟里,猛兽般的阿金挣脱了同样被震惊到的王任,将小伟扑倒在地。那拳打脚踢的猛烈程度,旁人根本无法近身。王任看看袖手旁观的众人,向我摇摇头,我掏出手机拨通爸的电话。

围观的没有一个人愿意上前劝架或是打电话报警。我明白,他们都巴不得阿金能够打死小伟。这样一来,至少半年内,都不会发愁茶余饭后没有谈资了。

爸很快赶来,带走了被揍得快失去人形的小伟。他看上去很生气,我猜不透是因为没想到连小伟都开始闹事,还是因为不得不又要抓我回去录口供。

还有阿金,我们分坐两辆车,警笛长鸣,声势浩大,在众人意犹未尽的目送中风光离开。

途中一只螳螂飞到车内,明目张胆地停在我腿上。我面无表情地看着它——小伟这么做的原因我不知道,但如果我真的信了他的话,可不会打电话给爸。

4月13日晚上/橡皮

大半夜我追着警车一路狂奔到小伟的住处,好在离孔家不算远,也是一处有些年头的旧小区。外来狗进出自由,不像上海,上哪儿都有一些穿着不同行头的保安来轰我。不过这次我没能成功混进小伟家,往门内钻时,被站在门口的孔振宁揪住项圈,赶了出来。

可他防得住我的身体,防不住我的耳朵。那些个戴着手套的刑侦人员和法医时不时出来向他汇报时,我也将房内的情况了解了个大概。

客厅里的墙上,贴着冯文文和杨新鸣的头像照片,上面用红色的记号笔打了叉;厨房柜子里翻出一卷塑料袋,里面有一把沾着血迹的剪刀;在窗帘后面的纸盒中,发现了干冰的包装盒。

孔振宁在听取汇报时,脑袋还时不时习惯性地转向身后,就好像以前办案时提醒身后的小伟将这些都记下来。但小伟已经被他亲自抓回了局里,眼下在搜查的,也正是小伟的家。每次他反应过来后,身体都会因为惯性被破坏而迟钝几秒,而他脸上的表情就跟我上海最好的兄弟二狗被它儿子咬了时一模一样。

屋内的搜查工作还在继续,间隙里他到楼道抽烟解闷,王任突然从楼下钻了上来。

见四下无人只有我这条狗,王任压低声音对孔振宁说出自己的疑惑。他认为,小伟的情况有诸多可疑之处。一宗十年悬而未决的命案,竟以如此方式水落石出,未免简单得过于蹊跷。尤其是墙上那两张看起来皆是新贴上去的照片,杨新鸣的尚且不说,冯文文都死了十年,为什么她的照片还挂在那里?

我懒得去想他说得有没有道理,倒是奇怪他是怎么知道里面的情况的。我想起来刚刚在酒吧,孔振宁一到他就不见了。本以为他是怕被牵扯进来就先撤了,原来是先来探路了。我站在楼道上观察他,发现他裤袋边缘露出一截手套的手指。

"谁让你瞎搞的?"孔振宁将烟屁股丢到地上,眉头拧成一团瞪着王任。

可王任料准了他拿他没办法,朝小伟屋的方向瞟一眼,扬长而去。

4月14日早上/橡皮

昨晚王任走了之后,我就回了林家,因为进不去孔蔚然睡觉的那间屋,就窝在楼梯下摆花瓶的边几旁将就着。

王妈会在清晨开门换气,只关纱门防止蚊虫侵入。或许是因为跟林家过于熟稔,孔振宁进来时,没按门铃。我一闻到他身上那股被门外的微风卷入的烟草味,立刻起身从边几下跃出,想着跟在他后面,看些新鲜热闹。

"这就帮人看门了?"

他误会我,不仅压低声音骂我是个小畜牲,还弯下腰带着愤恨意味的使劲搓我的头。

我正反抗着想要逃离魔爪,突然从书房的方向传来一声闷响,似乎是有什么东西被猛地掀翻到地毯上。那间房我从未进去过,只从门缝里瞧见过一些摆着崭新书籍的架子,一张红木老板办公桌,再就是地上满铺的似乎是用来消音的地毯。平时进出的除了端茶倒水的王妈,就是林家的男主人和那些替他办事的人。如果我没记错,林昊泽早上很早就出了门,王妈在前院给草坪浇水,其他人好像都还没起床,至少平时没到早餐时间他们是不会离开自己房间的。那现在在书房里头的人是谁?

我头上的魔爪随着闷响声停下来,我仰头与孔振宁四目相对,默契地悄悄靠近书房。

其实我早就听出来是陈颖真和陈影杰两姐弟的声音,只是为听力欠佳的孔振宁着想,才跟着他一起小心翼翼将耳朵靠近紧闭的房门——有我陪着,总比他一个人做贼偷听要坦然些。

"你别忘了,无论如何,她是我女儿,你给我离她远些!"

陈颖真声音里的情绪很陌生,我从未听到过她如此近乎低吼地说过话,她似乎异常愤怒,同时又在极力克制。

"你的女儿?"陈影杰倒还是那副阴阳怪气的语气,"她从幼稚园到初中毕业,大大小小的家长会,哪一次不是我出席的? 你那位忙着四处敛财的丈夫没时间,那你呢?你被什么正经事缠身耽误了?不过是不愿屈尊去和几十个普通的家庭妇女挤在一起,不过是别人都不敢不去,但你可以通过搞特殊来彰显自己的身份。你知道就算你不去,也没人敢有微词,也没人敢把你女儿怎样,所以每次你都抓住机会提醒一下大家,即使你不在,可你仍然是最特殊最重要的存在。可你想过灵灵的感受吗?她一直都觉得是自己做得不够好,所以妈妈才不愿意去学校参加自己的家长会!你这样的人,有什么资格用长辈的立场说话?"

陈影杰的声音分贝虽然不大,但语气越来越锋利,连偷听的孔振宁都似乎隔门感受到寒气而缩起了脖子。

"哼!长辈?亏你还记得自己是她的长辈!有哪家的长辈会送亲外甥女内衣?"

"那也是因为你!你给她买的那些塑形内衣,不知道你是她亲妈的,还以为你是想勒死她呢,那么紧,她还只是个孩子啊。"

"是孩子你就可以帮她换内衣?一个十三岁的女孩子不懂事,你一个三十几岁的成年人也不懂吗?!"

又是什么东西被掀翻在地的声音,我跟孔振宁被吓得大气不敢出,生怕门突然打开,赶紧逃进后院。

拉开纱门出去,我俩又回头看了看书房的方向,确认没人出来,才松了口气。刚一转头,又被不知什么时候转到后院的王妈吓了一跳。

后院墙边有一处水槽台,需要杀鸡剁肉洗腥味重的海鲜都会到这里来处理。王妈冷脸望着我们一人一狗的眼神,似有半分讥笑。

"洗菜呢?"孔振宁像是手上有水似的在上衣上抹了一把,王妈也不答他,继续低头忙活,这让他越发尴尬,"这是?"

"是我。"

我这才发现王妈旁边还站着个人,她探出头来,又将耷拉在脸上的头发拨开,露出一侧有大片疤痕的脸。像是被烫过的,加上跟王妈如出一辙的冷脸,真瘆人!

"噢,来给你妈帮忙啊?"孔振宁背起手,恢复以往的神气。

"来搭把手。孔队在忙啥呢?"

"来帮忙就老老实实做事。"王妈没准备给自己那看起来已经四十出头的女儿留面子,低着头训斥她。

"您就知足吧!"疤脸女儿丢下手上的刷子,拧开水龙头洗手,"要不是怕您被这一家人虐待,我才不愿意踏进这倒霉地方一步。"她甩甩手,转身进屋,"我去小便。"

与她擦肩的孔振宁也回了屋,待她从卫生间出来,就将人带去了前院。

那疤脸女儿一开始不乐意,后面孔振宁不得不拿出妨碍调查的说辞,她才不情不愿地跟了出去。不过孔振宁还算有两把刷子,很快就找到了切入点,还真从她嘴里套出了点东西。

原来王妈在林家沉默寡言,在外人面前也从不说林家是非,不是因为她护主,纯粹只是害怕丢了工作。她做了一辈子家务,也不会干别的,家里有卧病的男人,女儿也因为脸部有疤找不到好工作,更嫁不出去。她如果丢了工作,一家人就失去了唯一的经济来源。但这么多年,王妈难免在家里发牢骚,透露些林家的事让留心的女儿听了去。

譬如发生命案的当天,王妈曾听到杨新鸣和陈影杰发生激烈争吵,似乎是陈影杰因为某事对杨新鸣发出警告。这件事情王妈连男女主人都没说过,说是怕引来不必要的误会而害自己丢了工作。但她一直对此耿耿于怀,所以才忍不住跟自己的女儿念叨过几回。两人在对雇主家的命案品头论足时,王妈还说过,就算人是大女儿杀的,她也不会觉得奇怪。

"你妈为什么会这么说?"听到这里,孔振宁有些愤怒。但毕竟是在查案,他还需要知道更多信息,所以也没有表现得很明显。

"呵!我也不会觉得奇怪。那丫头,脾气阴得很。有一回,我也是来帮我妈干活,正好撞到她在这里烧东西。"疤脸女儿指着院里近处的一块草坪,"那模样,就好像要烧了整个宁叶县才会解气似的。"

"她烧的什么?"

"这……我倒是没注意,哪敢靠近看啊。不过后来问我妈,说那些东西,好像都是她舅送的。"

孔振宁一脸疑惑地看着她,似乎不知道接下来该怎么发问。等着听下文的我在旁吠了一声,他才缓过神来。

"你妈没说原因吗?"

"据说是因为她舅找的女朋友她不喜欢,就发疯了。"疤脸歪头砸吧两下嘴,就好像在嚼口香糖,"她舅吧,从小就过分溺爱她,所以……"她不再往下说,准备进屋,似乎想是让孔振宁自己领会剩下的内容。

"我知道了,你进去吧。"

"行!"疤脸点点头,末了又不放心地问道,"我妈可不能丢了工作,你们警察不会出卖线人吧?"

孔振宁不耐烦地朝她挥挥手,钻进了警车。

4月15日早上/橡皮

估计局子里那些人,已经当我是条警犬了,只要不擅闯停尸房这种地方,去哪儿也没人拦着。

孔蔚然可都没这个待遇,早上她利用找爸的借口溜进局里,想旁观提审小伟未果,气得差点在大厅撒泼。要不是碰上刚被问完话的杨橙拉走她,估计等到孔振宁回来,又得扇她几个大嘴巴子。

我跟着出去前,瞄了一眼被送回羁押室的小伟,隐隐觉得他的眼神里有着某种不曾见过的决绝。想必打他伏在阿金的吧台上胡言乱语起,就已预料到自己的结局。

人不是小伟杀的。如果孔振宁谦虚一点来问我,我就会告诉他,案发现场,有很多人的气味,独独没有小伟的。

我很纳闷孔振宁是怎么混到今天这个位子的,就连杨橙这种脑袋空空的女人都笃定杨新鸣被杀跟小伟没关系。她将这个结论开门见山地说出来后,原本分外恼火的孔蔚然,立刻将她拉到富林超市的休息区。

"你怎么知道不是小伟?"

来的路上两人默不作声,一坐下,见超市里除了远远低头摆弄电脑的焦力外没有其他顾客,孔蔚然也开门见山。我怕她们聊不开所以没跟进去,就站在她们桌边的大玻璃墙外,反正凭我的听力,区区玻璃可视为无物。

"这还用说,他跟杨新鸣之间,没有任何利益关系和纠纷,八竿子也打不着。要不是替人顶罪,就是脑袋里哪根筋搭错了。"这大概是我听过从她嘴里吐出的唯一一句像样话。

"为什么找你?"孔蔚然之所以愿意跟她废话,想来也是因为无比赞同小伟无罪论。既然跟小伟没关系,孔蔚然便无心继续将话题放在他身上,问起了杨橙被请去喝茶的原因。

"哎,咋说呢?"杨橙拉开对襟毛衣,没了往日风骚劲的她突然吞吞吐吐起来,"也不知道,这种事……告诉你一个还没嫁过人的姑娘家,合不合适——"

"是因为你跟杨新鸣的事吧?"孔蔚然抢断她,把这种事说得好像只是在超市里偷了瓶可乐,"他们怀疑你?"

"那哪能啊,"见孔蔚然没打算奚落她,她也不再扭捏,"他们是知道了点老杨之前做的事,来跟我确认真假。"

"什么事?"孔蔚然迫不及待地问。

"你肯定也以为我是三儿吧?"杨橙歪着脑袋试探孔蔚然,见她不接话,只好继续,"其实啊,我可比她林青灵认识老杨早多了。我们都姓杨,是三代开外的亲戚。按照辈分,我还得叫他叔。不过之前没什么往来,是在我结婚后,我家那傻子跟他成了同事,才接触上的。总之啊,我俩在他进林家前就好上了,说得肉麻点,算是彼此的知心人，反正他所有的秘密我都晓得，包括林青灵不知道的。"她像是在炫耀一件极光彩的事。

"你什么意思？"孔蔚然终于露出不可思议的神情，声音惊动了收银台里的焦力。但他只是抬头瞟了一眼这边，就将头再次埋下去。孔蔚然望着面前这个女人，眼神发虚，似乎在试图理解，为什么有的男人，明明家里有个两万元的正版，却还是要去地摊买十几元的山寨货？

"这就吓到了？"好不容易引起重视的人颇有些得意，"我要是告诉你，你爸他们找我，是因为通过我家那个，知道了老杨当初也是经过周密的计划，才得到了林青灵的芳心，所以才来问我是不是也参与了，那你还不得惊掉下巴？"

"计划？"孔蔚然脸上堆满了不可思议。

"不然你以为老杨这种穷小子，跟他这样父母双亡的普通人有什么区别？"她用下巴指指收银台后面的焦力，翘起嘴巴不屑道，"总不至于就因为他长得俊，就能进林家门吧？那可别怪我吹牛，他老杨也不是我睡过最……"

"喂！你对杨新鸣不是真心我可以理解，杨新鸣对林青灵也没有过真心？"孔蔚然几乎是咬着牙在说这句话，我看不出她气个什么劲。

"哎哟，果然没结过婚的姑娘就是单纯。你可记住了，在这宁叶县啊，就没几件事是能拿到太阳底下说的，除了找乐子寻刺激，哪有什么真心真感情的。"杨橙玩弄着手上的美甲片，顺手将脱落的一颗饰钻丢到地上，"无非是老杨有点手段罢了，整个宁叶县的男人都在动心思,可偏偏只有他到手了,你说旁的人气不气?要我说啊,兴许就是哪个求而不得的癞蛤蟆做的。"下完结论,她抬眼看见孔蔚然的眼神开始涣散,便凑近些,用上十足八婆的口味轻佻地说道,"你要是感兴趣,我可以把他骗林青灵到手的过程,一五一十地告诉你。要说老杨这个人啊,向来就心比天高。哦,对了,你猜我们以前在哪儿约会?林青灵她妈在后院有间花房你知道吧?那里没有监控,天一黑从后面绕过去,没人发现得了。呵,就在他老婆眼皮子底下,你能想象……"

"别说了!"

我感觉孔蔚然老毛病又要犯了,她猛地从椅子上站起,粗鲁地打断杨橙的话,飞快地跑了出去。

焦力又从收银台探出头来,只看到还没反应过来就被丢在那儿的杨橙,眼神很是复杂。我朝他吠了几声,想告诉他孔蔚然没偷东西,不知道他听懂没。

4月16日晚上/孔蔚然

在大上海的时候,总会听到有人说向往小地方安宁平淡的生活。可如今我身处这小小的县城,却几乎天天都能碰上糟心事。较之而言,大城市里人与人之间的界限感营造出来的冷淡氛围,才算得上是真正的清静自在。

下午王任又打来电话让我去酒吧,这次还是阿金,说是跟他一个常客扭起架来。我赶到时,肇事一方已不见踪影,留下没占到多少便宜的阿金,头被人用凳子抢了个窟窿,鲜血挂了满脸。我跟王任送他去最近的小门诊包扎完,又一起开车将他送回了家。折腾半天,才在回去的路上从王任那里大致了解到这起事故的原因。

王任自从来了宁叶县,大多数中午和晚上都在阿金的酒吧里混吃混喝,所以最近的两次打架现场他都在,而且两次似乎都没有插手。用他的话说,跟他没有直接关系的事情,掺和进去,只会让情况变得更复杂。只要不出人命,最好还是让当事人自己解决。

能让阿金对自己的顾客大打出手的原因,说实话我还挺好奇的。照理说,经营酒吧的阿金平日里捕风捉影的流言肯定没少听,可毕竟开门做生意,就算听到些跟他本人有关的闲言碎语,以他的性格,也不至于跟人计较。就连上次小伟都把文文牵扯进来了,阿金也没真的一怒之下要了他的命。那这次对方到底是说了什么,倒让他拼起命来跟人干架呢?

阿金每天不到十一点就会到店里做营业准备,偶尔也会接待几个大中午就犯酒瘾的酒鬼,这其中就有今天跟他打架的主。据说是个秃顶凸肚的壮汉,足足比王任还要高了一个头。那人进来点了酒,从坐下就拉着阿金扯拆迁的事。阿金不理他,他就自言自语,借着酒劲越说越嗨,言辞也越来越过分。

之前从杨橙那里听过,阿金的酒吧所在的老街要旧城改造,整条街都面临拆迁。酒吧位于街头的第一间门面,是拆迁工作顺利开展的头号目标。可无论上头怎么做思想工作,其间也有立场不明的人软硬兼施,可阿金就是不松口。事情前前后后扯了一两年,就这么一直僵着。好巧不巧,杨新鸣就在县里的拆迁办工作,虽然他并不直接负责跟拆迁户交涉,但这人一死,难免会有好事之人将两者联系起来做文章。

因拆迁问题引发纠纷使阿金对杨新鸣起了杀心的讹传,细节一日比一日翔实,甚至还有"有人目睹过两人打架"的言论。传谣者皆信誓旦旦,就好像这是所有人都认证过的真理。当然,这还远远不是谣言里最夸张的,那些相信阿金杀了杨新鸣的人,都认为胆小如鼠的小伟是被他拉来挡枪的,不仅断言当年冯文文是因情侣间的情杀而死,还猜测起了下一个被杀目标,林昊泽、娄雨、林青灵,拆迁办某工作人员,甚至还有林青灵的女儿,以及跟林家关系"亲近"的我!简直莫名其妙,总之人人都是名侦探,个个都是预言家,谣言在这县城里茶余饭后的火热之态势,就差有人做庄开局押注了。

在这样的压力之下,即使是一个正常人,也难免不失控去做一些傻事,况且眼下好不容易因为杨新鸣之死,文文的案子才能被重启,阿金当然不希望这些只是以此做消遣的谣传混淆了视听,左右了调查方向,再次让文文的案子石沉大海。

听王任说完这些,我完全能理解阿金为什么要跟人打架了。或许他并非是被对方的某句特定的话所激怒,究其根本,压力和愤怒在他心里长期以来已经积累到了不得不发的程度。

反观这十年来,其实他已经做得很好了。我忍不住鼻头发酸——文文没有看错人,这个男人,隐忍、长情、守诺。假设她还活着,假设他们一直在一起,现在一定会很幸福。

但这世间最无力回天的事即是天人永隔,所有的假设都只能换来旁人的一阵唏嘘。唯有永失所爱的阿金,才能切身体会到此间痛苦,而他唯一能做的,就是找到真凶,以告慰昔日所爱的在天之灵。

见我眼眶泛泪,王任也没问缘由,我猜他或许在想用其他方式安慰我。我开车将他送回到下榻的酒店门口时,他邀我午饭后来大堂一起喝咖啡。

"这可是整个宁叶县我能找到最地道的 Espresso,Double 下肚,保你什么烦恼都烟消云散。"果然是地道上海人,他俯身从车窗外望着坐在驾驶座里情绪低落的我补充道。

我心领神会,朝他点头笑笑。相较假惺惺的拐弯抹角,我更喜欢这样明确直接的邀请——咖啡不错,我们上楼去房间里慢慢喝。

4月17日早上/孔蔚然

一转眼,明天就是百日宴。最近几天,林家上下举办喜宴的氛围越来越浓。天公也很作美,不再像之前要么动辄大雨倾盆,要么整日阴云密布,似乎天亮得都比往日早了些。接连几日,我都是被窗外鸟儿们的啁啾鸣啭和来往工人的脚步声吵醒,而不得不按时坐上餐桌吃早餐。前天是修剪草坪的工人七点不到,就围着白楼进行百日宴前的最后一次草坪修剪,刈草机"轰隆隆"的声音像是喜宴的序曲一样吵翻了天;昨天是足足十来个小伙齐上阵,将一楼主厅内的家具来了个乾坤大挪移,几组大沙发搬到靠边,以挪出更大的活动空间,厨房添置了两台储存食物的冰箱,又将餐厅里的圆桌换成了能同时坐二十来人的长桌；今天做全屋清洁消毒的工人和各式配送鲜花食品酒水饮料及宴会用品的车，将大清早的白楼，挤得跟集市一样热闹。

而这些看上去毫无章法的事项，无一例外全在陈颖真的指挥下进行得有条不紊。每天清晨，她要么套着来不及换下的两件套丝质睡裙，要么披着绣有山茶花的披肩，像只蝴蝶一样优雅地四处穿梭，额头不时沁出细密的汗珠，就用那方不离手的印花手巾轻轻点去。偶有工人询问她意见，她便用手扶住光滑到难觅细纹的额头，做出思考状。工人们屏息以待看着她，就跟误入高级饭店的泥瓦匠一样小心翼翼。少顷，她微微一笑，给出似乎是理所当然地回应。工人们随之立即松了一口气，接着像是得到了某种赏赐一样，干劲十足、毫无怨言。

眼前的朱门酒肉，于一心想要找到杀害文文凶手的我而言，望之就反胃作呕。我实在不习惯太早吃东西，本想开溜去找王任商量接下来该怎么办，却一不留神被陈颖真逮到，喊我去厨房帮她修花剪枝。

那些花一半是早上她吩咐园林工人从自家的玻璃花房折来的，一半是早上从花店运来的。本来花店配备了插花姑娘上门售后，但陈颖真似乎觉得对方的审美够不上自家的花瓶和装修格调，没一会儿就将姑娘打发走了，所以现在才逮住我帮她参考花瓶的摆放位置。但其实我知道，她并非真的需要我给出什么可供她参考的意见，她只是需要有个观众在一旁拍手叫好，顺便能任她使唤，给她打下手而已。

经过这几日在白楼的观察与实践,我已经深谙与她相处之道——只要马屁拍得清新脱俗,听不出阿谀奉承的痕迹,即可省去诸多麻烦,与她相安无事。

可作为亲女儿的林青灵,反倒像是完全不了解自己母亲的品性,这几日她变得越发反常。对待自己的母亲,她既不像工人那般轻易被迷惑,也不像我这样为息事宁人而屈服。我猜测,兴许是在过往二十多年的相处中,女儿无论怎么努力,也无法获得母亲百分之百的满意,伪装出的耐心总有消耗殆尽之日,而杨新鸣的死,在她心里凿开了一个洞,让所有潜伏已久的腹诽得以喷涌而出。

"下午,我需要出去看一趟医生。"林青灵从客厅进来,站到厨房岛台上那堆五颜六色的花儿旁边,怀里抱着女儿左摇右晃良久,才像是鼓足勇气似的慢吞吞地吐出一句话来。

"噢,"陈颖真正试图填满一只浅绿色的锤纹玻璃花瓶,她从我手里接过剪好枝的绣球插进去后,觑一眼岛台边的人问道,"又是哪里不舒服?"

"肩膀,冉冉越来越重,我都快抱不动了。"林青灵说着,坐到一旁的高凳上,将抱着女儿的那只手臂撑到腿上,"像是拉伤了韧带什么的,最近总觉得酸痛。"

"早说过,哄孩子睡觉不能晃。王妈呢?"似乎看出她别有用意,陈颖真问得漫不经心。

"这几天她忙百日宴的事,我这边一把手都搭不上。平时她伺候我们一家人也已经够累了,哪里还能兼了保姆的活。"

我悄悄观察母女二人,猜测谁会先沉不住气败下阵来。关于这个话题,之前我也问过林青灵,为什么不找个住家阿姨帮她带孩子。她说她妈不喜欢陌生人住到家里,所以一直不同意。这就可怜了冉冉那孩子,在没有任何经验的新手妈妈手里,整天像只尖叫鸡一样。我总担心她老那么叫,迟早有一天得喊破喉咙。

"我带大你们两姊妹,这不还是好好的。"陈颖真象征性地用手理了理挽在脑后的发髻,边指挥我扶住花枝,边不为所动地应付着林青灵。

"那我们小时候不是有奶奶帮忙吗,如果冉冉她奶奶过来——"

"叶子。"林青灵话没说完,陈颖真就昂起下巴让我帮她将堆在门边的尤加利叶抱过去。她声音虽然分贝不高,但冷冰冰的语气分明是在以此制止林青灵说下去。

这让林青灵立刻变了脸色,她皱起眉,小巧的鼻头气得上下起伏。怀里刚有睡意的女儿,也似乎感应到什么,开始不安分地扭动起来。

"我帮你抱吧。"眼前战火一触即发,我赶紧出手安抚那已经在哼哼唧唧的小家伙,生怕她开嗓抢了风头打扰我看戏。

林青灵顺势将女儿塞进我怀里,跳下凳子,捡起地上那把尤加利叶撒到陈颖真面前:"妈!他们好歹是冉冉的爷爷奶奶,平时你不欢迎,不让他们来家里也就罢了,可如今……如今他们唯一的儿子死了,只剩下这个孙女了!"

尤加利叶犹如樟脑丸般刺鼻的气味四下乱窜,我能感觉出,话到这里林青灵还在努力克制住自己不要失态。但陈颖真对她的冷漠态度以及对插花艺术的专注，让她开始顾不上还有我在场了。

"我知道你和爸从来都不满意他，在你们眼里，他杨新鸣始终是个外人，是他高攀了我们林家。我也承认，他确实不怎么样。婚后这几年，我不止一次后悔过当初没听你们的……可现在他不是已经死了吗？可能对你们来说，跟街上随便死了个什么人没有区别，我也不怪你们连装都懒得装一下……真的，毕竟他跟你们毫无血缘关系。可对他的父母来说，死的是他们唯一的儿子！对我来说，死的是丈夫，是我女儿的父亲！我们之间连着骨肉亲情，无论你怎么不屑一顾，我和他父母心里的悲痛都无法在短时间内消解，我们需要抱在一起互相安慰！"

说这些话时，林青灵时不时会瞟我一眼，目的当然不是为了求得声援——在她心里，我是个在这种情况下绝对指望不上的闷葫芦——我虽不同于一般外人，她不必，或者说是已然放弃在我面前维持完美形象，但毕竟少年时我曾与杨新鸣有过丝微瓜葛，所以无论我是否介怀，也无论她表现得多么理直气壮，在与杨新鸣成婚这件事上，她终归还是有些心虚理亏。

"嗯，好呀，那葬礼的时候，"花已插好，陈颖真用一只玻璃碗接满水倒进花瓶之中，"你要好好安慰他们。"她像只小鸟般在厨房里闲庭信步，灰暗的词句经由她淡着朱色的娇唇轻巧吐出，望之难免有种两相分裂的错觉。

相比自己的母亲，林青灵毕竟还是太年轻。她那张涨红的小脸，随着双肩的起伏，逐渐失去往日得体的表情管控，多年的委屈裹着怒气一路上升，化作再也不愿粉饰的话语脱口而出："我早该猜到,你一定要如期举办百日宴,不是什么想要驱邪冲喜,而是压根就没想过要在家里给他办葬礼!"

以我对林青灵多年的了解,我从未见过也从未听说她几时有过如此情绪激愤的时刻。在我印象里,这种因不如意而产生的情绪绝无可能会出现在她身上。她可是我们宁叶县的吉祥物,是事事皆顺,受万人追捧的幸运精灵啊!

"嗯?"陈颖真终于肯抬头望向自己的女儿,她放下玻璃碗,将花瓶推到一边,脸上堆满急切而又真诚的不解,"我的宝贝儿,你怎么会有这样的想法?"

"我说错了?"林青灵像是被捉弄一般,窝着火又发不出。

陈颖真这样不温不火,确实倒不如挑明一切,大吵一架来得痛快。可优雅这个词就好像写在她的基因里,拉下脸跟自己的女儿吵架这种事,是不可能发生在她身上的。戏看到这里,我已经明白林青灵在跟她母亲的较量中,是永远也不会占得上风的。想必林青灵也已在过去二十多年的实践中得出这一结论,所以她才会在绝大多数事情上,无条件地顺从自己的母亲,免去那些无谓的挣扎。

"当然不是,"陈颖真走到女儿身边,用手轻抚她的头发,用天底下所有爱女心切的母亲那般慈爱的眼神看着林青灵,"不过你这一说,倒是提醒了我。明天家里刚结束喜宴,肯定来不及置办丧事。正好然然在这里,你要是觉得妥当,就让然然给她爸带个话,让新鸣在冰柜里多躺些日子。"

好端端扯到我头上做什么?真他妈的晦气!我朝怀里睡得香

甜的小婴儿挤了个饱满的白眼,祈祷着她们不要发疯让我立即表态。

"你……"林青灵长叹一口气试图平复自己的情绪,"他为什么还躺在那里,你以为我不知道是谁在背后搞鬼吗?明知他爸妈想让他早些火化——"

"那就让他们去办。"陈颖真软绵绵的声音从白皙贝齿后送出,分贝不高,语速平稳,甚至还带着一丝极尽体贴之味。

我眼见着林青灵脸上的神情,由悲愤逐渐转为委屈无奈,最后因眼眶泛红而不得不别过脸去。

对此,陈颖真视若无睹,起身从我怀里抱过冉冉,用她特有的温软语调小声念道:"带小孩哦,没有那么难的。"

我木然地松开手,这似乎是我第一次见到陈颖真抱她的外孙女。说来奇怪,平日里这对祖孙之间,像是存有一道无形壁垒,让人无法将她们联想到一块去。即便是此时冉冉已经真真切切地躺在陈颖真怀里,那画面一时半刻还是难以让我感受其真实性。

正思考着是什么原因造成的,林青灵已从母亲怀里夺回女儿。

"我可以帮你的呀。"陈颖真照样不恼,满眼宠溺地盯着冉冉睡着的小脸,那模样任谁看了去,都不会怀疑她是个称职的外婆。

外婆?我幡然醒悟,那无形的壁垒,正是"外婆"这个身份词,无论怎么想,它都跟保养得如同风情万种的少妇般的陈颖真挂不上钩。

"我宁愿搬去婆家,也不想麻烦您为我动一根手指头。"

林青灵将女儿往自己怀里拢了拢,我猜她已心如死灰,只是不甘心想要在言语上占得一丝便宜罢了。

"傻丫头,"陈颖真笑了笑,拿起桌上的剪刀剪断一根花枝,"这里才是你的婆家啊。"

所谓笑里藏刀,大抵不过如此。纵使再伶牙俐齿,林青灵也无法再说出任何一句话来。我同情地看着她的眼泪在脸上急速汇成两行清溪,心想着若换成杨新鸣的父母,对陈颖真这样的亲家,自然也不可能有招架之力。

在我搬来白楼期间,只见过杨新鸣的父母一次。因为刻意回避,所以我并不清楚他们那次到访的具体缘由。但只在擦肩之际,我便能清晰感受到两位失独老人在林家不得不因为身份卑微而强忍悲痛的可怜心境。那情景活像是封建时期送到大户人家的丫鬟死了,做父母的低声下气去面见当家的,只求能多领到一份安葬费。

在宁叶县里流传着一条迷信,只要说了忌讳的话,必须得及时摸木头,否则会招来厄运。但他们却完全不担心自己和凶杀案扯上关系,反而人人都想轧一脚,热心程度感人肺腑。在这些人面前,在白楼里,在自己儿子的后事上,杨新鸣的父母反倒像是局外人一样安静——因为他们什么都不知道,他们也什么都不敢问。就像当年冯文文死后,她的父母从誓要揪出凶手到搬去外县,也不过短短两三年时间。

这县里大大小小的事皆是如此,所有人不谋而合地认同了荒诞之事的合理性。

林青灵抱着女儿离开了厨房,我不想独自留下面对接下来的尴尬气氛,也不想回房碰见林青灵,只能去院子里假装抽烟。

"你为什么讨厌灵灵?"陈影杰走过来帮我点火。

我不知道刚刚厨房里的大戏他是否在角落旁观,所以不清楚他这么问,是就我之前的言行看出的端倪,还是在质问我刚刚隔岸观火。

"如果当初我没走,就留在这里,灵灵或许就不用经受这些事了。"他替我点着烟,朝只剩陈颖真的厨房望一眼后,悠悠地抽了自己手上的烟一口。

"呵——"我冷哼一声,对他摇摇头,语气阴狠道,"省省吧!行吗?"

他口中的"这些事",究竟是远指杨新鸣遇害,还是近指被母亲为难责骂,我已无意分辨。只是这世上没人应该理所当然地一直领受幸运之神的眷顾,天下众生皆有可能遭受的厄运。怎么轮到林青灵头上,竟还有人来一手揽责!

他见我大为光火,将打火机收进熨烫得平整的裤袋里,用一种自以为能看穿我的眼神望着我:"你是不是觉得林家人……都该死?"

"对!"我深吸一口气,冲他喊道,"反正大家都活得肮脏,我天天就巴望着整个宁叶县都凭空消失,所有人通通灰飞烟灭!你满意了吗?"

实在懒得应付他,我索性装出一副快要发疯的嘴脸。

幸好这招奏了效,他丢下手中的烟头用脚在地上碾了碾,冲我失望地摇摇头后进了屋。

我斜一眼他的背影,发狠似的抽了两口烟。甭管多英俊的脸,厌烦时也会觉得憎恶。

"蔚然姐,烟瘾有点大呀。这么好抽?"

刚抽出第二根烟点上,穿着轻薄家居服的林青羽又携了一股甜腻的香气晃悠到我面前,将一条葱白的胳膊横过来,想让我给她一根烟。

"小孩子别不学好。"我推开她的手往一旁的室外椅走去。

不出所料,她跟了过来,在我对面坐下。我毫不掩饰地白她一眼,提醒她识趣些,不要惹我。

她会了意,但只安静地看我抽了两口烟,就已按捺不住,俯身向前,朝我低下腰来,又转头扫视一圈周围,才轻飘飘地开口道:"那个王任跟我说,你想找到杀文文姐的凶手。"

我心里明白这小婊子是想试探我,王任知道她没价值后,早就不屑看她一眼。她几次撩骚都讨了个没趣,想必十分不甘,这才又来烦扰我。我转头狠狠瞪她一眼,却见她半个乳房都大喇喇地从领口露出来,便上前用粗鲁的动作帮她扯拢衣服:"家里这么多陌生男人进出,你稍微收敛点!"

许是被我的动作和言辞激上了火,林青羽挣脱我猛地站起来,脸涨得微微发红。

"收敛点?这话你恐怕没资格说我。"她气急败坏地双手抱胸,居高临下地瞪着我,"我看你根本不是在找凶手,你就是想报复我姐!"

我弹了弹手上的烟灰,歪嘴冷笑但无话可回,因为我不得不承认她的这句话在某种程度上的正确性。

"姐夫是你初恋,但又娶了我姐,"她故意停顿引我注意,"会不会……就是你杀了他?"

4月17日晚上/小伟

在我短暂的职业生涯里,见过不少由于各种原因被薅进局子里的人。他们要么极尽所能演出一副被冤枉的模样,要么就是少言寡语,满脸悔意,极少有我这样,上赶着交代罪行,反倒是像做了什么好事,生怕不被人发现似的。

我家在宁叶县北郊,到局里十分钟车程。我没有车,每天步行半小时左右上下班。这段路走得多了,偶尔也会厌烦,看着路边的树木花草春绿秋黄,店铺招牌一日日参差斑驳,难免不心生落寞。但即便是这样,在路上遇到认识的人,我也从不会主动打招呼,因为我知道,他们根本懒得理我。在他们眼里,我就是一条徘徊在街上的流浪猫,偶尔蹿过不足为奇,可要是停下来朝他们喵喵叫,就有些惹人生厌了。

这也怪不得谁,别说是我了,就算是我那已经魂归天国、在这县里生活了几十年的爸妈,也早已消失在宁叶县人的记忆里,就仿佛从未存在过一样去得干净。

说起来,我爸与孔振宁之间,渊源深厚。年轻时,两人同驻边防,既是战友又是老乡,交情自然非同一般。退役后,孔队几经辗转进了公安系统,我爸亦留守本地,东撺西掇做点小本生意。头些年,街匪恶霸横行时,爸在孔队的照拂下,还算顺遂稳当,所赚收入无谈富足,但在这小小县城,足够安身养家。如此多年,妈虽个性要强,倒也没有怨言。直到我升初中前后,爸不知为何鬼迷心窍竟突然学人家赌博,本就薄弱的家底被他一夜输了个精光。妈盛怒之下,干脆将家里剩下的家当也通通砸烂。

至此,爸在家里就抬不起头来,知根知底的左右邻居对他也不如往日友善,生意又因失了本钱而一蹶不振,做什么都成不了事。负责主内的妈在柴米油盐上捉襟见肘,便少不了对爸冷言冷语、嘲讽埋怨。爸因为理亏,也不能计较,只好到外寻友借酒消愁。如此一来,每每爸酒气熏天地回来,家里就免不了一场言辞尖酸刻薄的独角戏。妈的台词,数年来都没什么变化,无非是骂爸没本事,是个赌鬼兼窝囊废,骂我不懂体恤她,整天像个闷葫芦,将来指定跟我爸一样没出息。

爸和我都不敢惹她,一来因为无论我们谁接上半句,独角戏的时长就会延长数倍,二来因为她的台词虽重复无新意,但被骂的人也无从反驳。自打认了天命,爸在生意上就不愿再劳心费力,他唯一的消遣,是跟人喝酒打扑克时,借着醉意,唾沫横飞地吹吹牛;而我自小便知道自己于任何一方面都无甚天资,往同学堆里一站,永远是畏畏缩缩,最不起眼的那一个。日子久了,我们父子俩对妈的跋扈都各有一套应对之策。无论妈如何言辞犀利或是摔东砸西,爸永远充耳不闻,只当自己是失聪之人;而我只需关起房门戴上耳机假装做题,祈祷父母的战争不会因为我任何一个微小的举动而扩散,即可偶尔幸免于难躲过去。

长此以往,我的性格越发谨小慎微,懦弱内向,在学校里的存在感是连校园恶霸都鲜少注意的程度。纵观整个学生时代,也没什么值得浪费笔墨的光彩事。不过再往后,总算还是有了那么一桩幸事可以拿来说道说道——在我叫孔叔,也就是爸的战友孔振宁的影响下,念完高中后,我报考了警校,虽因资质平平成绩一直不尽如人意,但最终还是如愿以偿毕了业,成为一名人民警察。

孔振宁与爸在退伍后的人生大相径庭,双方会因感念昔日战友情而偶有一聚。爸其实并不是向来如此窝囊,早些年我还在念小学,在他的身姿和眼神中,尚遗留一丝挺拔和坚毅。只不过人到中年事业没有起色,家中又有母老虎压制,这一丝光辉终究日益消弭。唯有在与孔振宁追忆往昔时,我才能在他眼里,得以重见那光辉的丝缕踪迹。每逢他们凑在一起,爸总会教育我:"多向你孔叔叔学学,别长大了跟我一样没出息。"孔振宁在县里,是个无人不知的大角色,倒不是因为他曾破获过什么惊天大案,而是他那张不怒自威的脸,无端就会令人望而生畏。时至今日,我还是会偶发妄想,要是我也有他那样一张脸,估计人生就会是另一番模样。

总而言之,孔振宁在我心里,打小就是精神偶像一般的存在。他对我亦关爱有加,少时尚不甚明显,后来我上了警校,爸妈意外离世,毕业被分配到公安局里后,他就收下我做了徒弟,这着实让我安心不少。在警校时,我曾短暂感觉人生仿佛看到曙光。但一回到宁叶,我又立刻被打回原形。或许当初,我就不该选择回来,但除了这里，我还能去哪儿？

爸走的前一个星期，曾打电话来，交代我将来若是有什么事拿不定主意，可以找孔叔商量，又说孔叔在年轻时承过他的情，不会对我置之不理。这话当时我没放在心上，只当他是喝多了找我闲扯吹牛皮。可我不曾想到，这竟是爸对我最后的交代。

那通电话后的一日半夜，爸喝醉回家，趁妈睡得酣沉，打开煤气开关后，躺到床上睡着了。

二人再也没有醒来。

事情经过一番调查，结论是我爸喝多了忘记关煤气炉，是一场意外。但只有我知道，我爸从来不碰灶炉，我妈成天打麻将，家里常常几天不开火。

老实说，父母双亡叫我松了一口气。我再也不用因为他们吵架时，妈那些响彻楼栋的恶毒咒骂，而在邻居面前抬不起头来。只不过我本以为大家至少会因为同情多看我几眼，可没想到没了爸妈，大多数邻居甚至都逐渐想不起我是哪家孩子来。我因此在这县里变得更加透明，就算后来认了孔队做师傅，还是没人将我放在眼里，倒是更能顺理成章地瞧不起关系户了。

在我们宁叶县，无论谁在被人提及时，都会被标上极其凝练的标签。例如白楼里那一家人：宁叶首富林昊泽，第一夫人陈颖真，幸运精灵林青灵，林家二小姐林青羽。再比如孔队家：刑警队长孔振宁，跑去上海的闺女，病死的老婆……反正如果别人提起你时，"那个，那个……就是那个啊……"半天也没办法找出标签，就说明你在这县里，根本不值一提，你是可有可无的存在，别人看不到你,目光扫过,也不会在你身上停留片刻。你就像幽灵一样生活在这里,自生自灭,死了就消逝在风里,从此再没人记得你。

我就是这样一个存在。这感觉令我像在梦魇中被鬼压身,不至于窒息却也无法呼喊出声,只能任由它摆布折磨,日日重复。

没人愿意成为没有标签的存在,因此甭管是褒是贬,所有人都在暗自较劲,必须要给自己找些存在感,贴上一些标签。我爸选择赌博喝酒吹牛,妈没什么本事,字也不认识几个,全靠驭夫之术远近闻名。孔队有权,林昊泽有钱,林青灵美貌,小混混有文身和黄毛……这县里,人人都有几个标签,只有我,什么都没有。

不知是否受了爸偏激结束自己的影响,我也逐渐悟出了等待着我的宿命的终点——我必须主动去抓住点什么。

选择给杀了冯文文和杨新鸣的凶手顶罪,我知道肯定会有人觉得我很蠢,但不好意思,除了对孔队有些微愧疚之情,我并无半分悔意——当我的脑袋被阿金压在吧台上,感受到自己成为全场焦点的那一刻,我瞬间就放下了那颗连日里来因为未知命运而忐忑不已的心,胸腔里还莫名其妙涌上来一股巨大的自豪感充盈全身。就像小学时唯一一次获得"三好学生"的称号,被老师叫到讲台上领奖时,所有同学的目光都不得不驻停在我身上。那一刻,我并不在意他们对我是羡慕嫉妒还是不屑一顾,只一心享受那些目光聚焦在我身上时的切实感——你们终于看到我了!

唯一可惜的是,我不仅不是做警察的料,也不是个做犯人的料。我知道就算什么都不说,他们也很快就能确认不是我做的。这场我精心策划,自导自演的闹剧,还是会以失败而告终。但这就是我的终极目的。

邻居看见想不起我是谁,小黄毛们随意打我的头,同事们冷漠的眼神……我不想再出去面对这些了。至于我究竟是替谁顶的罪,那不重要,就让真相留在那个不再属于我的世界里吧。

五

4月18日早上/孔蔚然

  白楼上下,对于两周前家里刚死过人这件事,像是集体失忆一般,所有人都乖乖地融进陈颖真大张旗鼓塑造起来的宴会氛围当中,言谈举止之间,竟是一派的喜庆祥和。就连身处其中的我,都抱着想看看这宁叶县第一夫人精心筹办的宴会会掀起何等高潮的心思,亦是分外期待起来。

  其实,4月18日离林青灵的女儿冉冉满百日还差着几天,只因陈颖真托风水先生算过,说是个难得适宜宴请的好日子。但就是在这样一个好日子的凌晨里,在距离白楼不到五千米的地方,悄然无声地泛起了血光。

  天将亮未亮时,我像是早有预感般忽然醒来,不一会儿就收到了王任的短信。在床上翻覆片刻,仍觉堵心难受,于是干脆起身,驱车前往他下榻的酒店。

  时间还早,整个白楼尚在沉睡,外头晨雾未散,路上行人寥寥。

不过十来分钟工夫,我已经跟他在酒店的自助餐厅里碰上了头。他边吃早餐,边慢条斯理地将凌晨发生在羁押室里的事讲给我听,语气和表情都相当淡漠。待他说完,餐厅内前来用餐的食客已坐了六七成,我捧着一杯早已凉掉的咖啡,除了唏嘘摇头,不知该说些什么好。

因为一早就知道小伟并非真正的凶手,对于他自杀的原因,自然也不难猜出一二——于他而言,在这县里,活二十几年或七八十年,根本没有太大的区别。

想明白小伟的动机后,我却开始觉得哪里有些不对劲。

事情发生后,从发现到抢救的过程中,是不可能对外密不透风的。现下已经过去了几个小时,以宁叶县人对八卦的嗅觉,就算时值深夜,这事也早就该通过各种渠道传遍大街小巷才正常。但我留神四望,此刻餐厅内十分安静,除了餐具碰撞之外,没人交头接耳谈论此等大事,就连手机上也无一人向我询问打听。我疑惑难道是事情不够劲爆,已经不足以撩动宁叶人的神经了吗?

这个疑问刚一闪过,我马上就想到原因。也对,今天可是宁叶县首富外孙女的百日宴,这里头的谈资可比一个平日里的小透明自杀未遂要精彩得多。我想象着再过一两个小时,白楼就会敞开大门正式迎客,整个宁叶县都会因此躁动起来。收到邀请的大费周章精心准备自不必说,而那些没有收到邀请的闲夫八婆也能隔河相望,摇唇鼓舌地凭空捏造出些是非来传播。想到这里,我顿觉嘴里的咖啡酸涩无比——毫无疑问,他们肯定也会将我编排进那些龌龊事里。

王任打了个响指,将双眼失焦的我唤回。我将目光移到他脸上,转而纳闷他一个外县人,何以如此耳目灵通。接着又盘算起该用什么理由,将他带去白楼,混进百日宴。

原本我们说好,有我在那边同步消息即可。但此时我有一种强烈的预感,这次的百日宴难得聚齐相关人物,真正的凶手肯定混迹其中。我只有一双眼睛,观察力有限,得多个人帮手照应。在这县里,因具有共同目标而暂且可以信赖的人,唯有王任跟阿金。但阿金行事刻板,身份也不适合出现在白楼,王任机警敏锐的程度更甚于我,所以无论如何也要想办法让他在现场才行。

回到白楼,我将车停在庭院侧面的空地上,让王任先留在车里,见机分头行事。

进门时,在门口遇到了杨新鸣的母亲。她顾不上看我一眼,神情低落地坐上停在门口的出租车离开了。跟出来相送的林青灵悻悻地告诉我,婆婆是来给孙女送百岁锁的,因为公公生病在家无人照看,所以不能等到中午的宴席。我暗暗冷笑一声,我又不是没见过杨新鸣的父母在林家是怎样一种情形,自然明白这对白发人送黑发人的父母,显然是因为没法在人前强颜欢笑,才趁着天没亮,送完东西赶紧离开。

目送那个悲凉的身影仓皇离开张灯结彩的庭院后,我叹一口气进了屋。

客厅只有林昊泽一个人,他坐在沙发上,用手机翻看新闻。我朝他微微点头,闪身进了厨房。门拉开,一阵热气裹着各类食物的香味兜面而来,我被呛出的咳嗽声也立即被淹没在一片叮里哐当的厨具声中。抬眼细辨,王妈和她的女儿正跟两个临时请来的厨师和几个打下手的小工忙做一团。料理台边的四眼灶上均架着炖锅,半处理好的食材摆满了岛台,西厨里蒸锅烤箱全都在工作,穿梭其间的人脸上皆是匆忙焦急的神情,这往日里那般开阔的厨房,竟也显得逼仄起来。

唯有陈颖真,从容地扶着冰柜门,正姿态优雅地清点柜内的甜点和水果。她难得这么早就穿戴整齐。我颇觉新鲜地打量了她两眼,心里已经忍不住感叹起她的美艳。剪裁考究的暗红色紧身裹纱连衣裙,将她凹凸有致的身材曲线勾勒毕现,光滑的秀发在脑后简单盘起,只在头顶斜斜地夹了一枚复古黑纱小帽,就将她华贵端庄的气质显漏无疑。妆容亦是点到为止,秀眉浅描,红唇轻扫,倒衬得她姿容清丽,较平时更年轻了几分。

清点完毕,她满意地点点头,复而又将下巴微扬,巡视起厨房四周。我赶紧退回客厅,生怕被她逮到后脱不开身。

"蔚然姐,你瞧瞧舅舅,是不是穿得跟个新郎官儿似的?"是林青羽那不甘太平的声音。

真是逃过一劫又来一劫,我明知她是故意让我难堪,但碍于林昊泽在场,也不好拿她怎样,只能望向陈影杰,做出个不失礼节的假笑。

不得不说,陈颖真和陈影杰这两姐弟的基因,确实优越到很难不令人眼红嫉妒。不过,好在加上林昊泽后,能在下一代上打个折扣,倒是让人稍稍平衡了些。这样一来,倒难怪林青灵无论怎么修为,也达不到她母亲的要求和境界了。有些事真的是先天早已注定,后天再怎么努力,皆是徒劳。就好比眼前站在鎏金画框下的陈影杰,一双手插在裤袋里,姿态闲散得像是置身于花间田野,头发只随意抓了些发胶将刘海立起。他那张平日里暗沉内敛的脸,就立刻明朗生动起来。一套再普通不过的黛蓝竖纹薄西装,套在他黄金比例的九头身上,却像是特地飞去意大利度身所制。脚上又搭了双黑白相间的休闲板鞋,不过分隆重的同时又显时髦年轻。对比之下,坐在沙发上的林昊泽,即便从上到下一身顶奢品牌,腰板也挺得笔直,却还是难掩老态和臃肿,与他的小舅子同框,完全不像同辈人。不过说起来,他跟自己的妻子站在一起,倒是分外和谐,毕竟这宁叶县的首富,当然也要配宁叶县第一美人。再看陈影杰一眼,我脑子里突然冒上来一个邪恶的念头,他跟林青灵站在一起,倒搭得很,俊男美女养眼不说,气质也相契,一个傲娇,一个冷峻,只可惜……

陈影杰被我看得微微不自然,在他姐夫旁边坐下来前,漫不经心对我说了句:"你朋友在外面,我叫他进来坐了。"

"谁啊?蔚然姐在宁叶的朋友吗?"林青羽见没人理她本有些恼火,听陈影杰这么说,立刻又来了兴趣,不过她马上就对我垮脸道,"不会又是那个谁吧?蔚然姐,虽然你住在我们家,但也不能随便带些不三不四的人来家里吧?更何况今天日子特殊……"

"行了行了,我让他出去。"

真没想到我在人前给她留情面,这小贱人却非要跟我过不去,我失去维持礼节的耐心,粗鲁地打断她,正要往外走,抬眼看到爸跟王任前后脚从门外进来。

难得见爸不穿制服的模样,灰青色 Polo 衫,黑色便裤和同色跑鞋,倒显出些平易近人来。走近些又发觉他眼圈发青,一脸倦容像是彻夜未睡。我暗自揣度,按理说,昨晚上他徒弟发生那样的事,今天怎么也该耽误点时间来晚些。可没想到,为了林家的事,他还是准时准点到达,真不愧是"尽职尽责"!

一股无名火蹿上来,我低下头从他面前经过,一把拽起王任就往外走。

"站住。"爸低声喝住我。

我不想当着别人跟他吵,只好背对他站在原地。

"孔叔来得好早呀。"没等我爸再开口,林青羽像只野兔子一样跑过来凑热闹,"这个人,蔚然姐说是朋友,可他不是我们宁叶人哦……姐夫刚走,人还没抓到,搞不好是外面来的……"她瞟一眼王任,又抓住我爸的胳膊,像晃树枝一样晃了两下,撒起娇来,"孔叔……"

我从来没有那样晃过爸的胳膊,但也能想象出若是换作我,爸会有怎样的反应。

"嘿!"王任探出身来,歪起嘴白了林青羽一眼,"说话多少带点脑子。"

爸没理他,只面无表情地低声训我:"这里不是家里,不要胡来。"

"意思是我在家里,就可以胡来了?"我本来就在冒火,还要看他如此区别对待,禁不住一阵委屈寒心。

他皱起眉,一手搭到腰上,一手在我和王任之间挥了挥:"你们什么关系？怎么认识的？"

我最受不了就是他用这种语气跟我说话，就好像在刻意对外强调他刚正不阿、六亲不认似的。我想起妈在世时，总会在这种时候让他好好说话，不要吓着我，那时我倒还不觉得多么委屈。可妈走后，他似乎再无忌惮，较从前更甚，要么不开口，要么就拿我当街边小混混一样对待，以至于我成天郁郁寡欢，抬不起头来。年少时因为寄他篱下，只能忍气吞声。但眼下我已与他分开生活了十年，早就不靠他吃饭，他竟还是半点都没改变。

"孔队这是在审问犯人？"我吞一口气，将浮出眼眶的泪憋了回去。

他咬紧腮帮子瞪住我，我不服输地往前一步，也直直地瞪着他，心下想着他最好是这时候再给我来上几巴掌，灭了我心里对他父亲这个身份的最后那点念想。

"老孔来了？"闻声而动的林昊泽走过来，不动声色地推了推我的肩膀，将我和爸分开些，又望一眼我旁边的王任，露出与他地位相称的大度神情，呵呵笑着说道，"上门就是客，家里不差这一双筷子，既然是蔚然的朋友，一会儿留下来一块吃饭吧。"

我明白林昊泽为什么帮我说话，王任是他找来的，现在人都到了家里，顺水推舟自是应该。不明就里的林青羽还想出言反对，但看到他爸的脸色后，也只能作罢，扭身走开前还不忘给我和王任留下一个饱满的白眼。

主人家留客，爸也不好再说什么。我谢过林昊泽，拉上王任出门透气。

4月18日中午/孔蔚然

屋外晨雾散尽,天光大亮。从地势较高的白楼庭院向下望去,道路两旁树木葳蕤,天空澄澈如洗,沉睡一夜的宁叶县城正在逐渐恢复生气,空气里有青草和多种鲜花混合的怡人香味。后院偶有人声传来,树上群鸟啁啾,和着远处不绝于耳的汽车鸣笛声,预示着一场白日大戏即将开演。

为了在开席前不再跟爸照面,我领着王任到后院转了一圈,又跑去陈颖真的玻璃花房前抽了半包烟,只等日头爬高,气温渐升,空气中竟弥漫起一股血腥味让我犯了恶心,才起身往回走。其间我因爸和一些没头脑的情绪而心情欠佳,极为烦躁。王任却依旧我行我素,与平常无异。我明白他之所以如此坦然,是因为非常明确自己身处于此的目的,所以就算知道自己不受欢迎,他也能将情绪完全剥离。但我做不到,眼前这些人,就算相隔多年,再见亦能轻易挑动我以为早已麻痹的神经,他们一句话一个动作甚至一个微表情,就能让我这十年的自我疗愈和修复成果于顷刻间破裂崩塌。

刚刚王任跟我分析围绕着杨新鸣之死的嫌疑人和他在上海的一些趣事时,我肚子里始终闷着口越胀越浓的气。等回到前院,看到那里已经布置好的餐食台和盛装踱步其间的人,我差点打了退堂鼓一走了之——我不由得共情刚离去的杨新鸣的母亲,丧亲之痛,伤犹在心,如何安然看他们鲜花锦带、美酒佳肴的大宴宾客?

站在身旁的王任何等机敏,察觉出我的不对劲,只用一只手在我肩上恰到好处地捏了捏。我定下神来,与他并立于院角一株朱砂玉兰树下,静待这场华丽盛会的开场。淡紫色的花瓣不时落下,与眼前以粉紫为主色装点的筵席相得益彰。

前来祝贺的宾客人数众多,除了二十来位林家亲朋被邀请与主人家一同在屋内的餐厅就席外,其余人皆在前院的草坪上,以自助餐的形式流动开席。草坪中间拉起了四张硕大的白顶帐篷,靠近白楼大门一侧搭有一方小舞台,上面五六个乐手组成的本地乐队,刚演奏完《小星星》,这会儿换成了 Que Sera Sera。场地中央是造型讲究的户外餐椅,铺着多层白纱桌布的食台置于两侧。除了堆成山的各式美食和酒水饮料外,食台的尽头,一边是置于方型干冰车上码得满满的海鲜台,一边是三位忙得不可开交的调酒师。其间白粉紫三色的鲜花无处不在,插在精美花瓶中的无疑是陈颖真的杰作。挂在各处与气球交相辉映渲染氛围的,应该是早上由专业的庆典人员布置而成。桌上杯盘餐具皆是名牌货,尽显主人家的大气奢华,由此也不至让在此用餐的人觉得被轻待。

草坪外的道路上,高级车排成长龙蜿蜒至坡底,还有不少车陆续开上来,停到去往三仙山的那条道上,两个穿黑西装的小伙在路口协调引导。筵席的入口,有一处用鲜花绿植和粉紫两色纱幔组合而成的入场拍照台,背景板当然是主角林小冉的写真照,下面堆满颇有童趣的五彩装饰礼盒。此外还拴着一只毛发被洗得油光水滑的白色羊驼,它的脖子上系有浅紫色的丝带蝴蝶结,踱步时姿态优雅,衬得一旁正在追一只贵宾犬的橡皮分外寒碜粗野。正逢宾客抵达的高峰时段,举着遮阳洋伞的林青羽站在太阳底下代表全家人迎客。若是有身份显赫的人过来,她便亲自将其引到家里,其他则让临时请来的服务生接待入流水席。她旁边是一台高轮婴儿车,淡紫色的纱帐半罩着车身,把手和车头绑有繁复的鲜花和气球,未满百日的婴儿粉扑扑的小脸蛋被簇拥其中,有种令人生厌的刻意感。

拍照台前配有专业摄影师和摄像师,每当有宾客入场,林青羽便配合着摆出各种姿势,还时不时将自己的外甥女从车里捞出来作为道具。我看着说是穿得花枝招展也全不为过的林青羽,想着这些事原本是不需要她这位林家二小姐来做的,之所以如此纡尊降贵,皆因平日里林家抛头露面出风头的事,全然轮不到她。

我正讪笑着望着她出神,林青灵悄无声息从旁走近。她看我一眼,又朝王任点点头,也站到阴凉处来。王任饱含让我保重意味地拍拍我的肩膀后兀自离开,留我和林青灵在树下独处。

余光瞟见她穿一条木槿紫色的手工钉珠露肩长裙,胸口和及地的裙尾处皆有如花瓣般的薄纱褶皱,金色的钉珠自腰部蔓延而下,附着在奢华飘逸的网纱面料上,使之望去纤腰如柳,身量翩翩。黑亮柔顺的秀发披在肩上未作装饰,除了左手上那只藏在蕾丝手套下隐约可见的婚戒,亦未佩戴任何其他首饰,倒显得她清新娇俏起来。几片玉兰花瓣落到她光滑的颈上,更衬得她肤容胜雪、气质如兰。我呆呆地望痴了,不能想象如此美丽生动的躯壳之下,竟是装着副那般冷漠自私的心肠。

"真希望文文也在。"

她的声音轻盈如花瓣落下,有一种不真实的虚幻感。我震惊于她竟惺惺作态至此,直直地盯着她那双美丽而又真诚的眼睛,直到确认她刚刚是真的说出了那句话来,才愤恨着别过头去,任豆大的泪珠顺着脸颊滚下来,滴到我惨白的 T 恤上。

低头望见脚上廉价的球鞋,才一瞬明白过来,高贵如她,落魄如我,如果说在我俩之间还有什么连接的话,那就只剩已经死了十年的冯文文——高处不胜寒,她无法对每日所见之人降格相就,所以纵使在这县里被众星捧月,却没有半个可以称之为朋友的存在,而我的回归,恰恰可以令孤傲已久的她,卸下矜持的防备和高冷的武装,以文文之名拉近距离,以昔日的友情之名,省去那些客套的步骤,直接倾诉衷肠。

可我早已窥破她华丽外表下令人不齿厌恶的内在,绝不信她是真心悼念文文,也不信文文的死跟她没有关系,更不信她对真相毫不知情。

她见我黯然泪下,过来轻轻握住我的手。手套的触感让我打了个激灵,才发觉脚趾已在鞋里蜷得生疼,愤怒恍惚间,旧事亦真亦幻,一一于眼前呈现。

被卸掉前爪,躺在血泊之中的猫;嘲笑文文不适合粉色,不够少女的言论;靠假钻皇冠和手套柜武装的高贵身份;卧室内被狠狠抽打的俏脸;露台上沉默跪下的身影;面对女儿遗矢时的慌张;在母亲面前窝囊无能的眼泪……

她活在一片自己亲手织就的谎言和假象中,且相信那就是全部的真相,我恨不得扑上去撕下那张面具。但她平日里伪装得滴水不漏,眼下又泪眼汪汪、饱含关切地看着我,我只能死死地捏住她手套下纤弱的手指。待她吃痛受不住挣扎着收回手时，我已在心底打定主意，为了我仅有却已珠沉璧碎的挚友，为了这世间唯一真诚待我的冯文文，我要在这里待着，和天上的她一起，将眼前这些人的丑态尽收眼底。

深吸一口气后，我若无其事地撇开她，穿过庭院筵席间的人群，进了白楼大门。

离开不过两三个小时，白楼内已恢复从容，眼前一片井然有序的珠璧交辉，较之外面的庭院，布置得更加奢侈华丽，清晨时的忙乱倒像是我的错觉了。

说真的，抛开是非成见，我真的很佩服陈颖真其人，在这种时刻，这种家里刚刚死过人的阴影之下，她还能在短时间内安排出如此完美的宴会，想必也是因为死的不是自己丈夫，而是一个毫无血缘关系的上门女婿的缘故吧？但我转念又想，即使死的是林昊泽，她必然还是能够强忍悲痛，体面地将一切都打点得当。

回卧室给脚趾胡乱缠了张创可贴，出来转了两圈也没找到王任，倒是瞧见爸前前后后忙得不亦乐乎。他在这县里，亦是不亚于林昊泽的知名人物，自然也少不了与人寒暄交际。我远远地冷眼瞧着，无意中竟发觉他于忙碌中总不时留意立于边角的陈影杰，眼神里不乏一个老刑警的机警威严。我缩起脖子避开他的视线范围，唯恐自己跟陈影杰之间的好事已被他发现，心下想着果然不能指望林青羽会替我保守秘密。但一咬牙又立即狠下心，做好了随时冲撞他的准备。

屋外乐声戛然而止，音箱里响起婉转温柔的女声，似乎是那个庆典公司的女主持人。屋内的宾客在主人的带领下鱼贯而出，站到门廊上与屋外的宾客一齐观赏百日宴的餐前仪式。我前几日听到过陈颖真和这位主持人对流程，不过是先由主持人说一段天花乱坠的开场词，接着让林昊泽陈颖真夫妻上台，对来宾表示欢迎，给外孙女送上祝福，最后再让主持人与主角林小冉及她妈妈林青灵进行游戏互动，按入场时回礼礼盒上的编号，抽出幸运来宾，赠送林氏集团的产品大礼包。对此我毫无兴趣，自然懒得跟出去凑热闹，待反应过来时，发觉客厅内只剩下了我跟陈影杰。他靠在角落一张绒布椅的椅背上，手里端一杯香槟，而我坐在不远处的钢琴凳上。

"咳，"想到爸刚刚看他的眼神，我假咳一声引他注意，"我爸好像已经知道……我俩……的事了。"

要命，早知道我也情愿出去了，但又觉得还是该先告诉他让他有所准备，以防爸对他发难时他搞不清楚状况瞎说些不利于我的话。

见他不说话，我只好继续往下说："如果他说啥，你就只当耳边风好了。他这个人，看谁都不顺眼的。"这倒是真心话，我一直觉得在这县里，除了陈颖真，他就没有真正看得顺眼的人。

"他不知道。"

"啊?!"我怀疑自己听错，惊诧问道，"你怎么知道他不知道？"

他没答我，只满怀心事地摇摇头，眼睛盯着手里莹亮的香槟杯出神。

屋外响起一阵欢呼,空气凝滞憋闷。我绕到后院,从经过的侍者手里拿了两杯特调冰酒灌下,又喝了杯滋味古怪的混合果汁后,前院的仪式才接近尾声。乐声复响,杯盘清脆的碰撞声和欢声笑语不绝于耳,要客们回到屋内一一入席。王妈带着服务生,将餐食奉上,餐厅内一时之间觥筹交错、热闹非凡。

林昊泽作为一家之主,坐在长桌尽头的主位,他左手边依次是陈颖真、陈影杰两姐弟和林青灵、林青羽两姐妹。我的座位原本被安排林青羽下边,可入座时她非要跟我换座位,这样一来我便夹在这令人窒息的两姐妹中间不说,还要看着正对面我爸那副尊容。他左右皆是县里的权贵,以男性居多,女人们大多带着孩子在屋外。而我之所以能落座于此,身份与其说是孔振宁之女,莫不如说是林青灵之友来得更具说服力。换言之,我们这位被整个宁叶县人都艳羡着的首富千金,的确没有任何一位亲近到可以邀请来主桌入席的朋友。

奇怪的是,自打从外面进屋落座后,林青灵看我的眼神,一反刚刚玉兰树下的关切,冷漠中似乎还怀有一丝锋利的寒意。我假装不觉,只当她是在一屋子权贵面前拿捏姿态,摆出名门闺秀该有的距离感。

爸的注意力全然不在我身上,主人家敲杯祝酒后,他头一个起身恭贺。接着是他左右的人先后仿效,他只皮笑肉不笑地附和,其间仍不时看一眼陈影杰,惹得我亦不时跟随他的目光一探究竟。可陈影杰只如往日一般,与眼前的热闹疏离,沉浸在自己的世界里,就算偶有故人与他搭话,也是三言两语便断了话头。

倒是林青灵,不管是陈颖真还是林昊泽,或是林青羽出于客套在席间的闲话中提到我,她都会莫名其妙阴阳怪气地接话,看似无意实则不动声色地埋汰我。一开始我还以为是自己多想,但她话里的敌意越来越浓,连她妈陈颖真都似乎察觉到,不时对她皱眉提醒。

"听说你女儿现在是大作家了?"爸旁边那位肥头大耳、被称作王董的中年男人,笑眯眯地望着我向爸问道。

"唉,是,是。"爸和眉顺目地点点头,不打算接话。我自知自己的职业成就远不能让他在这样的场合拿来炫耀,使面上增光,便也只假笑了事,希望话题就此打住。

"是啊,我们然然……"林青灵伸出左手搭到我肩膀上,轻哼一声,声音依旧如珠落玉盘,"从小语文就好,最会写一些我们听来都觉得害臊的事。"

我怔怔地望着她,实在不明白她葫芦里卖的什么药。

"哦哦,我记得你们是同学对吧?"被林家千金接话,王董有些受宠若惊。

"王叔叔记性真好,"林青灵抚了抚自己手套上的绢花,冷笑后道,"我跟她不仅仅是同学,还是最好的姐妹,从来不当面一套背后一套。"

"年轻就是好啊!"王董假意伤感感叹后,又将目光转到我身上,"你看你的小姐妹,孩子都开宴了,可别怪我这个做叔叔的替你爸催一声,这人生大事啊,还是得抓紧。"

妈的,你算哪根葱,你怎么不说她林青灵还刚死了老公呢?我是不是也要抓紧死一个?

"还是王叔叔有心,那我也替然然讨个媒,多帮忙留心。别看她模样低调,但可擅长挑战高难度的事情了。她呀,最喜欢那种比自己大一些的成熟男人。"

"哈哈哈,懂了,成熟稳重好啊。"王董比了个 OK 的手势,又拍拍我爸,"你看看你这个做爹的,还不如人家小姐妹了解自己的女儿。"

我被他俩一唱一和搅得怒火中烧,几欲发作,低头却瞟见邻座的陈影杰用腿轻轻撞了一下林青灵,被她嫌恶避开。要我说,这算是名副其实的"有一腿"了吧?我端起红酒"咕隆"灌下一杯,打定主意要开始反击。不是说我语文好吗?那就让你看看谁阴阳怪气的本事更大!

"真是贴心,那你可得帮我把好关,我相信你看男人的眼光。"我猛地一把搂过林青灵的肩膀,全然不留给她挣扎的余地。

习惯我依顺于她的林青灵,发现我竟会出言反讽,态度还如此之强势,面上一瞬的表情,真是精彩极了。但只片刻,她便恢复自若,不动声色地掰开我的手:"那是当然。来,别光顾着说话,菜都凉了,一会儿要怪我们家用残羹冷炙招待你了。"她假意娇嗔着将自己那份烟熏鱼子酱放到我面前,又将餐勺塞进我手里。

原来如此!我立刻弄明白林青灵对我态度急转直下的原因——我爸或许还不知道我跟她舅舅之间的好事,但她是一定知道了。

我扫一眼被形容为残羹冷炙的陈影杰,笑着直接将碟中物尽数倒进嘴里。其实我已经吃过自己那份了,但还是粗鲁咀嚼几下后,做出第一次吃的模样,夸张地鼓起腮帮子诚恳说道:"呀,味道真不错!你怎么不吃呢?"说完便二话不说将旁边林青羽的那份端过来放到她面前,又马上撤回来抱歉道,"哦,对不起,我忘了你不能吃这么寒的东西。"我侧过身对着她意味深长地看了一眼陈影杰,末了还不忘舔一下留在嘴角的酱汁,"可惜,这么好的东西,便宜我了。"

林青灵和陈影杰的脸色顿时变了,分别端杯夹菜掩饰慌张。但席间众人的注意力早已转移,三三两两聊着各自的话题,未能留意到这边的好戏。我遗憾地环视一圈,发觉林青羽正靠在椅背上,越过我望着林青灵和陈影杰窃笑——果不其然,是她将事情告诉了林青灵。真他妈的会挑时间,还特意把座位调到方便看戏的位置,装下这么多的心机,真是难为她那颗徒有其表的小脑袋瓜子。林青灵恼我,是因我这个只配做她陪衬的小角色,竟然睡了在她心里,只可以爱惜她、守护她、任由她差遣的舅舅!我猜她自然是想要对我大发脾气的,可她与陈影杰之间隐晦而又复杂的情感,如何能堂而皇之地诉之于口来讨伐我?因此,向来占据高地的她这回也只能先憋着这口气,却又控制不住从言语中流露出来,才能让我将其与平日里高贵形象不符的气急败坏窥个明明白白。

屋外乐声和欢笑声依旧,全然不知屋内早已战鼓擂擂。

林青灵转过身对着我的椅背低声道:"我就不该让你住进家里来。"

我望着她那张依然令人嫉妒的如花假面,周身的血直往上涌——就是现在,将它撕开!

"不是你求着我来陪你的?"我面向餐桌,扬起声调,"不记得了吗?你死了老公,害怕一个人睡,让我来陪你,现在怎么又说不该让我来了呢?"我一脸无辜委屈。

"哎呀蔚然姐,什么死不死的,多晦气,"未等林青灵反应过来,林青羽尖利的嗓音斜斜插进来,"姐夫好歹是你前男友啊!"

我的话或许在场的人未能尽数听到,但林青羽这句话,却是结结实实地落入了在场每个人的耳朵里。我挂着同情的表情观察林青灵的脸由白变红,又由红变白,肚子里的那口恶气终于四散开去。

"小杨吗?他怎么会……"最靠近主位那位戴着金表的男人,一脸疑惑地望着林昊泽,"这……"像是被虾皮卡住了喉咙,他迟迟不将后半句问出口。

"您是想问堂堂林氏集团董事长的上门女婿,怎么会跟我这么寒酸的人有过纠葛,对吧?"我替他着急,脱口而出帮他把话补全。

"啧!"金表一咂舌,没料到我会把话说得如此直接,面上也挂不住了。

爸在对面将手上的刀叉往桌上一扔,脸色煞是难看。可我根本不管他,继续往下说:"不用怀疑,我确实跟他谈过几天,但你们别以为是我被甩了。是我!是我一下子就看出来他是个趋炎附势、爱吃软饭的下流胚子!"

反正已经豁出去了,我索性口不择言,一次性说个痛快,大不了像往常一样一走了之,再也不回来。宁叶县这个鬼地方,我对它从未抱过任何期待。

"人已经走脱了,勿好这样了讲呃。"金表旁边唯一的女性家眷操着一口上海腔责备我。

我回她一个"干你屁事"的眼神,站起身来环视众人,指着林青灵大义凛然道:"难道你们就没好奇过,她为什么肯下嫁给杨新鸣那种人吗?"

"蔚然,先坐下。"我能感觉出林昊泽原本是不想失了体面,来出言劝阻我一个小辈,因为他很清楚我很有可能不听他的,那就会闹得场面更不可收拾,爸和一旁的陈影杰未必不是作如此考虑才沉默到现在。但林昊泽毕竟是一席之主,所有人都在指望他的反应。他不得不抬起手,语气尽量和蔼地劝慰我:"灵灵要是欺负你了,有什么委屈,一会儿告诉你干妈,嗯?"

我看着他面上挤出来的笑容和皱纹,心一软本想卖他一个面子。哪知一旁的林青灵又簌的一下站起来,不甘示弱地昂起下巴,气得声音都在发抖:"让她说。我能欺负她?怕不是她自己做多了见不得的人的事,才要做贼心虚地恶人先告状。"

她抖着胸脯委屈得掉眼泪的模样把我逗笑了:"哟,这就急得顾不上马甲了?别人不知道你为什么下嫁,我作为你的好姐妹,还能不知道吗?就你这个骄横的大小姐脾气,那也只有杨新鸣这样的凤凰男才能忍受这些年。要是换成别人,你早就被抛弃沦为笑柄不知道多少次了。"

我不带喘气的一席发言,令在座所有人都瞠目哑口,就连屋外的乐声都变得不清晰起来。我抿起嘴,一脸无所谓,静待宁静过后即将袭来的狂风骤雨。

空气凝滞有顷,一直未发一言的陈颖真突然起身飘到我背后,像个幽灵般将双手搭在我的肩膀上。她的体温极低,我感到周身被一阵寒意包围,高亢的气势随之冷了半截。

我木然任由她将我掰过去面向她,本以为她会给我些颜色,却发觉她眼里没有丝毫责怪之意。但这令我更加不安,就好像那双眼睛后面,隐藏着令人万劫不复的深渊。她朝我莞尔一笑,伸手帮我理了理额前碎发,又将我的身体转了回去,随后用宠溺温软的声音对一桌子静观其变的人笑道:"我这干女儿呀,性子烈着呢……"她那语气就好像我真是她家一个被宠坏的女儿,刚刚只是在任性闹脾气。

如此一番,众人绷紧的弦终于松了松。林青灵亦见好就收,不计前嫌似的瞟我一眼后坐了下来。

虽然气氛无法恢复到最初的和谐,但好歹大家又开始举杯啖食,尽量装作什么都没发生过,只在间隙里,用奇怪的眼神打量我两眼,就好像是闹不明白一只平时看起来温顺乖巧的小猫咪,怎么转眼就得了癫痫?

"然然,"林青灵坐下后也拉我坐下,我已经出完气,没理由再杵在那里,可她万不该像个分裂症患者般,转瞬又调出那张假面具戴上,做出一副大人不记小人过的姿态,拉起我的手用电台知心姐姐的语调安抚道,"有什么事,等冷静下来,我们慢慢说,好不好?"

冷静个屁呀!我刚压下去的火又烧了起来。

"其实没什么大不了的。我本来也没想跟你吵,伤感情。但如果你有什么不满,我希望你可以像文文一样,对我直言不讳。"

脑子里"轰"的一声炸开,我真听不得她提冯文文!她到底有什么资格?

"你他妈的给我住嘴!"我一把推开她,站起来退后一步,几乎是咆哮着朝她吼道,"文文直言不讳的下场是什么?所以你现在也想搞死我吗?"

4月18日中午/橡皮

"你才给我住嘴!"

孔振宁一拳打在桌上,杯盘叮里咣当地吓我一跳,随之满屋子的人都停下了手上的动作,就连一直漠视一切的王妈都托着盘子愣在原地。

或许是因为太忙,今天早上没人记得给我喂吃的。但好在我也没饿着,屋前屋后随便哪儿都能搞到点食物,吃饱喝足后精力旺盛,先是在前院的草皮子上逗了会儿那只毛型剪得奇形怪状的贵宾犬,又去后院研究了半天厨子们热火朝天地翻锅抖勺。等到这些人开始吃饭时,我才寻着陈颖真,钻到桌下躲起来打盹。

饭没吃一会儿,这孔蔚然就不知道发什么疯,跟林青灵一阵掰扯。我寻思着这两人平日里假惺惺的相处得还蛮好的,到底是都憋不住了。

"嘭!"玻璃砸到地上碎裂的声音。

好家伙!我从桌下钻出来,小心躲过地上的碎渣,缩到角落一窥究竟。

"凭什么凶我?"孔蔚然仗着她爹隔着桌子不方便揍她,态度那叫一个嚣张!

"回去!"孔振宁眉毛打结,脸色铁青,狠狠地冲孔蔚然一挥手,似乎是想要一巴掌将她打飞。

孔蔚然却似乎一点也没被她爸的气势吓到,又重复一遍:"你凭什么凶我？人死了十年,你到底做了什么?"

她的声音哽咽嘶哑,吓得一旁的林青灵和林青羽都站了起来。围桌而坐的人也有几个站起来,有的是方便看热闹,有的是怕殃及无辜。

"谁啊?"

"就是那个谁啊,咔嚓!"

站得远些的两个一高一矮的男人低声讨论,高些的那个还用一只手模拟剪刀的形状,去剪另一只手的手指。

"我早告诉过你,凶手就在这屋里,杀了冯文文和杨新鸣的凶手,就在这里！你倒是做点事啊!"

一滴眼泪滴到我前方的地板上,我抬头看看孔蔚然,她脸上的神情相当复杂,愤怒、悲伤、委屈、自责、失望……跟她在一起生活这么多年,我从没见过她这个样子。

从桌底望去,孔振宁的双脚像是被磕绊到,微微晃了晃,林昊泽放在膝头的双手握成了拳头。就连优雅惯了的陈颖真,也将一直规矩并放的双腿绞在了一起。看来,孔蔚然这话相当具有震慑力。

从桌底可以望见厨房的转角处,一颗寸头从那里探出来,那模样就好像撩开剧场的遮光布帘准备偷偷看戏。是那个叫王任的,他倒是清闲,到处听墙角。刚刚我在厨房还看到他边偷吃东西,边听王妈她女儿发牢骚。难怪他穿得灰不溜秋的,人多眼杂,没人会注意到他。

"孔叔别生气,然然可能今天触景生情想到文文,心情不好,我带她出去……"林青灵边说边拉住孔蔚然的手就要往外走。

"别碰我!"孔蔚然使劲甩开林青灵,又用力推了她一把,"恶心!"

林青灵一个重心不稳,趔趄了两步勉强没有摔倒,但这个姿势有悖于她平日里端庄得体的形象。我看到一旁的陈颖真见她如此,脸上浮出失望之色。她显然受到了惊吓,又因在众人面前出丑而羞红了脸,气急败坏地走到孔蔚然面前,用我不曾听过的尖利语调反问:"恶心?"她举起戴手套的手指向孔蔚然,"你一个成天乱搞男女关系的人,说我恶心?"

孔蔚然不急不缓冷冷反问道:"呵!你这么安守妇道,怎么还会被自己的男人家暴!"

啧啧啧!我的个乖乖,别说是我,在场所有人都被这两人话里惊天雷般的信息震得不会呼吸了。

最先有反应的竟然是林青羽,但她不是来扑火的,是来扇风的:"我还以为姐夫定力那么好是因为窝囊怕老婆呢,原来他还挺有种的,敢打——"

她话没说完,就被林青灵赏了一个重重的耳刮子,小脸上立时红了一片。

"哈哈哈哈,哈哈哈哈哈……"

挨了打的林青羽不仅不恼,还大笑起来,我看她是疯得不轻,桌上的人开始低声议论。陈影杰过来一把抓起林青羽的手,不由分说将她拖走。屋外陆续有闻声而至的宾客,挤在玄关后面一脸好奇地围观屋内这盘残局。

打完人的林青灵,目送妹妹和舅舅离开后,又继续恶狠狠地瞪着孔蔚然,眼睛红得能渗出血来。

"你瞪我也没用,实话告诉你,别说那天是我喝多了,根本就不知道他是谁,就算我是清醒着跟人乱搞,也好过你跟一个猥亵过自己的人纠缠不清!"

猥亵?这个词我听不懂,但众人的反应已经说明它的严重性,与林家不相干的人哗然一片,低声议论变成了明目张胆的讨论。林氏夫妇和孔振宁则像是误触了电门,眼口大张,表情呆滞。只有站在角落的王任,露出些微嫌弃之色,斜眼看着孔蔚然。

屋外的乐队突然奏起一支欢快的童谣,气氛变得滑稽起来,更多的人挤到门口往里张望,有抱孩子的,有手里捧着礼品的,有将八卦之色毫不掩饰挂在脸上的。还有那些请来的帮佣和临时运送补货的搬运工,都忘了自己的本职工作,停下来观赏这难得一见的豪门大戏。

所有人都蠢蠢欲动,只有王妈依然臭着一张脸,分外镇定。她抬眼看见富林超市那个叫焦力的小伙和他面前小板车上的饮料,全然顾不上看戏,跑过去签收。兴许也是看多了这样的场景,已经见怪不怪了。

王妈这一动,让林青灵猛然发觉门口竟围了这么多人。平日里她在县里何等风光耀眼连我一条狗都能嗅得出来,眼下孔蔚然竟叫她当众经受如此奇耻大辱,情急之下就要上前故技重施。众人眼见巴掌就要落到孔蔚然脸上了,哪知剧情急转直下,我们这位养尊处优的大小姐,如何及得上放养多年的孔蔚然野,转瞬她的手就被孔蔚然的左手一把抓住,右手又狠狠地连扇她两巴掌。被反打得晕头转向的林青灵头发都乱了,但又总不至于再扑上去打回去,只好捂着脸哇哇大哭起来。

"你闹够没有?"孔振宁声如洪钟,他看起来完全没料到事情会发展到这个地步,要不然我猜就算是用手铐,他好歹也要先把孔蔚然弄出去。

"嗯……够了。"孔蔚然看看自己搞出来的一地鸡毛,拿起两只水晶酒杯,又放开手任其掉到地上碎成渣,这才满意地拍拍手,无视一屋子人的目光,潇洒地迈着大步从餐厅步入客厅,豪放地扒开看热闹的人群,中途还撞倒了焦力小板车上的箱子,货筐里的东西撒出来散了一地,她亦全然不顾,只抱歉地对焦力撇撇嘴,就出了大门扬长而去。

4月19日晚上/橡皮

孔蔚然失踪了。

在上海的时候,我的狗生中只有她一个人,她要是不回家,我就要饿肚子。可是到了这儿，只要丧着脸呜呜几声，总有人给喂吃的，加上菩萨心肠的白楼女主人又特别照顾我，日子过得简直乐不思蜀，所以我直到今天下午才发现昨天一整天都没见着她。从孔家到林家来回跑了好几趟，又到公安局和酒吧溜了两圈，都没瞧见她。这家伙还能去哪儿呢？

虽说人类有个词叫"狼心狗肺"，孔蔚然也算不得一个好主人，但好歹吃喝拉撒喂养我这些年，没有感情也有些恩情在的，更何况她要是不见了，又没人愿意收养我的话，我兴许就会变成一条满身跳蚤的流浪狗了。只稍稍一想，我就觉得怎么着还是得找到她。可惜我的嗅觉不至于像警犬那么灵敏，只能跟在孔振宁后面蹦跶，希望他看到我，能联想到孔蔚然，进而发现她不见了。但大半天过去了，别说是想起孔蔚然，我看要是再蹦跶惹烦了他，恐怕连我也要赶出家门。

哎，百日宴上闹那么一出，这孔蔚然果然还是遭了报应。

我蹲客厅想了半天，在宁叶县，这家伙到现在还没得罪的人，似乎只剩下王任了，而且前几天他俩走得很近，去找他兴许有用。我去过一次他住的地方，正想从窗户跳出去找他，门锁响了。

是孔振宁回来了，他提着一袋子香喷喷的卤味，后面还跟了个戴黑色鸭舌帽的人。好巧不巧，正是王任。

"说吧，"孔振宁将钥匙和卤味往茶几上一丢，坐到木头沙发上边脱鞋边用嘴指指旁边的椅子，"捡重点。"

这王任向来遇事不慌，他坐下从盘子里拿起颗已经焉巴的橘子剥开，掰开一半丢进嘴里后，才觑着脸问道："小伟没事吧？"

刚把脚塞进拖鞋里的孔振宁,手上捏着袜子,斜他一眼:"你打听这个做什么?"

"没有没有,见过几面,算是朋友,关心一下。"王任将另外半个橘子也丢进嘴里,"觉得可惜。"

"哦?"孔振宁随手将袜子丢到地上。我跑过去帮他叼起来放进鞋里,顺便近距离观察这两人,找空子引起注意。

"杨新鸣的事,跟他没关系的吧?"

孔振宁不说话,只长长叹一口气,脸上写满失望。

"我也算阅人无数,他不是能干出那种事的人。就算是有过要杀个把人的念头吧,但以他的胆识,下不去手。"

"他跟你说过?"

"我猜的。好不容易出一桩杀人案,他又能直接接触案子,清楚细节,所以动了顶包的心思。他可能原本还打算做得再缜密些,但时间不等人,机会稍纵即逝……毕竟大多数案子,破案只需一个关键。"说到这里,王任拿起桌上的橘子皮,摊到手心,"孔队,他这么着急,是有了关键进展吧?"

似乎还沉浸在突发于小伟身上的变故之中,孔振宁没接话,只僵着脸耷拉着嘴角。

"我知道,你们有你们的规矩,不能随便跟人讲这些。那就让我来猜一猜,孔队您听听就好,对或不对,一笑了之。"王任将手里的橘子皮掰成一瓣一瓣的,孔振宁不表态,他便继续往下说,"按照白楼内部的建筑情况,杨新鸣遇害的第一现场,也就是他所住的那间卧室内的浴室,虽说位于东边角上,但跟林氏夫妇所住的那间卧室内的浴室仅一墙之隔,正楼下又是陈影杰的房间浴室,林青羽的房间也隔着不远……也就是说,案发当时,不至于连活生生被人剪下手指时发出的喊叫声都没人听见。他一个一米八几的大高个,不可能在清醒的状态下被人剪下手指而不发出喊叫。所以,他当时要么已经昏迷,要么就是已经死了,我猜得对吗?"

"这些都是孔蔚然告诉你的吧?真是不知深浅。"孔振宁面不变色地听完,开口语气里却有了怒意,"我问问你,你怎么知道是'剪'的?她是第一目击者,亲眼看过现场不错,可仅凭肉眼,她哪里看得出来手指是被剪下来的。"

"嘻!都说是我瞎猜的。"王任谦虚一笑,举起自己的左手掌放到面前,"指头而已,可以直接切,也可以用剁骨刀剁,还可以用锯子锯,实在轻而易举。但我要是凶手,那肯定还是剪刀方便,厨房用的那种剪骨刀即可,唾手可得,用完拿水冲冲,还能放回去继续用。您说呢?"

"哼。"孔振宁冷哼一声,将卤味袋一一拆了摊到茶几上,也不问王任,自顾自吃起来。

我在旁白了王任一眼,他可真是厚脸皮,说什么是自己猜的,明明大部分内容都是他跟孔蔚然一起得出的结论。

"除了手指上的伤,那天他一丝不挂,别的地方都完好无损,也没有口吐白沫、嘴唇发紫这些中毒的迹象……呃,据说像是在浴缸里淹死的。一个成年人,怎么会在浴缸里淹死自己?除非是被人按进水里的吧?如果真是溺水而死,那跟十年前冯文文一案对比,一个是掐喉咙,一个溺水,同样是先让受害人窒息而死,再剪掉手指的作案步骤。之前我问过王妈,那天她送林青灵过来这里借住后,又回了白楼,干完所有活已经晚上十点了,家里没有其他客人。也就是说,能有力量将杨新鸣按进浴缸里的人,只有可能是林昊泽和陈影杰。按照林昊泽平时的生活习惯,晚上十点后肯定在卧室里,跟陈颖真待在一起,整个晚上都不会再出来。这一点,我相信孔队你应该已经向陈颖真求证过。那剩下嫌疑最大的,就是陈影杰。而且王妈在杨新鸣死的头一天,还看见他与陈影杰发生过争吵,争吵的内容王妈虽然没听清,但我猜那应该就是陈影杰的作案动机了。"

对于王任的结论,孔振宁不置可否,也不给他任何眼色,只不时丢一块卤味给我。

"可这里又有些说不过去的地方。就算陈影杰身体素质了得,也不能保证在制伏杨新鸣时他不发出一点声音,不弄出一点动静。可据说现场没有打斗痕迹,整齐得很。"王任顿了顿,"我这些天一直在纳闷,凶手究竟是用什么方式让杨新鸣窒息而死的?还是说……杨新鸣真的是自己溺死的,只不过是有人看到他死了,才临时起意想要剪下他的手指,可这么做的意义是什么?这些疑问我怎么想都想不通,幸亏前天有幸让蔚然带我进了趟白楼。还别说,百日宴上那出戏,让我所有的疑问都迎刃而解了。"

"哦?你发现了什么?"孔振宁终于对他的话有了点兴趣,用筷子指指他,"我告诉你,知情不报……"

"唉,孔队,别急吗。要说有发现,那可都是您告诉我的。"

一次性筷子停在半空,孔振宁脸上刚刚还想训话的严肃换成了疑惑。

"那天您的注意力都在陈影杰身上,可能没留意到我也在悄悄观察您。我原本只是怀疑陈影杰,因为刚刚说的这些都是我的猜想,任何一个点都能被轻易推翻。但是,如果连孔队您都在盯他,那就说明确实出现了明显指向陈影杰的关键证据,也是足以让小伟急着顶包的证据。这个证据到底是什么呢?我苦思冥想,无头苍蝇一样,结果蔚然又无意间解开了我的疑惑。"

"她?"

"是的。她离开白楼时,撞倒了送冷饮的小板车。"

王任话音一落,孔振宁表面还镇定自若着,但我能看到他的脚在茶几下面不自然地来回蹭了蹭。我突然想起来那天他带着小伟,在杨新鸣的浴室天花板上发现的那一小片塑料袋,上面虽没留下任何字迹,但从材质、颜色和封口方式来看,都跟孔蔚然离开百日宴时撞倒的冰袋很相似。

"凶手是用干冰杀人。"王任将手里撕碎的橘子皮一把甩到茶几上,眼睛直愣愣盯着孔振宁,像是不肯放过他脸上任何一丝破绽。

"司法机关离退休人员干预办案,你应该清楚后果吧?"孔振宁挺起后背,将双手支在膝盖上。

这话不就等于默认了吗?好家伙,我还真没想到,这两个人对弈,竟是王任棋高一招。

"孔队你这话说的,我只是一个好奇心旺盛的普通群众罢了,哪敢干预办案。您就当我在说书,随便听听。"他伸手摸摸我的头,想要将气氛调解得轻松些,"干冰这东西,实际就是二氧化碳的固态,现在叫个外卖吃个日料啊,制作冷饮调个酒什么的,都会用到,需要的话,也能在网上轻易买到,所以它在生活中很常见,只不过很少有人知道——它是可以用来杀人的。"

他说到这里,站起身来,抚平上衣皱褶,再开口时语气已较之前严肃数倍:"干冰只有在零下七十多度以下才能保持固态,常温环境里会开始汽化。汽化的过程中,固态二氧化碳变成气体。如果是处于密闭空间内,就会将氧气挤到上层,造成低处二氧化碳的浓度过高。而人一旦吸入了高浓度的二氧化碳,中枢神经就会受到影响,导致呼吸反射加速,进而在短时间内吸入更多的二氧化碳。接下来最严重的后果,就是让人因缺氧窒息而死。这里有一个重点,"他退到离茶几半丈远的地方,将双手摊在空中,"干冰在常温下储存不了多久,也就是说,一定是有人在白楼里提前备好,藏在可以临时保存的泡沫箱里,等到杨新鸣洗澡前,才悄悄放进吊顶天花里。最后再让中央空调的换气功能出点小故障,这样浴室里弥漫不散的水汽,就能掩盖干冰汽化时释放的可见气体。"

王任说这些时,孔振宁一直保持同样的坐姿,眼睛也毫不避讳地直视着他,待他停下来,才不紧不慢地问道:"说书说完了?"

"嗯。"王任抿嘴点点头,"我还有最后一个小小的疑问,希望孔队能解惑。如果照我刚刚的分析,凶手是先用干冰杀人,那他就不需要具备体力优势,也就不见得是陈影杰。如此一来,除了不在家的林青灵以外,林昊泽、陈颖真、陈影杰、林青羽,甚至是王妈,这豪门恩怨深似海,他们谁都有可能是嫌疑人,因为他们都可以在白楼里悄悄储存干冰,也多少都有作案动机。但手握关键证据的孔队您却只是暗中观察,目前来说没有任何动作,这是为什么呢?我不相信您像蔚然说的那么没……呃,我是想问,难道你们是在……放长线?凶手真的是连环作案?他的下一个目标是谁?你们已经——"

"这不关你的事,我也劝你最好别试探法律的底线。"孔振宁挥挥手,三两下将桌子收拾干净,对王任下了逐客令,"你可以走了。"

"孔队别急着赶人,我虽然不是宁叶人,但也是个遵纪守法的好公民,这趟来,是想给您提供个线索。"王任也不恼,脸上依然带着一抹若有似无的笑。

孔振宁也站起身来,手搭在皮带上,像是需要时间思考一样看了王任好几秒,才吐出一个字:"说。"

"是这样的,今天早上,我去爬了趟三仙山。那上面风景好,空气也好,我就情不自禁多转悠了一会儿,您猜我遇到了谁?"

孔振宁白他一眼。

"我离开主道,绕到一条不太像路的泥道上时,在一处隐蔽的山坡下面,看到一个男人正站在那儿发呆,然后我——"

话没说完,孔振宁兜里的电话响起,他看清来电的同时立刻接通,听那头说了一分钟左右,他只回一个"好"字就干脆地挂了电话。我见他要出门,突然记起孔蔚然的事来,赶紧对着他大叫起来。

"走吧。"孔振宁示意王任先出去,自己动作迅速地换好鞋后,看了我两眼,终究还是招我跟他一起下了楼,发动完引擎才从车窗里对站在外面的王任问道,"你看到的就是陈影杰,对吧?"

正往外走的王任一歪头,没料到孔振宁会猜中他刚刚没说完的话。

"回去吧,你一个外地人,别在县里瞎转悠。"

说完,孔振宁摇上车窗,拉着副驾上的我,一路急踩油门,狂奔到三仙山脚下。下了车,我整条狗都不好了,差点没当场呕吐。

"怎么样?"

上山的路口已经站了个来与他接应的年轻警员。

"辉儿他们跟着,是白天的方向。"年轻警员答道。

"别打草惊蛇。"

"交代过了。"

好家伙,原来是拿我当警犬使来着,孔振宁牵着我跟在年轻警员后面,动作迅速又努力不制造出声音地往山上爬。我有四条腿,跑起来倒也不吃力,只是这黑灯瞎火的,不知他们要做什么,心里稍微有点发怵。

好在爬了不到二十分钟,就听到前面传来动静。孔振宁竖起耳朵听了几秒,马上一招手让年轻警员和我跟上,朝声音的方向飞奔过去。穿过一片乱枝密布的树丛,隐约看到前面的斜坡下面跪着个男人,双手被手铐铐在背后,他旁边还站着两个身形健壮的男人。

"孔队,已经控制住了。"一名胸前扣着执法记录仪的警员看到孔振宁后跑过来,指着跪在地上的男人汇报道,"早上他过来确实是踩点,晚上十点一刻从白楼出发上山直奔这里,销毁物证时被当场抓获。"

"销毁物证?"孔振宁走过去,另一名身着制服的警员指着地上的一处让他看。

是一堆埋到一半的塑料袋,我仔细一看,似乎就是方才王任提到的干冰包装袋,成人手掌大小,少说也有二十几只。

"装起来。"孔振宁朝那些袋子挥挥手,指挥道。

跟上山的年轻警员立即响应,戴上手套,将地上的干冰袋仔细用物证袋打包密封起来,动作之娴熟流畅,较我和孔蔚然平时看的警匪片里的角色也毫不逊色。

跪在地上的男人头垂至胸前,身体缩成一团歪到一边。孔振宁过去一把将他拽起,我这才看清那个人果然是陈影杰。好家伙,平日里那么高大的一个人,居然能萎缩成眼前这般,可见其心志崩毁程度。昔日里的俊朗之气消失无踪,黑色的运动裤和连帽卫衣上,到处都粘着枯叶杂草,发型凌乱不堪,脸上也沾了不少湿泥,双眼目光游离涣散,想来已是心如死灰。

"带走吧。"孔振宁像丢麻布袋一样把他丢给两名同事。

刚刚上山还有点不情愿,可现在我已经是一条协助警察抓获嫌疑人的有功之狗了,自然得露出些耀武扬威的霸气。回到警局,我先一步蹿进大门,发现王任坐在门边的不锈钢排椅上。一看到孔振宁,他立刻迎了上来。

"刚刚我从线人那边确认,林昊泽确实亲自给黄律下达过命令,让他教训教训杨新鸣。这个黄律跟着林昊泽二十多年,借他的手过的事儿不少,可以说林昊泽有今天,他也功不可没。我在想有没有可能是他得到命令,会错了意,或者是办事儿的人下手太重,又或者……"

他边往后退边噼里啪啦说个不停,孔振宁也不看他,只管往里走。终于,说话的人发现了被押进来的陈影杰才住了口。他先是一愣,接着一步跨过去拽住陈影杰的胳膊,用低沉的嗓音厉声问道:"真是你搞的?"

陈影杰抬起头看一眼他,舔舔嘴唇冷笑一声:"呵,是谁重要吗?"说完又将脸垂向地面,"我已经在这里了。"

"动机呢?"王任加重了手上的动作,"你杀他的动机是你外甥女吗?"

陈影杰用力甩开他拽住自己的手,恶狠狠地瞪着他大声吼道:"杀他还需要原因?在那栋房子里,人人都想弄死他!"他看了看站在走道不耐烦的孔振宁,又低声补充了一句,"包括孔蔚然在内!"

好家伙,终于有人提孔蔚然了,我趁机像条疯狗一样狂吠起来。从几个小时前开始,我已经不顾尊严这样莫名其妙大叫好几通了,如果还没人发现不对劲,我想我可能会放弃了。这也不能怪我,一条狗能做的事情很有限。

"孔蔚然……"王任盯着陈影杰的眼睛里露出复杂的神色。

孔振宁挥手让人将陈影杰带走后,走过来安抚躁动吵闹的我。

"孔队,孔蔚然人呢?"

乖乖!刚平静下来的我干脆扯起嗓子哀号起来。两个男人对视一眼,先前的对立之势立刻烟消云散,牵上我就往家赶,路上王任打了好几次孔蔚然的电话都是关机状态。家里也没人,两人又四处打了几个电话后,才终于得出结论,孔蔚然从百日宴上离开后,就再没回过林家,也没人见过她。

"孔队,如果,我是说如果,我们估错了人,凶手不是陈影杰,那真正的凶手,下一个目标……"

意识到事情严重性,没等王任说完,孔振宁就摔门而出下了楼。

被留在屋里的王任冷静思索片刻,开始在孔蔚然卧室内翻找起来。我用嘴将椅子上的行李袋拱到地上,孔蔚然的处女作从里面掉了出来。王任捡起来,从中找到了一个联系方式,但电话拨过去好几次,一直无人接听。我在一旁直摇狗头,那种出版单位的电话,半夜里怎么会有人接。

不过我倒是低估了他,电话没通他也不慌,边开着免提继续拨,边在手机上鼓捣。没一会儿,他又重拨了一个号码,手机里响起熟悉的彩铃声。响到第二遍就通了,睡得迷迷糊糊的曹岩,在搞清状况后,立刻在王任的建议下起身前往孔蔚然的公寓。可他的住处远在几十千米之外,赶过去得花点时间。这期间,我陪着蜷缩在客厅长椅上的王任,边等孔振宁回来,边等曹岩的消息。

4月20日凌晨/橡皮

名义上的主人不见踪影,但我睡得还算安稳。曹岩打来电话时,外面的天色已经开始泛白。王任按了免提后,抹一把脸从沙发上坐起。

"我没留钥匙,又找不到锁匠,最后好说歹说找物业拿东西把门撬开了……"折腾了半宿,电话那头曹岩的声音很是疲倦。

"闹这么大动静?其实敲敲门确认一下就行了。"王任的嗓子也哑着,边说着边起身进了孔蔚然的卧室。

"你是不了解,这家伙经常在屋里装死,这么早我也不能一直敲门扰民啊。"这倒是真的,以往曹岩敲门,孔蔚然不搭理,还有我能叫几声响应他,可眼下我也不在,他就无从判断屋里是不是真的没有人了,"她肯定没回来过,屋里还是她走之前的样子。"

"哦……"王任将手机摆在书桌上,转身到书架上随意翻找,"那她有告诉过你最近想去哪,或者你知道县里她有别的朋友吗?"

"都没有。我也有几天没跟她联系了。你老实告诉我,到底发生了什么,人怎么就不见了?"电话那头曹岩质问的语气里夹杂着焦急不安。我作为一条狗,对此竟有些感动,他可能是这个世上唯一真正关心孔蔚然的人。

"反正,得尽快找到她。"

"就知道她不会让人省心!是不是有危险?"

"还不好说。你想起什么,就给我来个电话。找到她,我也会通知你。"

"等等!"王任刚要挂电话,曹岩突然叫住他,"你翻一下她的包,看有没有个笔记本,手掌大小,能塞进裤兜那种。"

"好。"昨晚找出书的行李袋还在地上,王任直接倒了个底朝天,"没有,除了她的书,没有别的纸制品。"

"那你再看床底,她喜欢把本子塞在床垫下面。"

王任丢下行李袋,刚抬起床垫一角,就看到了孔蔚然平时随身携带的,那个黑色封面的记事本。

"有进展我再打给你。"他挂断电话坐下,直接翻到本子的最后几页。

手机再次震动来电,这么早会是谁?王任看了眼来电显示,皱起眉按下了免提接听,手里继续捧着本子仔细研究。孔蔚然平时发神经就喜欢在上面发泄似的鬼画符,我看旁人想要从中辨别出些信息来,难度可不小。

"我听说,"是林昊泽,语气很糟,"你昨天去三仙山了?风景好吧?"

"嗯。"王任歪头看着本子上的一处简笔画,答得漫不经心,"下山后还碰巧遇到了黄律师,聊了聊。"

"放屁!"电话那头林昊泽突然咆哮起来,"你拿着我的钱,竟敢威胁我的人!"

王任看了看放在桌上的电话,轻笑一声:"林董早餐吃的是火药吗?黄律师又没做什么亏心事,哪能受我威胁。再说……你那钱还没付。"

"狗日的,老子不是请你来游山玩水的,你他娘的还记得自己是来干什么的?"

手机这东西我一直觉得很邪乎,明明从里面传出来的是熟悉的人声,却又看不见捞不着的,想要发泄愤怒,只能加倍体现在音量大小上。他林昊泽什么人物,岂能受得住王任这般怠慢轻视,当下立马污言秽语不绝于耳。如此风度大失我倒不觉得意外,反正平时看起来也不是个讲究人。但我难以想象他这样的人,竟然跟温婉优雅的陈颖真是一对夫妻。哎,电话里骂出来那些话,连我一条狗都想捂住耳朵。可王任置若罔闻,依然皱着眉手捧本子横竖研究。

"凶手,眼神恐怖……"似乎是从一堆稻草般的线条中找到了什么,王任对着依稀可辨的字迹念叨出声,"4月19,陌生短信,老酒窖……老酒窖?"

"你一个外地人怎么会知道老酒窖?"电话那头的林昊泽突然刹车,停住话头疑惑问道。

就好像刚想起他还在电话里似的,王任盯着电话思考了两秒,眼里立刻精光一闪,抓起电话问道:"是你的地盘?!"

4月18日晚上/孔蔚然

曹岩以前跟过一个以犯罪心理学为基础写刑侦文章的作者,深入接触了心理学理论,这导致他后来很长一段时间,逮着人就要做心理分析,尤其喜欢从原生家庭入手。作为最了解我过去的人,他总劝我有情绪就要想办法发泄出来,有症结就要疏通。可我这二十多年的性格,哪有那么容易转变,除了敢在他面前嚣张一点,对待别人早就习惯了唯唯诺诺,纵使心里怒火翻天,表面还是笑脸相迎。这并不是所谓的虚伪,而是一种惯性懦弱,想要发火时,就是撕不下脸,张不开嘴,事后再处于无尽的懊恼和自责之中。我记得有一次他开玩笑说,很多杀人犯就是这样,平时看起来低眉顺眼,沉默寡言,等怒气值积攒到一定程度,爆发时就会去杀人。

他也是高看我了,像我这么怂,杀人倒不至于,但今天确实是我窝囊人生中的高光时刻——百日宴上,当着那么多人的面,当巴掌甩到林青灵脸上的那一瞬间,我心里积攒多年的怨气,终于冲闸而出,顷刻泄了大半,一种从未有过的酣畅淋漓之感将我整个人离地托起,竟有些如释重负的飘飘然。虽然我看不见自己当下的神情有多妙,但好在我能看见林青灵的。她不了解我真正的内心,没对我做过心理分析,自然不知道我对她经年累月,甚至可以追溯到她害死文文之前的恨意。所以,当我这只温顺乖巧的小猫咪突然向她伸出锋利的爪子时,她难免不觉极度震惊和异常羞愤。她那个眼神,我刻在脑子里,能回味一辈子。

但……我心头一冷,突然想起另一个眼神。

教训完林青灵,离开林家大宅时,我的心情爽翻了天,看到门口挤满看热闹的人,我昂起脑袋,步子轻飘,脚下一个没留意,带倒了人堆里的几只蓝色塑料货筐。大小不一的货筐原本码在一只小推车上,是焦力拖进来的,里面装着一些调酒用的软饮和食用干冰,想必是宴会消耗超出预期导致备量不够,王妈打电话让他送来的。我有些抱歉,但看到散在地上的货物都是有包装的,捡起来除了费点劲,也不会有什么损失,便只拍了拍焦力的肩膀,就转身离开了。可他回看我的眼神,就好像我刚刚弄塌的是他家的祖坟,眼里的凶狠之气激得我浑身一哆嗦,汗毛直直竖起。

不过当下我急着离开是非之地,没有多想,现在回想起来,或许是因为自己今天过于敏感易怒,所以就连焦力这种平常一眼都不会多留意的人,在那样的气氛下,竟也觉得不寻常起来。

衣服上隐约能闻到残留的海鲜腥味,我回到家中冲了个澡,将林青灵之前留宿时遗留下来的东西通通塞进垃圾桶堆到门口,又翻出一张新床单换上,才爬上床趴到枕头上开始写日记。这么浓墨重彩的一天,得记录下来啊!

说是日记,其实就是想到哪写到哪,本子已经被我乱涂得不剩下几页,我只能节省些。我总是这样,只有在快要失去时,才想起来该珍惜一下。

还没写到高潮部分,手机响了。是个异常号码发来的莫名其妙甚至语句不通的短信:"知道冯文文的凶手?老酒窖。自己来。"

兴奋的心情瞬间凝滞,我猛地从床上坐起,琢磨是谁发来的短信。

稍微冷静,我便想清楚了,不管发短信的人是谁,一定对我很了解——冯文文案和杨新鸣案已经被并案调查,凶手很可能是一个人,但他知道我对杀杨新鸣的人不感兴趣,所以只说冯文文;"自己来"的意思,是指他知道我爸是警察,不可以报警,也不能带其他人,否则我就得不到想要的答案。

这个发短信的人,跟凶手有什么联系?还是就是凶手本人?独自前往,会不会有危险?我脑子里闪过不少电影里的相似桥段,思考着应对化解之策。唯一肯定的是,这事不能找爸商量;王任绝对能提供行之有效的方案,但百日宴上林青灵骂我放荡时,我远远看到了他鄙夷的眼神,眼下打电话给他估计只会讨一顿没趣;阿金就更不行,上次小伟的事他差点闹出人命来,事关文文,我没把握他会理智行事。

可我知道这一趟就算是龙潭虎穴也必定要去,在宁叶待了近二十天,别说是证据,就连半点蛛丝马迹都没寻到,我不想再次就这样灰溜溜地躲回上海。再说杀害文文的真凶依然逍遥法外,我有什么资格贪生怕死?

或许是有白日的高光壮胆,我打算豁出去了。

左思右想,走之前还是在冰箱上留了字条,有备无患,这样即使遭遇不测,也不至于没人收尸。随身的本子则藏到了床垫下,老酒窖已废弃多年,晚上必然黑灯瞎火,带过去也不方便使用,那满满一本,记载了我几个月来的创作灵感和隐秘心事,不能搞丢。

老酒窖是林氏集团旗下老酒厂的旧址,位于宁叶县县城的西北角郊区,是林昊泽发家的地方,后来因为生意越做越大,又经过几轮技术革新,老式酒厂在十多年前,就顺应趋势被淘汰空了下来。前些天我开车闲逛经过时,发觉它除了多了些风霜痕迹外,跟印象里差别不大。十多年过去,不知是什么原因,这处旧址仍未被翻新改做别用,只是任由它荒废着。

到达时已是深夜十一点,门口左右缺胳膊少腿的酒仙石像和挂着"林氏酒厂"四个鎏金大字的厂牌,还是能看出些许之前的辉煌。阻隔进入的门栏早已不知去处,我长驱直入,将车开到右侧的一处厂房门前。门外矗立着一只巨型钢质储酒桶,也就比屋顶矮一点,直径有三四米,中部被风霜腐蚀的大洞周围,画满了五颜六色带脏话的涂鸦。酒桶旁边的门洞,车并进去本也没有难度,但我小时候来过,知道里面是一个个发酵用的坑洞。我只能将车停在门口,只身走进去。

车大灯的光亮透过门洞射进来,四壁被衬得更加漆黑怪异,厂房屋顶似在五米之上,进到里面才感觉出它的空旷。灰尘和蛛网在光线的折射下,形成了层层模糊视线的阻挡。我打开手机的手电功能,却也难以穿透远处的黑暗。短信的碰头地址就是这里,我琢磨片刻,看到近处有一根承重的柱子,刚要绕过地上的坑洞走过去,身后忽感一阵冷风掠过,似有不可名状的物体在朝这边靠近。我不敢贸然回头,紧张得蜷紧脚趾。

"谁?"

变了腔调的声音还在空旷的厂房内回荡着,后脑勺上就遭到重重一击,眼前的世界顷刻间坠入无边黑暗,我在还未感到吃痛前,就倒在地上昏了过去。

4月20日早上/孔蔚然

睁开眼时已是白天,具体时间不好说,只能根据室内的光线和空气的清新程度判断应该是在清晨。我仍在发酵厂房内,还未完全恢复知觉的身体像条被拧干的臭抹布,被丢在暗角的破旧木制垫仓板上,自锁式尼龙扎带牢牢将双手反绑在一起,捆住双脚的草绳也打了死结。我勉强靠墙坐起,观察四周,不远处的地上有一截不知从哪拆下来的铁棍,想必就是令我后脑勺此刻剜心疼痛的罪魁祸首。

手机不在裤兜,我无从得知自己昏过去多久,只觉口干舌燥,腹中空瘪,周身酸胀无力,脑子也持续嗡嗡作响,无法冷静下来整理头绪。缓了许久,才逐渐恢复些许神志,思考会是谁将我绑在这里。是那个凶手?我……是下一个目标吗?

念头一闪而过,随之袭来一阵阴风,背上仿佛有数块拳头大小的冰块来回滚动。求生的欲望强迫我平静下来,但几分钟后,我又不得不接受现实——眼下除了等绑我来的人现身,别无他法。

光线从墙上的顶窗投进来,偌大的空间一览无余,四下除了地上排列整齐的坑洞和无处不在的灰尘,再无其他。大门依然大敞八字,远处郊外田地里隐约传来的鸟叫虫鸣间接告诉我:就算喊破喉咙,也不可能有人路过听见;手脚上的束缚凭我的蛮力是挣不脱的,周围也没有锋利处能将其磨断,与其浪费力气,还不如闭目养神,见机行事。

就在我准备靠昏睡撑过后脑勺的剧痛时,门外响起一辆车驶近的声音。未知敌友,我不敢轻举妄动,躺在垫仓板上假寐,仔细辨别动静。

车在发酵厂房门口停下来,听引擎的声音应该是小型面包车,接着是什么金属物在水泥地上拖行的声音。我看看不远处的那截铁棍,不由得绷紧头皮。

那声音到了室内格外刺耳,夹杂着越来越近的脚步声。我觑眼花了几秒适应光线后,才看明白从门口朝我走近的,是个中等个头的男人。因为逆光,又隔着一段距离,尚且识别不出他的脸,只能看清他手里拖着的东西,像是一把铁架椅。

男人不急不缓地靠过来,我在看清他的样貌前,心虚地先合上了眼。

"咚"的一声巨响,似乎是椅子被踢到水泥地上的声音,我惊得打了个激灵,来不及反应,身体就被腾空揪起。

装睡是不可能了,我睁开眼,发现自己已经被放置到椅子上,反钳到背后的双手刚好被靠背上的横梁死死卡住。而利索完成这一动作的人,此刻正站在我跟前。

从他脚上的鞋开始,我将目光缓缓上移。普通的飞跃牌橡胶软底球鞋,有些眼熟的军绿色工装连体服,上衣挂扎在腰间,露出里面的黑色 T 恤,胸口的位置,有四个小小的红色胶印字,我眯起眼才足以看清——富林超市!

是他!我猛地抬起头来,看到了焦力那张剪去乱发后五官清晰的脸。他的脸色苍白到可怖的程度,分布在额头的一片痘印,簇拥着左眉心一颗烟头大小的疤痕,像是某种教派符号一样杵在脸上,堂而皇之又透着一丝阴森诡异。他嘴里衔着吸管,正有一下没一下地吸豆浆。奇怪的是他脸上的肌肉纹丝不动,只有喉结处传出沉闷的吞咽声,就好像是源自身体内部某处的强力,在自动汲取外部能量。

我又对上了离开百日宴时那令我汗毛直竖的眼神。他直直地盯着我,似乎要将我整个人看透看穿。我甚至不敢贸然回避,只好看着那块疤痕转移注意力,脑子里徒劳般地试图厘清他绑我的原因。

就因为我打翻了他的货物?不至于。见色起意?更不至于。

可除此之外我们之间还能有什么纠葛,以至于他要深更半夜将我骗来打晕?我记得刚回来时去他店里买烟那次,他提过自己是宁小二班的,跟我是同校,但我真的丝毫没有印象,连是不是同级都不知道,更别提有什么深仇大恨了。难不成……是因为我爸?

我埋下头忖度着这种可能性的概率。爸如今虽然混到了刑警队长的位置,但毕竟是从基层干上来的,近三十年的职业生涯中,抓过的穷凶极恶之徒众多,出狱后要找他麻烦的,也不在少数。还记得刚记事的我,就被他要逮捕的货车司机绑架过,那司机藏毒运毒,途经宁叶县,被协同办案的爸做局逮了个正着,他的同伙穷途末路之际抓了我去做人质,想要换回货车司机。可爸哪肯轻易受人威胁,他不顾妈的苦苦哀求,让负责抓捕的同事优先逮捕疑犯。虽然最后是爸亲手击毙毒贩救了我,但就是从那时起,我开始清楚自己在爸心里的位置,开始明白妈没能生出个儿子,给他带来了怎样的遗憾。

思绪飘移间,焦力围着我转了两圈,纸杯内豆浆已光,但他还在用力地吸着空气,发出令人难以忍受的声响回荡在厂房内。

如果真的是因为爸招致厄运,那我认命了。既然我的存在不是他所期待的,那么如果我今日葬身于此,或许还能让他松一口气。于我而言,唯一可惜的是,杀害文文的凶手还逍遥法外——很明显,这只是他骗我来的借口。

可如果他真的知道呢?

一丝侥幸令胸腔里猛地横生出一股凛然之气来,我仰起头来看向站在面前的焦力,脸上带着大义赴死的决绝。他也抱起一条手臂，用那双下斜眼像个猎人般玩味地看着我，我这才发觉他露在外面的手臂上，也有几块烟头大小的疤痕，排列成触目惊心的形状，分布在他泛白但紧实的皮肤上。

"告诉我……"许是长时间未进水的缘故，嘴里的皮肤组织都黏在了一起，声音从喉咙里出来后立马被空气吞噬，我被自己奇怪的腔调吓了一跳，赶紧分泌些唾液浸润后才继续说道，"告诉我是谁杀了文文。"

他听清了我的话，一张冷脸立刻垮下去，接着缓缓捏扁手上的豆浆杯，用力将其掷去远处。我刚收回目光，他陡然抬起他那肌肉结实的手臂，狠劲地连扇我十几个耳光。

本就虚弱无力的我哪里经得住这般苛虐，眼前像飞蚊症一样闪过无数黑色浮游物，脑后的伤和嘴里的血腥味混合在一起，刺激得我一阵反胃干咳。

"你有资格，动她？"

区别于我，他声音不大，却低沉清晰，即使我神志迷糊，也听得一清二楚。

"谁……？"我艰难地从牙缝里挤出来一个字。

他甩甩手，退后离开我一米远，用两根手指戳了戳自己心脏位置："我放心尖的人，看一眼都奢侈，你？敢动手？！"

又是几个耳光，我忍住随时都可能飙出来的眼泪，摇头摆开耷到脸上已彻底散开的头发。

或许是身体机能下降导致理解力不如平常，我不太确定自己是否听懂了他在说什么，只能无声地注视着他，暗自整理思路。他说话时鼻孔微张，语气似有些中气不足，但眼神望之却如万丈深渊般令人不寒而栗。这之间反差，让我很难将眼前这个人，与平日里在富林超市遇到的那个收银小伙联系在一起。坐在柜台后的他是那么不起眼，是那种就算你天天去买烟买打火机，转头也会彻底忘记的人。不知是出于你的大意还是他的刻意，总之他就这样无声无息地潜伏在你的生活中，像一条最没有攻击性，连叫都不会叫一声的狗。直到他像个畜生一样毫无恻隐之心地跳起来咬人，你才开始怀疑自己的判断力，进而坍塌扩充到质疑身边的每一件事物。眼前的他，就是这样一种具有毁灭性质的存在。

上一次让我有这种感觉的人，还是林青灵。

我想我真是昏了头，否则刚刚只需要稍微动动脑子，就能猜到他在说谁，毕竟我并没有频繁动手打人的机会。

"你……喜欢她？"

他盯着我看了十几秒，脸上露出瘆人的微笑，跟着又摇摇头，起脚猛地踹向我的肚子，就好像在惩罚我说错话。我已痛到周身麻木失去知觉，唯有眼睛死死拴着他。

"喜，欢？"他离开我的视线，绕到我身后，一只手扶在我肩上，一只手撩起我的一束头发，用他那仿佛从地底发出的嗓音缓缓说道，"肤浅邋遢的蠢货，提鞋给她都不配。该十年前，一起解决。"

顾不上头发被猛然揪下的痛觉，一声惊天雷在脑子里轰炸回旋，我努力用理智确认他后半句话的意思。他话里的字词就像散弹一样无序，但这句话里的意思，却像是白手绢上的鲜血一样清晰。

"文文是你杀的?"我回头狠狠地瞪他,嘴里重新泛起血腥味,"为什么要杀她?"手腕上细窄的塑料扎带勒进肉里,我挣扎着嘶吼起来。

"呵!"他冷笑一声,低声反问,"为什么?"

他转过来,从膝盖边的方形裤袋里掏出一张过了塑的照片递到我面前,我摇摇头好让自己看得清楚些。照片上,是十四岁的我和冯文文,跟我夹在英语词典里那张,是同一张胶片洗出来的。不同的是,这张照片上还有完好无损的林青灵。有她存在的地方,我立刻变得像个笨手笨脚的粗使丫鬟,而站在中间搂着我俩的文文,头部竟被烟头烫成了一个大窟窿。

"这个笑,"正当我揣摩这大窟窿背后的含义时,他用食指指着照片里笑得像雨后彩虹一般明艳夺目的林青灵,脸上露出与他不相符的柔软,"她刮奖的时候,就是这个笑。第一次……我看到的第一次,就发誓过,要让她笑一辈子。"

我在心中苦笑,煎熬十年,终于等来了这一天。即将要接近真相的预感,让我的脑细胞顿时活泛起来,半是记忆半是串联,眼前如电影画面般浮现出少时玩刮刮乐的情景。那时我们还在上小学,大概是五六年级,针对学生的刮刮乐特别流行,奖品小到铅笔橡皮练习簿,大到书包小汽车洋娃娃,五元钱就能刮三次。当时富林超市还叫富林百货店,是林青灵上下学的必经之路。文文花了十元钱打赌,看我们仨谁能刮中奖品。一直被叫"幸运精灵"的林青灵不愧是天选之女,第一次只刮中了一个小奖,第二次就刮到了文文想要的文具盒。我现在已经不记得当时是不是有个跟我们差不多大的小孩,也就是身为富林百货店老板的儿子焦力,在一旁给我们举棋不定的可人儿"指点迷津",只记得每次林青灵刮奖前,就会围上来好多同学。在这些看热闹的人里,大多数人在意的并不是稀有奖品的归属,更多是想亲眼见证"幸运精灵"不再幸运的瞬间。自恃矜贵的林青灵当然也不会经常跑去刮,因为那些奖品压根入不了她的眼,她更在乎的是刮出奖品时的风光——从她拿起刮刮卡开始,到她刮中奖品收获众人艳羡的目光为止,不过是一场巩固称号的表演而已。一场完美的演出后,她通常会甜甜一笑,将奖品赏给顺眼的观众,像足了一位乐善好施的皇家公主。

"所以是你在背后,确保她拿到的是中奖卡?"我恍然明白,但立刻有了新的不解,"大家叫她'幸运精灵',可不只是因为这件事。"

"幸运精灵?"他仰头将这四个字反复念诵了好几遍,才望向我缓缓道,"不幸的都该藏在黑暗里,只有像她这样光彩夺目的存在,才有资格享受幸运。我的功能,只是多留点心,稍微做些手脚而已。"这句话,被他说得像是某种人生信条一样严谨坚定。

随后,他脸上浮现出仿佛遥望远方的神色,与其说是在对我,不如说是在自说自话般,将这些年的所作所为,用优等生宣读期末成绩的语气,挑重点出来——炫耀。他说话的方式有异于平常,就好像是脑子里的思想自动组成了字词,磕磕绊绊地串联成句,乍听古怪其实自有逻辑。逐步适应后,我渐听渐感自身正坠入他所述的无底黑洞,失重感让冷汗在背上叠了一层又一层。

为了在林青灵的人生中做些"手脚",一开始,他只是暗中跟踪观察，费尽心机去争取能集合到的资源，后来干脆自学研习了复杂的黑客技术和算法编程本领，直接监控了林青灵的手机及所有社交账号，以求第一时间了解她的动向和诉求后采取行动。我想起林青灵那台永远都收不到新消息提醒的手机，对于她这样一个十多年都懒得换密码的人，手机里被安装了什么复制程序而毫无察觉，一点都不奇怪。

至于她那些幸运的证明，比如在关键考试中蒙对大题，就根本算不上什么难事，躲在背后的人，只要黑了某个管事老师的电脑，将题目放在她不经意的地方即可；本地论坛上从来不会有与她相关的负面新闻，更不会出现令她本人不满意的任何照片，她永远都是吉星高照、光彩夺目的女主角；每年由县政府举办的本地居民春节抽奖，也只需要写个简单的程序就能左右结果，让几万分之一的概率三番两次地降临在同一个人身上……

当然这些事也并非年年如此，但只需节奏恰当的来上那么几次，就会被人传得夸张百倍——天啦，又是她，果然是个被命运眷顾的孩子！

年复一年，孩子长成人妻。迄今为止，包括当事人在内，没人知道这段幸运佳话的背后，竟是人为操作。我记得刚回来造访白楼那次，被林青灵拉到楼上聊天时，她说起在上海的经历来："我去上海念大学的那年，就像被什么诅咒了一样，做什么都不顺，学习成绩不好，人际关系紧张，连身体也一直不舒服，虽没什么大碍，但我还是没能坚持下来，没等到大二就辍学回来了……"

事情的真相是，上海已不是焦力的可控范围，他实施"手脚"就不如在宁叶县那般自如,这必然给他带来了挫败感。而林青灵这样一个在宁叶县受万人呵护的小公主,到富豪密布的上海后,没人会因为她的出身而对她毕恭毕敬,进而事事提供便利,再加上失去了焦力的暗中庇护,没有光环后的巨大落差,让她认为自己在上海的日子是被"诅咒"了。她将问题归咎于地域,回到宁叶成了她唯一的选择。而焦力为了让她继续"幸运"下去,甚至不惜亲手制造出一些"不顺",来加快她回归可控范围的速度。

只要回到宁叶县,一切就重回旧轨。幸运依旧理所应当地适时降临,殊不知,巨大的不幸,已在暗地里肆意结藤攀长。

"你为什么不自己娶她?"答案其实不言自明。我斜眼观察焦力,他外貌平凡,身世普通,在林青灵多如草叶的追求者里,他根本没有获胜的可能。但自卑不是他不出手的全部理由,在他眼里,林青灵是天上耀眼夺目的星钻,而自己不过是一颗凡间尘石,只要能偶尔窥见星光,便是他灰色人生的唯一奢求。星光会映见尘石的丑恶,他是不可能起心动念去摘星的。

他没有理会我话里的嘲讽之意,垂下头沉思有顷,才望着落满灰尘的水泥地面摇了摇头,仿佛在说:只要是她喜欢,是不是他都没关系。

如此大义,简直感天动地。由此看来,我之前真是大大低估了杨新鸣。我突然想起杨橙告诉过我,得以入赘林家,除了一副能撑场面的皮囊,他也算是费尽心机,投其所好又需得做得隐秘不着痕迹,如此坚持数年,才最终得到了林青灵的垂青。更惊人的是,他的这一层伪装竟然把视林青灵的幸福比自己的性命还重要的焦力都蒙混过去了。能做到这种程度，那也确实该他享受几年宁叶县首富之婿的富贵和荣光。

"可你算来算去，也没料到杨新鸣技高一筹吧？"

"所以，剔除！"他转转手，就好像在剜掉土豆的芽孔。

林青灵家境优渥，难得遇到挫折，从小就养成了心高气傲的习性自不必多说，对于为入赘高攀而长期迁就讨好的杨新鸣，婚后依旧高姿态冷眼待之原也不算意外。但杨新鸣在身份升级后，心态随之改变，面对长期颐指气使的妻子，已达目的且对其弱点了若指掌的他，暴露本性也是必然。所以原本在焦力的各方评估下，都老实本分、体贴入微，符合最佳丈夫人选的杨新鸣，最终却对林青灵伸出了罪恶之手。不得不说，杨新鸣确实心机深重。但如若没有得到焦力的首肯和推波助澜，他也不可能会成功。也就是说，是焦力亲手将杨新鸣送到了林青灵身边，是他亲手制造了她的"第一次"不幸。我能想象到暗中窥视一切的焦力，目睹一切发生后，对于自身掌控能力的自信和偏执，在一瞬间崩塌毁尽的场景——十多年来，他生活里的唯一乐趣和信念，就是保持她的"幸运"，看到她因此露出的笑容。可偏偏杨新鸣这组错误数据还是他亲自做的评估，他眼睁睁看着视若珍宝的女人，被这个他亲手放行奉上的人拳脚相加。这种打击，于他而言绝对是毁灭性的。

他除了亲手去抹除这组错误数据，还能做什么呢？

从来都以为阴暗晦涩是我的人生底色，可跟他相比，简直微渺不值一提。恍然记起近来有谁提过，焦力父母皆亡于一场大火。我虽然已记不清少时富林百货店店主夫妇的面容，但能肯定他们都是真实存在过的人。所以是在我离开宁叶后去世的吗？是什么原因导致他们双双离世？是巧合的意外，还是背弃人伦的恶毒？

我像是被人抽去脊柱，身体整个瘫在铁椅上。十多年来，有一个人，他一直潜伏在林青灵身边，替她披荆斩棘地铺路搭桥，只为造就"幸运精灵"这样一个地方传奇。这件事对我来说，不知时不惧，眼下知悉一切再回过头看，心惊后怕恐已不足以形容此时心境——我和文文在与林青灵做朋友的那些年里，有一双眼睛，无时无刻不在暗处盯着我们，文文向来一副桀骜不驯的性格，得罪林青灵祸至杀身竟是无法避免只分早晚之事，而我之所以能苟活到现在，还得归功于我这天生懦弱无能的性格。

本以为百日宴上打林青灵的那两巴掌，是我覆旧新生的象征，没想到却触发了步入文文后尘的机关。

眼前高举审判之锤的焦力，十年前，判了文文死刑，现在，轮到我了。

"为什么死，明白？"他指着照片上被烟头烫出的洞问我。

明白，十年前我就明白文文的死跟她曾与林青灵的冲突有关，我甚至记起了以为再也记不起的那次冲突的缘由——文文是因我而死。

往事流云般涌至眼前，文文清澈又愤愤不平的声音，久违地在耳边响起。

"不穿就没资格跟你做朋友了吗？"

我痛苦地仰头闭上眼，泪水再也止不住，从眼尾决堤而出。

高三下学期,高考的压力临近沸点,我们三人时常一起到林青灵宽敞的卧室里学习,因学业繁重,已顾不上其他的我们,平日里的嫌隙仿佛都被淹没在了模拟题里。在我看来,那段时间我们之间的关系,仿佛比以往更轻松和谐了些。

就是在这种氛围下的一个普通周末里,我和文文收拾书包准备回家时,林青灵从她的衣帽间里,拿出来三双崭新的限量款球鞋,说是作为闺蜜鞋一人一双送给我和文文。

我看看自己脚上那双已经洗到发白,鞋头就快被大脚趾顶破的旧鞋,立刻明白了她的意图。

妈去世后,没人再根据我的身体发育情况而及时更新衣物,而我跟爸之间的关系,在我看来,我是他不得不履行的义务,所以不到万不得已,很少主动开口问他要钱去买衣物,这是其一;其二,我对学校里流行的穿衣风格和十七岁少女该有的审美,一概没有兴趣,只要没有破,只要还能穿,就足够了。

对我来说是足够了,但对林青灵来说,就是扎眼的存在。她不止一次旁敲侧击让我去买新鞋,还用她那自以为顶级的审美眼光帮我参谋款式,但我一直不为所动地搪塞她。其实平日里她也经常送我和文文价格不菲的东西。文文家庭条件不差,对于物品的价值也没有过于功利的评断。在她眼里,今天林青灵送了她东西,明天她看到适合的再买来送她,便不会觉得亏欠。但对我来说,那些东西过于昂贵,自尊心不允许我受而不还,所以不如不受。大多数时候,对于我的拒绝,林青灵还算知趣,起码表面上没说什么。但这一次,对于我的严词拒绝,她的态度格外坚决,坚决到那双鞋子已经不是友好的赠予,而是颇有几分我必须接受的命令意味。

不喜欢与她产生冲突的我,原本若只是几百元的鞋子,存一段时间零花钱还她就是了。但当时她拿出来的那双鞋,是价值几千元的奢侈品牌,对十几岁尚未高中毕业的我来说,那是个无法承担的天文数字。更何况,那个数字在我看来,还包含了林青灵故意为之的轻蔑,是对我自尊心毫无顾忌的践踏,是她可以肆意妄为的证明,我怎么可能忍辱接受?

两相僵持之下,向来维护我的文文不可能视而不见。一开始她好言相劝,让林青灵不要强迫我,我不想要就去退了,没什么大不了,但林青灵不依不饶,又不肯说出自己的真实想法——她嫌弃我穿着那双快要破了的鞋子跟她走在一起。最后文文也劝不动她,只能拉上心里委屈冒火又说不出一句话的我准备离开。

"你为什么要迁就她穿破鞋?整天穿成那样,多丢脸。"

林青灵原本是不愿跟人穿同款的,但是为了让我换掉鞋子又不想让文文觉得她在欺负我,才想出了闺蜜同款鞋这个法子,如此心思哪知道最后还是被拒绝,她大小姐脾气上来,拉着文文据理力争。可她不明白,我是文文转校而来后的第一个朋友,在文文心里,林青灵可以不尊重她,但不能侮辱她最好的朋友。而林青灵表面上不说,其实也早就对我和文文之间牢不可破的友情十分介意。她原本只想和文文做朋友,在她眼里,我是个不要脸的跟屁虫。

"穿成哪样?"文文回头看看她,又上下看看我,"挺好的,我不觉得丢脸。"

"只是换个鞋,我都买了,穿上有那么难吗?又不需要你付钱。"

"不是难不难的问题,而是为什么一定要穿你买的鞋的问题。"我知道文文生气了,想要拉她离开,但她就是这样,不说则已,说就要说个明白。

"因为跟我走在一起,就不能穿那么寒酸!"林青灵已经有点气急败坏了。

十几岁的我,自尊心比什么都强。可是面对林青灵,却什么也做不了,只能拉着文文一个劲地哭。或许是我哭哭啼啼的模样越发激怒了文文,她甩开我的手,几步回到林青灵跟前,涨红脸厉声问道:"所以,不穿就没资格跟你做朋友了吗?"

"她……"林青灵越过她看了我一眼,头一扬脱口而出她早就想说的话,"她原本就没资格跟我做朋友,你看看她,被人说穿破鞋,破鞋你知道是什么意思吧——"

"是你没资格!"

这句话之前,是一记清脆的巴掌声。

当时的林青灵和我都没有料到,十七岁的冯文文,会为了我,对整个宁叶县人民都小心呵护的掌上明珠动手。

虽然受到了不小的震撼,但当时我以为这件事的后果,最严重也就是被爸教训一顿,被林青灵在学校排挤,无论如何也不曾料想到,那竟然是我最后一次见到活着的冯文文。

第二天早上,文文死在来找我的路上,就在通往我家小区的那条窄巷里。

我看到她时,她的脸还红扑扑的,是十七岁的少女才有的鲜活。但是,那样鲜活的她,却四肢僵硬地躺在冰凉的水泥地上,身旁的血水顺着路边凹陷的水沟流了好远。她的惯用手左手上的五根手指,连带着她最喜欢的金属戒指,不翼而飞……

4月20日早上/孔蔚然

透过泪水望着焦力那张脸,我突然明白过来,那条窄巷,那个时间点,几乎只有因为备战高考而需要早起的我会经过。我成为第一个看到现场的人,是他刻意的安排,他不仅用利刃审判了冯文文,还想用鲜血给我敲响警钟。

事情发生后,因为我坚信文文是为了维护我而得罪了林青灵才遭遇不测,而在之后懦弱得再也不愿回忆起那天早上看到的情景。我固执地认为,只要我始终恨着在背后策划一切的林青灵,就能抵消分毫心中愧意。可没想到直到今天我才发现,恨了十年的对象,她竟然毫不知情。

看着眼前这本该承受十年恨意的人,我的眼神开始发直,我不再感到恐惧,身上的疼痛在短时间内,化成了一股想要复仇的强烈冲动。

"没必要为杀人的理由编造恶心的爱情故事,真相是你像条阉狗一样,不愿承认自己低贱到根本不会有人多看你一眼的事实,只好躲在肮脏的角落里,边干些烂裤裆的龌龊事,边觊觎别人光鲜透亮的生活,还自以为是全世界最伟大、最无私、最了解她的人,想靠操控她的人生来获得虚假的成就感,甚至为此去杀害无辛的人。只是可惜，她这个芭比娃娃身体里面塞的全是些破布，是个烂——"

话没说完，脸上又是结实的几巴掌。但我已经感觉不到疼了，反而因为掌握了激怒他的方法而忍不住大笑起来。我将嘴里的血吐干净，在他不间断的巴掌中，将这些年来没敢在林青灵面前说的话，尽数倒出来：

"其实你们是一类人，都是虚伪不要脸的烂货……真以为自己是皇家公主，还'幸运精灵'，原来是背后有条狗——哈哈哈……要不是有钱的老爹和你这阉狗，她跟大街上那些狗娘养的乞丐有什——你他妈这么有本事，娶回去下一窝畜生——凭什么，凭什么要杀文文？啊?!"

终于，我在他的巴掌之下，已无法说出话来。却没想到，他听到最后一句竟来了兴致，退后两步，活动活动手腕后，掏出烟来点上火，悠闲得就好像在邀请我打桥牌："来杀我，我……教你。"

令我更加没料到和不愿面对的是，接下来，他用手上那根烟的时间，边耐心比画，边用他那令人心惊的语序，详细地讲述了杀害文文的细节。

这么多年，我一直以为林青灵是凶手，但从未敢想象文文被杀时的画面。此时他故意无视我的挣扎和咆哮，事无巨细，详尽描述……我知道他是在报复我刚刚对林青灵的辱骂，但现在对我来说，除了为文文报仇，一切都变得不再重要，我强撑着不让自己昏过去。他突然停了下来，将脸凑到我跟前，眼神像是一头饥饿猛兽般蚀人，声音也变得像是从阴曹地府传来。

"是谁？你说的,是谁……对她……告诉我,不杀你!"

"哈哈哈。"我忍着悲痛狂笑出声,遗憾自己才意识到,百日宴上我也打了林青灵,他却还没有杀了我的原因——伤害过她的人都得死,但他还不知道我说过猥亵过她的人是谁。

他将烟头按在照片中我的头像上,然后将我和冯文文的部分用手一点点撕下来,边撕边说:"你说不说,都得死。区别是,你想痛痛快快去死,还是想先让我废你几根指头?"

我感觉他的声音在身后矮了下去,我转头看向他时,他坐在垫仓板上,正从裤袋里掏出一把剪刀来。我惊恐地回过头来,只听到剪刀插进木质垫仓板的声音。

求生的本能让我立刻做出"不能说"的决定,一来说完他肯定马上杀了我,二来作为答案的陈影杰必死无疑——我不想再背负上一条人命。

就在我还未完全坚定意志前,他就已经从背后拽起了我右手的小拇指,指尖立时感受到了金属的凉意和锋利。

当所有的注意力都凝在一处时,我惊讶地发现,冯文文被剪下的手指属于左手,那是因为她是左撇子,而我和杨新鸣的惯用手都是右手。

"打人的那只手,就要受到惩罚,对吗?"

我边做着徒劳的挣扎边向焦力求证,他抓牢我的手指放置到剪刀口中间,在我背后发牢骚似的告诉我,原本是想剪掉那只老对着林青灵冷哼的鼻子。

"麻烦,猫爪简单。花旁边,埋了。"

在他嫌恶的埋怨声中，一阵排山倒海的刹时痛意覆盖全身。我知道，属于我的一根手指已无声落地，我甚至没有力气哭喊出声。意识残存的恍惚间，我眼前竟然浮现出那日在白楼里，杨新鸣对着林青灵冷哼的样子，他皱着鼻子的脸上，挂满了暂时压制的暴戾和怒气，的确令人万分恶心；接着是橡皮觑着眼的大脸盘和它那烦人又熟悉的嚎叫声，强势地从远处灌入我脑中，一想到或许再也不能抚摸到它那脏兮兮的躯体，我就努力让自己不要合上眼睛。

显然焦力也希望让我清醒着承受一切，他站起身欣赏了两眼我痛苦的脸，又抽了我几个耳刮子。我全身绷紧，被汗液濡湿的衣衫黏在皮肤上，就好像有无数只雨前蚂蚁爬来爬去。

蚂蚁……我不知道自己是突然脑子坏了还是失心疯，这种时候还想着要扳回一局。

"百爪挠心的滋味，如何？"我耗尽力气抬起头来，望着焦力用讥讽的语气一字一顿地说道，"是有那么一个人，他藏在你看不见的地方，用你想象不到的手段，百般凌辱你的心上人，可是……我绝对不会告诉你！"

"呵！我说，"焦力冷笑一声，走到我身后，一把揪起我的头发，"你是不是把自己看得太重要了？"他将剪刀复架到我手上后，把头伏到我耳边，低声慢语道，"在我眼里，你屁都不算！只有她，她才是我唯一在乎的，你懂吗？你不说，我就慢慢陪你玩。你死了，我总会有别的办法，就算错杀几个，也费不了多少工夫。"

"你还杀了谁？"虽然这宁叶县找不出半个能看得顺眼的，可我也不希望还有人会在焦力手里送命。换言之，在不少人眼里，我也是极为不堪的存在,但难道我就该死吗?无论谁有罪不可赦之处,也只有法律能加以审判。

"放心,杀个人、放个火、分个尸,我都手熟,像你这种排骨架在我手里,跟那只杂种猫一样好处理。"

似乎是为了证明自己所言非虚,话音甫落,刀刃交合,我的第二根手指,轻而易举掉落在地。

他说话的语气和手上的动作都是那么轻松惬意,似乎对于他来说,剪掉一个人的手指,就像剪断风筝的束线。完成后,他蹲到我面前,捻起一根我的断指将沾血的剪刀挑起,左右摆动,脸上甚至还挂着可以称之为单纯的笑容。就在那一刻,我看着他那张脸,终于记起小时候,在围绕着我们蜜糖帮三人组的人群中,有一个不起眼的小男孩,站在远处默默地注视着我们。

那个小男孩便是眼前恶魔般的焦力,而那时的林青灵,哪怕有一刻注意到他的存在,进而得知他正用日益畸变的手段爱慕着自己,或许可以避免往后的人生悲剧。可遗憾的是,她太傲慢了,她的注意力全放在自己头上那顶虚无的皇冠之上。

"隔壁班班长好像喜欢你。"

"没什么好大惊小怪的。"

"还有我们班那个——"

"好啦,如果每个喜欢我的人都要关注,那我也太忙了。"

幻听之中,林青灵那独特的轻慢语调和橡皮尖利的喊叫声混在一起,刺激着我的神经。一时间,我感觉整个厂房都在摇晃,远处墙壁的线条和地上的坑洞开始扭曲,近处隔着剪刀的脸孔变得狰狞。

  一滴鲜血顺着剪刀刃滴落到我脸上，我努力让自己的目光穿透危墙，屋外荒草萋萋的农田和坑洼密布的泥路，在晨曦中渐次远离，如雾般稀薄。又一滴液体滑落，鲜血腾起的温热腥味将所有感官紧紧包裹。宁叶县和这片土地上我曾熟悉的一切，尽数消失在意识的边缘。

六

4月22日中午/孔蔚然

在我不到三十年的人生中,见过不少失去灵魂附着的肉体,妈、文文、杨新鸣,还有爸办案时我无意撞见过的那些死者,我原以为只要彻底遗忘就会对生命的逝去逐渐麻木,因而决绝地将它们通通封存进记忆最深处的阴暗里,任其腐化成污秽来豢养心魔,将其壮大到足以遮蔽住我灵魂中所有的光亮,只剩下一具空心的躯壳游荡世间也不以为意。

直到焦力将剪刀生生架到我手指上时,我才觉察到,这是我第一次真正嗅到死亡的气味。那味道并不完全是凶案现场的血腥味,也不像妈死后散发出的酸腐味,而是一种类似且百倍于风油精混合氨气的怪味。它钻入我的七窍,如电击般刺激所有感官,我的手脚不听使唤地颤抖,鼻涕和眼泪齐流,无数声音混杂在一起从耳旁淌过。眼前如快剪镜头般的画面无序闪现,它们交织在一起形成剧烈脉冲,直达心肌,强行唤醒了我内心深处对生之强烈渴求——肉体苟活并不算真的活着，我必须振作起来，直面那些塞满死亡的回忆，才能去除污秽的源头，杀死心魔，让灵魂重归肉体。

我不记得是如何说服自己从无边的疼痛和沉重的噩梦中醒来的，当确认鼻腔里是淡淡的消毒水味时，我明白一切都结束了。

睁开眼，爸坐在床边，见我醒来，他眼里一闪而过一缕关切又快速收敛。惯性隐藏情绪似乎是他这个年纪的男人必备的品质。但也就几秒之后，关切的神情又重新回到他脸上，这让我很不习惯，回避之下看到了站在他身后的王任。

王任倚靠在窗台上，挑眉含蓄地冲我笑了笑，像是在打招呼，又像是在消泯过往。

我艰难地看向床尾，爸立刻明白并隔着被褥轻轻拍了拍我的手臂："橡皮在局里，有人看着。"

说完，他又为自己眼下对平日里冷漠待之的女儿过分亲昵而感到难为情，尴尬地收回手，将话题带向别处。从他向来简练的话语中，我很快知晓了在我昏迷后两天内发生的事。

焦力被捕后承认了所有罪行，他同步白楼的监控和林青灵的手机长达十多年。杨新鸣被杀当晚，他从阳台翻进去，先利用干冰汽化产生的二氧化碳让杨新鸣昏迷窒息而死，接着再剪下其手指。据技术部门的比对结果显示，现场的干冰与富林超市长期供应的型号相同，作案工具也在解救我的现场找到，与十年前冯文文一案中的作案工具吻合。

听到这里，我的眼泪再也止不住，一个声音在心里反复诵念："文文，你可以安息了。"

真相往往并不复杂，三言两语就能说清楚。但可笑的是，这个早该在十年前就大白于世的真相，是借着我被绑架甚至差点被杀死才得以显露。更讽刺的是，这也可能是爸从警以来破案最快的一次，而它的代价，是他女儿的一根……还是两根？

想到这，我才意识到右手完全没有知觉，惊恐地挣扎起身想要将手伸到眼前查看，爸有些不知所措。王任过来轻轻按住我，搓着自己的寸头说道："还好及时赶到，断指没有超过再植时间。所以，呃，已经接上了。"

"接……？"我的嘴皮干到粘在一起，发出声音分外艰难。

"医生说如果愈合得好，以后不影响……"爸接上话，但很显然他不擅长说谎安慰人，眼睛回避着转向自己的膝头，额间浮现出为难的川字纹，支在腿上的双手不自然地来回搓动几下后，起身倒水喂给我喝。他这副模样让我感觉非常陌生，但心里又忍不住因此流过一丝温情。

我用吸管喝了半杯水，冷静下来后立刻不那么在乎手指是否能够恢复如前。王任接着告诉我，那天是橡皮救了我。它在我的第三根手指落地前，扑倒了焦力。他和阿金赶到时，焦力的衣服已经被它撕开了好几个大洞。

"橡皮没事吧？"我想起上海公寓内床底的那袋临期狗粮，心里十分内疚。

"畜生发起狠来，再手辣的人也干不过的。放心吧，几道皮外伤而已，都已经愈合了，这会儿指不定在哪摇尾巴快活呢。"王任将手揣进兜里，指望用轻松的姿态让我安心些。

"阿金呢?"一想到阿金,我刚放下的心又悬起来。

"别提了,当时他看到地上你的手指,立刻发了疯,提起土枪就要崩了那小子。好在我平时锻炼没松懈,不然还真拽不住他。"王任揉揉自己肩膀上不太明显的肌肉,又看一眼低头不语的爸后,指指门外,"我去买杯咖啡,你要不要?"

我摇摇头,明白他是想给我们父女私人空间。待他走后,我深吸一口气,将目光停在爸身上,前所未有地仔细上下打量他。

爸还在盯着膝头,他那身向来整齐的警服眼下竟有些微微发皱,身躯也不似少时记忆中那般笔挺,窝在椅子上的腰背甚至有些佝偻,脸上积了很多晒斑。即使不做表情,眼角也有几条明显的纹路,向下的嘴角不时抿动一下,似乎在犹豫着要不要开口打破沉默。

"下次出门,得说一声。"终于,他抬头说话了,口气因刻意收敛往日的严厉而显得有些别扭。

我想起留在冰箱门上的字条,想来许是窗户没关被风吹落了。但我没有解释,只艰难地露出一个同样别扭的笑容,点头应允了他。他像是没料到我会如此顺从,愣了愣,也朝我笑笑。说来也怪,不过相视一笑,某种横在我们之间多年的东西,竟开始迅速冰消瓦解,而那些曾经塞满我内心的憎恨、不满、愤怒,还有愧疚和焦躁不安,也意外地被一扫而空,取而代之的是一种噩梦初醒时的庆幸和彻底释然。

血脉亲情的连接和共有记忆,让我跟爸从生疏很快过渡到敞开心扉,藏于彼此心中的郁结也一个个迎刃而解。妈死后,我们曾不谋而合地再也不提起她,眼下却能平和地忆起有关她的温馨往事;关于我幼时被绑架一事,我说到自己久久难以释怀的原因,爸不习惯但还是细心解释给我听,那个绑匪是如何罪大恶极,若是让其逃脱会造成什么样的后果,但也承认他当时的选择对我来说很不公平,我亦是头一次站在他的立场尝试去理解他;我向他坦白文文的死给我造成的巨大伤害,直言自己将所有的恨都转移到了他和林家人身上,如今看来,那些狭隘的偏见其实跟县里仇富之人并无差别;爸顺着想到我对他跟陈颖真之间的误会,告诉我他们原本真的只是普通牌友,是在妈去世后,他想着如果我认了干妈,就能期望她帮忙照顾我这没了妈的孩子,以弥补当父亲的无法顾全之事。

"让一只凤凰来照顾山鸡,怎么想的?"虽然会牵动挨过打的腹部,但我还是忍不住笑出声来。原来,他并非固执地想要儿子,而是担心父亲的笨拙,照顾不好青春期的女儿。

"我女儿怎么就是山鸡了?"爸不服气地板正脸,见我仍摇着头笑他,只能假装在自己的裤袋和衣兜里找东西,边翻来翻去边咕囔,"作家可不是什么人都能当的⋯⋯"

眼眶又是一阵酸热,眼看着他翻到最后一个口袋,竟然真的从里面掏出个皱得不像话的本子来。等我反应过来那是我的随身笔记本时,立刻涨红了脸。那上面尽是些负面情绪,还有不少关于爸的坏话,或许还夹着些污言秽语。不过转念一想又定下心来,爸这样的道德标兵,是不会知法犯法偷看他人私人笔记的。

爸将本子放到我面前的被子上,起身走了出去。我翻开夹着笔的那一页,发了会儿呆后,试着用完好的左手,在空白处郑重地写上了一行字:"一周后,回上海。"

歪歪扭扭的字迹看起来很陌生,我慢慢合上眼皮,琢磨着或许需要花上一段时间,才能适应眼下的状态了。

七

4月30日中午/橡皮

孔蔚然在医院躺着的一周,是我狗生中迄今为止最安逸的一周。除了不会被她呼来喝去,饥一顿饱一顿外,别的人对我都比平常要友好得多,伙食上了几个档次自不用说,孔振宁甚至在家里给我用纸箱和被褥搭了个窝。

为什么会有这么大的改变呢,那当然是因为我英勇地救了孔蔚然那家伙。不过,现在要是有狗问我,如果再来一次,在当时那种情况下,我还会义无反顾地救她吗?汪、汪!当然不会!

首当其冲的原因,那家伙原本是要将我留在这里的,就因为我现在成了她的救命恩狗,她过意不去就改了主意,决定还是要将我带回上海!谁要跟它回去啊?我在这儿不用拴绳,不用担心挨饿,没事儿晒晒太阳逗逗猫,想打牙祭就去白楼找陈颖真,多自由,多快活!

其次是因为那天我跟寸头他们找她时,嗷嗷叫了一路,真的找到时正处于特别兴奋的状态,根本没来得及仔细思考,脑子一热就扑了上去。这要是再来一次,当时那种九死一生的情况,在焦力这种亡命之徒眼里,连人的手指头都能咔嚓咔嚓随便剪,更何况是我一条狗!

嘶——每次回想起他握着剪刀脸上带笑的样子,我就四爪发麻,浑身的毛直哆嗦。

但无论我如何抗议,孔蔚然也听不懂。自从昨天她出院后,像换了个人似的,没事就用那只以前从未碰过我的左手抚摸我的背,跟人说我可能患上了什么应激障碍症。我越叫,她就越是一脸内疚,更加坚定要带我走的决心,说什么这时候要是再丢下我,症状会变得更严重,我……

哎,罢了罢了!经常听人感叹身不由己,狗也一样,认命了,就当从没来过这里,就当这里发生过的一切都是一场梦。

专门来接我们的大作家回上海的曹岩,晌午刚过就到了。他敲门前,孔家父女俩正难得地围坐在餐桌前准备用饭。

赶早不如赶巧,曹岩跟父女俩一起吃完饭后,孔振宁交代女儿,走的时候顺道去一趟白楼,打个招呼。这县城的地形我熟悉不过,可以说是完全不顺路,所以我本以为孔蔚然这家伙肯定会拒绝,没想到她竟毫无怨色地点头答应了。临行之前,孔振宁又用柚子叶泡了水让她洗手,说是可以去霉运,她也顺从地照做了。由此种种,我不得不怀疑,她才是受了刺激留下了后遗症的那个。

两人一狗步行前往白楼的途中,偶尔遇到认出孔蔚然的人,要不是看见她手上的行李袋后问她去哪，要不就是关心她的伤情。他们对旁边的陌生男人全然没兴趣，只在孔蔚然敷衍地回答后，脸上露出欲言又止的失望神情，像极了广场上那些错过领取免费鸡蛋的老太太们。

空气中水雾很浓，我们快走到白楼的矮篱前时，才看到草坪上站着两三堆边抽烟边压低声音交谈的人，他们都穿着深色的衣服且神情严肃，看见我们也只是微微点头致意。我瞬时感觉气氛有些不对劲。院子里那些用来装饰的盆栽鲜花没了踪影，只留下一团团被压秃的草皮。角落那棵树上前几天还开得起劲的花儿们，此时全都掉落在地，卷曲枯黄，无人问津。停车的位置虽较平日里多了几辆车，但跟百日宴那天相比，不免显得格外冷清。曹岩从其中找到自己借给孔蔚然的那辆，坐进驾驶座等她。

大门开着，我大摇大摆先钻了进去，进门后猝不及防地看到门厅壁台上被黄白两色菊花围绕着的黑白照片，好像是许多天前，躺在浴室里死掉的那个男人。

真是晦气！我本想掉头就走，突然发现了人群中的陈颖真。

她像是刚刚哭过，眼圈有些红肿，但看起来不像林青灵那么憔悴，一身黑色装束却依然美得夺目。一想到以后可能再也见不到她，不免难免有些伤心，便趁着孔蔚然与众人寒暄之际，跟在陈颖真后面做最后的温存，像是一名合格的贴身保镖般步步不离。她没像往常那样，一看到我就立刻吩咐王妈给我找吃的，只是任凭我跟着。我虽然有些饿，但能理解，反正欣赏她应对客人时得体的谈吐，也是一种视觉享受。

4月30日中午/孔蔚然

时间若是少了结绳的刻度,就会变得短暂易逝,反之亦然。回宁叶的这一个月,感觉上似乎要比在上海无所事事的十年还要漫长。从此,上帝之手按下了我人生的复位键,结束暂停,宣布从此再也不必沉溺过往,可以去拥抱新的人生,在时间之绳上,结下新的刻度。

带着这份如释重负的心情,我穿过江南晚春里的浓雾,再度踏入白楼,做好了跟过去握手作别的准备。

未免旁生枝节,我故意磨蹭到午饭后前往,料想吊唁的人应该已大半散去。到达时发现白楼果然门庭冷落,唁客寥寥。陈影杰因销毁证物,涉嫌妨碍司法公正,目前还羁押在看守所待审;家中丑事连连,林昊泽面上无光,便将自己关在书房内,闭门谢客;就连平日里上下张罗的王妈也不见了踪影;王任前两日回了上海,短信里说常联系,但我知道那只是客套话而已。

客厅里负责接待的,是林家的三位女主人。陈颖真一如既往的沉着优雅,在她的主理之下,追悼会就像是平常宴会一样,除了风格有异,挑不出任何毛病;林青羽倒像是一夜长大,正耐心地替姐姐招待一位男方亲友,举止姿态显然更得母亲真传;林青灵则立于一旁安享沉默的特权,只垂着头不停抹泪。她旁边是那位嫁到郊县的姨妈,在帮她照看婴儿车内还不谙世事的女儿。

见我进门,林青灵像是看到救星,挂着泪的嘴角向下抿起,欲言又止。我走过去跟众人寒暄几句后,就在她姨妈的建议下,扶她上楼做片刻休息。

开始我有些犹豫,因为此行我并未做独自面对她的心理准备,甚至因为从小至今跟她独处都从未有过好的回忆而有些反感和恐惧。但转念一想,这些年存在于我们之间的芥蒂和误会,我也有不小的责任,是时候翻篇了。

可一进卧室,刚扶她坐下,她就轻声说了句:"我后悔了。"

"什么?"

"好多事情,"她重复道,"我都后悔了。"

我退后一步,惊讶地看着她。她就坐在那张一个月前我曾坐过的梳妆椅上,昂头望着我,面容藏在被窗帘遮去一半的逆光阴影之中。我看不清她的表情,无从判断话的真假。可我认识的那个林青灵是那般高贵矜傲,"后悔"这种词,是绝不可能从她口中吐出,我也实在难以想象,她那张精致的小脸上,会浮现出带有悔意的神情。

见我久久没有回应,她侧过身趴到梳妆台上,用一条胳膊做枕,埋头小声啜泣起来。我心里泛起一阵自责,走过去想要安抚她,余光却瞟见她那只垂下台沿的手。

定睛细看后,我再次一怔。没错,的确是手,仅仅是手,没有戴任何丝质或是皮制手套的手。那手被她黑色的衣裙衬得雪白,又生得柔若无骨,望之令人难免生怜。她竟然去掉了维持多年自设的身份象征!我这才意识到,她说的后悔,是真心的。

可是她的后悔具体是指什么呢?我望着窗外似在消散的雾气,脑子里飞快闪过无数答案,但最后没有一条留下来。是啊,不重要了,我们之间所共有的那些让彼此介怀的过往,全都在某一刻烟消云散,不复存在了。与之一起消失的,是我多年的梦魇,往后我就能继续朝前,可是她呢?

望着她伏在梳妆台上娇小的身影,我明白生在这里、长在这里的她,是没可能像我一样抛下所有,一走了之的。

我搬过一张搁脚凳,坐到她旁边,帮她擦干眼泪,试着向她讲述那天在老酒窖发生的事情。我当然明白焦力这十多年来所做的那些事,对她来说意味着什么。但我也清楚,她不能继续活在虚假的皇冠之下。她必须认识到,自己只是一个普通女孩,不是什么天选之女,活该幸运,她得放下这些年来建立在非自身优越之上的骄傲,才有可能有勇气去面对那些所有普通女孩都会遇到的困难和麻烦。

一开始她不敢看我包扎着的手,只是忍不住哭到周身颤抖。等我说到她为什么在上海会过得不顺时,她终于停止哭泣,逐渐换以难以置信的表情,像一只被无辜惊吓的小鹿,待她明白自己的"幸运",不过来自宁叶县人对首富之女的优待,来自某个少女时期不曾多看一眼的无名小卒时,羞愧和愤怒让她涨红了脸。她站起身来在房间里踱步,变得像是一只困在井里找不到出路的孔雀——一只被剪去了光辉羽毛的孔雀。

我头一次出于真心地安慰她,她伏到我肩上痛哭。我从未见过这样的她,没了矜持的仪态,毫不掩饰地哭出声来,就好像要用声音和眼泪,洗净这些年来所有的委屈和那些将她越缚越紧的伪装。看来,她也需要花很长一段时间,来接受这样一个普通平凡的自己了。

　　与林青灵的临别拥抱，也象征着我与宁叶这座县城的最后告别。我知道自己还会回来看望故人，但那时的我，肯定已经变成了另一个人。

　　出来大门看到曹岩，心里总算有了一丝温暖。我没有去找妈留给我的首饰盒，也不打算回上海后继续吸曹岩的血。刚刚在来的路上，我已经向他保证今后打起精神来，好好写作，重新做人。至于橡皮，反正作家这种自由职业者住在哪里都一样，只要搬去临郊允许养土狗的小区就行。

　　想到这，我才发现橡皮没有跟上来。以前它不黏我这个主人我倒是没放在心上过，但现在这家伙可是救过我的命，说什么也要找到带回去。

　　前屋后院都找了一圈，也没看到它的踪影，最后还是那个唯一坚挺着在客厅招待客人的林青羽好心告诉我，它可能跟她妈上了楼。我蹑手蹑脚地上楼寻找，果然从虚掩着的门缝里看到了橡皮摇来摆去的尾巴，它似乎正在往卧室门边的那扇门框内钻。

　　小时候我进过陈颖真的卧室，知道那里是她的浴室，与隔壁林青灵的浴室相邻。为了不让曹岩在下面久等，我只能冒着胆子将门多推开一些朝内观察。卧室一如记忆中那般宽敞，床的位置离门边至少还有三四米，陈颖真躺在薄毯下，似乎已经睡着。观察了半分钟后，我方才敢将头伸进去寻找橡皮。

　　通往浴室的过道前并没有装门，只用精致气派的大理石门框做区隔，左右是成排的衣柜和梳妆台，中间还有贵妃榻和茶几，衣柜的尽头才是隔着玻璃屏风的浴室。我正感叹奢华程度之时，角落传来一阵细小的动静，循声望去，正是只露出半个屁股的橡皮。

它正在一只冰箱模样的柜子门内拱来拱去，我心头一紧，看一眼正在熟睡的陈颖真后，蹑手蹑脚走过去，想要将它赶出来。等近些才发现，那似乎是用来储存化妆品的保鲜柜，橡皮正从下部冷冻层咬紧一只被瓶瓶罐罐压得严实的塑料封口袋往外拽。我还没来得及看清那是什么，它就叼起冲向了门外。如果在这时被抓到，我就说不清了，只好赶紧跟着它溜了出来。

眼见它一路蹿出白楼，钻进了曹岩车里，我才松了一口气。心想着无论它叼走的是什么，这白楼的主人也不至于补不起，便没打算要冒险还回去。

"你来开？"靠在车头玩手机的曹岩见我们回来，边替我打开驾驶座的门，边调侃我。

"你忍心让一个残疾人给你做司机吗？"我朝他晃晃自己绑着支架和纱布的手后，钻进了车内。

曹岩跟进来，系好安全带，发动了引擎。

"我突然想到，你是我手上的作者中，唯一真正经历过凶杀案的人。你看看要不要考虑写一本悬疑小说，到时候在封面印上'本书根据作者亲身经历改编'几个大字，肯定市场火爆，年年加印。然后你再趁热打铁，写上几个续篇，从此在悬疑界……"

"好了好了，专心开车。"我打断了这番对我职业生涯的美好规划，朝曹岩翻了个大白眼，整个人渐渐放松下来。待车驶出白楼开上马路时,我已经将座椅退到最宽处,蹬掉鞋,把腿蜷到了座位上,没一会儿就开始习惯性地用完好的那只手去摸脚趾。那上面曾经的伤口已经愈合,我缩回手伸进外套口袋,摸到了留在里面的指甲剪。

见我突然沉默,曹岩以为我又在伤神,空出一只手来在我肩膀上轻轻拍了拍:"会好起来的。"

我冲他微微一笑,又看看后座的橡皮,打开车窗,将指甲剪丢了出去。

等车开上离开宁叶的那条必经路,我正跟曹岩埋怨刚刚橡皮偷东西的事时,它就突然从后座的脚垫上蹦起来拱我。我明白,它是想让我帮它打开刚偷的那只有拉链的透明塑料袋。

曹岩瞟一眼它,又找到了新话题:"照你说的,林青灵她妈,那么讲究的一个人,怎么会喜欢它啊?"

"我们橡皮怎么不讲究啦?你歧视人家是条土狗啊?"我压着嗓子呛道,但心里也不免产生了同样的疑问。之前是觉得橡皮无论好赖,再怎么不体面,也终究是我的狗,就跟自家娃被别人喜欢是理所当然的心理一样,从没觉得陈颖真待它好有什么不对。

"大概是想证明自己不仅人见人爱,连狗都抗拒不了她的魅力吧。"曹岩胡乱猜道。

我想了想,忍不住点头对这个观点表示赞同。曹岩果然是资深老编辑,阅书无数,学以致用,仅从我对陈颖真极为有限的描述中,就能一语中的识破人心,着实令我佩服。

从橡皮嘴里接过袋子,发现表面已经沁满了刚从冷柜拿出来凝结的水汽,里面似乎是吃没剩下几根的用来做零食的那种小鱼肠。我揉一把它的头,艰难地用一只手帮它打开了塑料袋的拉链。

要是以前,我可能直接就将肠丢到后座让橡皮自己去捡了。可如今不一样了,它可是我的大恩人。我看了眼自己被它抢救下来的那几根手指,决定亲手喂它。

我将打开后的塑料袋放在腿上,拿出一截肠来递到它嘴边。可奇怪的是它竟然闻也不闻就别过头去,我以为是太凉了,定睛细看了一眼那截肠,立时吓得差点没当场昏过去。

"啊——"

我尖叫着将手里的东西甩了出去,惊得曹岩急踩刹车。

"怎么了?"

车停在路中间,我感觉自己的心都快从嗓子眼蹦出来,既不敢自己去查看刚刚甩出去的东西,也不敢看曹岩小心凑近将它拾起。

"这……这,不会是人的手指吧!? Oh my god! Oh my god! Oh my god……"

他受到的惊吓程度不会比我小,但因为了解我曾经的伤痛,他知道自己必须成为面对局面的那个人。橡皮在一旁狂吠不止,车厢内似乎瞬间又充满了熟悉的血腥味。我不敢呼吸也不敢动,闭上眼提着心全身僵在座位上,等他从我腿上将剩下的那包东西拿开。

"别,别怕啊……"在我感觉双腿已经快麻木失去知觉时,那包东西终于被移走。我小心地睁开眼,只见曹岩正隔着一张卫生纸将塑料袋提起。

他的手颤抖不止,很明显,即便在书中见识过上百种杀人方式,他也无法从容应对现实里亲眼看到的一根手指。我蜷紧脚趾看着他将塑料袋转移,从我的腿到驾驶台不过半米距离,我俩却好像转移炸弹一样如临大敌。当塑料袋终于放置稳当后,我俩同时松了一口气。谁知这时他的手在收回时不小心挂到了塑料袋,里面剩下的东西一股脑全部滚了出来。

是剩下的四根手指!它们有的滚到了换挡杆边,有的滚到了我的脚旁,还有一根重新回到了我腿上。

它就这样毫无遮挡地躺在我的蓝色牛仔裤上,这一次我避无可避,只能眼睁睁看着它。虽然被压得变了形,只剩下截面能看到凝结成块的乌血,但依然能判断出,那是一截男人的手指。与之已变得惨白可怖的皮肤相反,是套在上面那枚我似曾相识的戒指。

"我们家,女左男右。"

耳边晴天霹雳般响起了清明那天,林青灵在文文坟前对我说过的那句话。我全身肿胀发酸,胃里开始翻江倒海,所有那些曾经发生过的、相同分量的瞬间全部涌进我脑海中。

面容枯槁的妈,被剪掉的猫爪,躺在污水沟旁的冯文文,倒在浴室血泊里的杨新鸣,劫持我的劫匪,陈颖真修剪下来的花枝,我被剪下来滚到地上的手指……所有这一切一齐钻进我的脑子里,我感觉自己的头皮像是绷紧的鼓面一样,被人拿着重锤一下一下使劲撞击,发出只有我能听见的巨响声,震得我五脏六腑全都乱了位置。曹岩大声呼喊着什么我听不清,只感到一阵强烈的反胃恶心,他慌忙解锁车门。我逃也似的跳下车去,伏到路边狂呕不止。

不知过去多久,起身时浓雾复重,曹岩和橡皮站在一旁,车还停在路的中央。我回望已快消失在雾中的宁叶县城,明白它不会因为季节更迭,就变得充满生机和希望,它将会是我需要耗费一生时间去挣脱的桎梏。

而眼前这些漂浮在虚空中的浓雾,就如同统治着整个宁叶县的精神之困,它无处不在、无坚不摧、无往不胜。

八

10月27日

  只隔着探监室的玻璃看了那个男人一眼,林青灵就立刻垂下头去,久久不肯拿起面前的话筒。除了头发被剃光,他那张叫人难以记住的脸,还有囚服下精瘦矮小的身板,看上还是旧模样,就好像那些他曾亲手创造的罪恶,完全没有影响和改变他分毫。这让林青灵很不好受。这个将她推入地狱的男人,竟然没有得到她所期待的惩罚,这是为什么?她试着在短时间内想出原因,然后说点什么,好让他也尝尝她正经受着的百般滋味。

  "帽子上……"见林青灵终于拿起话筒,焦力伸出手比画,他坦然坐在玻璃后,眼里有种近乎天真的东西,只是依然不敢与林青灵对视,而是将目光停在她的黑呢帽沿上,那里有一只似已时日无多的褐色螳螂。

  "为什么替我妈顶包?"林青灵脑子里有千万个问题想要问这个人,但她不知道从何问起,甚至没想好该用什么语气,最后竟随便挑了一个对她来说并不迫切的问题。

焦力对这个问题很失望,在他的世界里,答案再理所应当不过了,根本不值一提。但他是不会让她失望的,所以,他还是开了口:"不是替……你妈,不管谁做的,都是在帮我……是我……动作慢了。"

这大概是林青灵印象中第一次跟他对话,她费了很大劲才从他混乱的语序中,明白他的意思。他到现在都觉得,杀掉她的丈夫是在保护她。

"为什么要这么做?"原本想好要理智面对,林青灵没想到自己的眼泪这么快就忍不住了。

"你妈,她爱你,"焦力急了,"所以我——"但他没有明白林青灵的意思。

"爱?"林青灵震怒道,"我妈那不叫爱,她只是觉得在她的地盘上,不该出现不体面的人,所以她才动手杀人。你呢,这次你没来得及亲自动手,但十年前为什么要杀文文?你们一个个打着爱我的旗号,伤害我身边的人,以为我踏着他们的鲜血,还能过得安稳?"

"她不该……打,打你,你是……"焦力显然被吓坏了,他那张波澜不惊的脸上,终于有了不安和恐慌的表情。

"为什么要杀文文,为什么要杀杨新鸣,为什么,你们为什么要杀我女儿的父亲……"

"等我,出去,出去给你再、再匹配更好……一定让你像从前一样幸运。"

"你给我闭嘴!你看着我!你好好看着我!我像是幸运的样子吗?"

十多年来,焦力头一次与林青灵眼神相汇。他内心极度渴望着看到那个在年少时,曾照亮他阴暗人生的明媚笑颜。但此刻出现在林青灵脸上的,是只有在眼里照见恶魔时,才有的嫌恶和愤怒。

相持片刻,林青灵努力让自己平复下来,蓄力缓缓站起,望着眼前之人的眼睛,一字一字冷冷说道:"你记住,是你,是你毁了我!"

隔着防护玻璃,焦力那双瞪大的下斜眼里,瞳孔已茫然失焦。

图书在版编目(CIP)数据

螳螂 / 夏予川著 .— 上海：上海社会科学院出版社，2023
ISBN 978-7-5520-4052-4

Ⅰ.①螳… Ⅱ.①夏… Ⅲ.①长篇小说—中国—当代 Ⅳ.①I247.5

中国国家版本馆 CIP 数据核字(2023)第 129087 号

螳　螂

著　　者：夏予川
责任编辑：霍　罣
封面设计：霍　罣
出版发行：上海社会科学院出版社
　　　　　上海顺昌路 622 号　邮编 200025
　　　　　电话总机 021-63315947　销售热线 021-53063735
　　　　　http://www.sassp.cn　E-mail:sassp@sassp.cn
排　　版：南京展望文化发展有限公司
印　　刷：上海景条印刷有限公司
开　　本：890 毫米×1240 毫米　1/32
印　　张：10
字　　数：211 千
版　　次：2023 年 8 月第 1 版　2023 年 8 月第 1 次印刷

ISBN 978-7-5520-4052-4/I·499　　　定价：48.00 元

版权所有　翻印必究